郑逸梅经典文集

林下云烟

郑逸梅 ◎ 著

（修订版）

北方文艺出版社

图书在版编目（**CIP**）数据

　　林下云烟 / 郑逸梅著 . —— 哈尔滨：北方文艺出版
社 , 2019.7
　　ISBN 978-7-5317-4568-6

　　Ⅰ . ①林… Ⅱ . ①郑… Ⅲ . ①散文集 - 中国 - 当代
Ⅳ . ① I267

　　中国版本图书馆 CIP 数据核字（2019）第 111025 号

林 下 云 烟
Linxia Yunyan

作　者 / 郑逸梅
责任编辑 / 路　嵩　张贺然　　　　　　　封面设计 / 张　爽

出版发行 / 北方文艺出版社　　　　　　　邮　编 / 150080
发行电话 /（0451）85951921 85951915　　经　销 / 新华书店
地　址 / 哈尔滨市南岗区林兴街 3 号　　　网　址 / www.bfwy.com

印　刷 / 三河市嵩川印刷有限公司　　　　开　本 / 880mm×1230mm　1/32
字　数 / 207 千　　　　　　　　　　　　印　张 / 11
版　次 / 2019 年 7 月第 1 版　　　　　　印　次 / 2020 年 8 月第 2 次印刷

书　号 / ISBN 978-7-5317-4568-6　　　　定　价 / 66.00 元

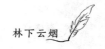

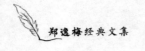

画马名家赵叔孺

在三四十年代，名重海上的画家，有四人最为特出，即吴湖帆、吴待秋、冯超然、赵叔孺，驰骋艺苑，各有千秋。这儿把我所知于赵叔孺的，随笔记述一下。

叔孺生于清同治甲戌正月二十四日，浙江鄞县人。诞生时，他的父亲佑宸适署镇江府，镇江旧称润州，乃命名为润祥，后改名时棡，字献忱，号叔孺。晚年他获得汉延熹、魏景耀二弩机，便署二弩老人，且榜其斋为二弩精舍。他生而颖慧，从小即喜雕刻，尤能画马，他父亲很钟爱他。一天会宴宾朋，诸名流参与其盛，大家都听到润祥（叔孺幼名）能绘骥足，要润祥对客一试，他从容起揖，执笔一挥而就，神骏异常。这时他才八岁，适林寿图方伯亦在座，见到了，更为惊叹，说："此子他日必在画坛出人头地。"因此挽媒，把女儿许配给他。

叔孺的父亲佑宸，为清咸丰名翰林，曾充同治帝冲龄启蒙师，官至太常寺卿。叔孺的外舅林寿图，为闽中大收藏家，三代吉金文字，宋元名迹，累累皆是。最珍稀的，为吴道子白描历代帝王像，中有刘备、曹丕、孙权三幅，神态仪表，

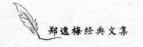

极为工妙，商务印书馆曾借之印成珂㼈版本。凡此种种，叔孺耳濡目染，他既具备这样的优越条件，毋怪他成为一代宗匠了。

叔孺的艺事是多方面的，刻印，初宗赵次闲，四十以后，以赵撝叔为法，撝叔变化多端，故叔孺亦无所不能，但撝叔的印，得一浑字，他的印得一秀字。画马则学郎世宁。书法篆隶正草，游刃恢恢，集诸家之长。花卉则学王忘庵，又工草虫，作一手卷高二寸，长可八尺，蠕蠕百余种，无不栩栩如生。但性疏懒，惮于动笔，每至节日年关，始奋勉以应，无非为了偿债罢了。有时刻印，由其弟子陈巨来、方介堪代为奏刀，终其一生，亲手治印约一二千方，画仅百余帧。他常诚诸弟子："临摹古迹，不论书画，勿求酷肖，要以掇华弃粃，自出机杼，显出崭新面目为贵。"

他的弟子凡七十二人，以陈巨来为最早，潘君诺为最后，其他如徐邦达、沙孟海、张鲁庵、叶露园、支慈庵等，都能传其薪火，负有盛名。他把自刻的印拓，都付巨来收藏，巨来分门别类，汇装成册。并对巨来说："你最好多学汉印，不必学我，学我即像我，终不能胜我了。"

民国三十四年乙酉三月初七日，叔孺病殁上海。逾若干年，门生故旧为刊《赵叔孺先生遗墨》一册，有遗像、年谱、文存、诗存、篆刻、书法、绘画，以及同门撰记，同门名录，在香港出版。且举行一次大规模的展览会。其嗣君敬予，今尚健在，也擅画马，可谓克家有子。

擅画熊猫的胡亚光

　　杭州胡雪岩，那是《清史·货殖传》中的著名人士，旧居芝园，有延春院、凝禧堂、百狮楼、碧城仙馆诸胜。回廊曲折，叠石玲珑，姹紫嫣红，备极缛丽，在杭垣首屈一指。上海文史馆馆员画家胡亚光，便是雪岩的曾孙。但盛况无常，传衍数代，就渐趋式微，无复当时的排场气派了。亚光出生于牛羊司巷的老宅，那芝园占地很大，前院为元宝街，后院为牛羊司巷，前院早已易主，后院尚留着一部分屋舍哩。亚光幼时，犹目睹一些残余遗迹，谓曲桥栏干是铁质的，外面却套着江西定烧的绿瓷竹节形柱子，晶莹润泽，色翠欲流，下雨后，更为鲜明炫目。所有窗棂屈戍，都是云南白铜制成的，镂着精致的花纹，即此一端，已足概见当时的穷奢极侈了。

　　亚光的父亲萼卿，典着城站相近姚园寺巷的徐花农太史第，便移居该处。亚光在这儿度着童年生活，读书余暇，即喜绘画，遥从张聿光为师，和张光宇、谢之光、姚吉光等为同学。凡聿光的弟子，都取光字为号。他本名文球，也就放弃不用了。花卉山水外，又喜传神，有顾长康颊上添毫之妙。当一九一九年，朴学大师章太炎赴杭，讲学教育会。太炎的中表仲佑适住

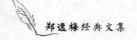

在亚光家中，就邀亚光同去听讲，并宴太炎于聚丰园。时亚光年十九，即席为太炎速写一像，着墨不多，神情毕肖，太炎大喜，提起笔来，为题"东亚之光"四字赠给他。当时上海某杂志曾把这墨迹制版印在插页上。一自抗战军兴，亚光携家避居上海，赖卖画为生，经常为各杂志绘封面，又复主持画刊的笔政，著有《亚光百美图》《胡亚光画集》《造像琐谈》等，风行一时。他的老师张聿光善画鹤，亚光也秉承其艺，作《八仙上寿图》，那八头仙鹤，回翔于海天旭日之中，意境超逸，对之令人神怡心旷。

朋好素慕他的传神妙笔，纷纷请他造像，如夏敬观、高吹万、包天笑、黄蔼农、朱大可、陆丹林、唐云、钱释云等，都有那么一帧很具神态的供在斋舍中。戊子年，张大千来沪，下榻于李秋君家。一天下午，亚光去访，恰巧大千午梦方回，绝无他客，亚光兴至，为大千作一白描像，虽寥寥数笔，却有当风出水之概。大千赞赏之余，立为题记："亚光道兄枉顾瓯湘馆，就案头为余写真，野人尘貌，遽尔生色，亦乱离中一大快事也。"最妙的，周炼霞出一盛年秾装照相，顾盼便娟，意态娴雅，亚光临摹勾勒，且点缀紫羽绛葩，为惜花人独立微雨燕双飞诗意图。陆澹安藏有王南石为曹雪芹所作《独坐幽篁图》片影，原为横幅，雪芹坐于竹阴石凳上，面部很小，仅似豆粒，亚光把它改绘直幅，面部放大，作伏案构思状，成为《雪芹著书图》。当时港报登载着，或认为真，或指为伪，引起一番争论。

解放后，为徐特立写一像，在上海文史馆主办的书画展览会展出，即由馆方特派专员送往北京，不久，徐老亲笔复函致谢。

我国特产熊猫，海外友邦视为珍稀之兽，亚光也就画起熊猫来了。同时画熊猫的，北方尚有吴作人，因有北熊猫、南熊猫之称。亚光所作，都以竹林为背景，钤有"不可一日无此君"

胡亚光作品

七字印章。原来熊猫喜啖竹叶，亚光即取王子猷爱竹语双关，别饶趣致。亚光所用茶壶杯盘，被单毛巾，都是选择有熊猫图纹的，甚至把儿童的熊猫玩具，也累累地陈设在玻璃橱内，作为欣赏。那熊猫的纪录片，不知看了多少遍，简直成为熊猫迷。

　　他的斋舍，榜为梦蝶楼，这三字出于张大千手笔。其中具有一段伤心小史。他的女儿飚赓，又名蝶，玉雪可念，又很颖慧，博得他老人家的钟爱。不幸于八岁时，患脑膜炎殇亡，他非常痛惜，因有句云："最是辛酸忘不得，呼爷声与读书声。"梦蝶楼印，有时也钤在画上。更有一印"家在南北两峰六桥三竺九溪十八涧之间"，可见他虽旅食沪上，心中还是念念不忘故乡的西湖。

他年逾八十，精神尚健。早年风度翩翩，很是秀逸。他的乡前辈陈蝶仙称述道："与亚光共谈笑，如对玉山琪树，令人自生美感。"有一年，小说家毕倚虹续娶汪夫人，他参加喜宴，比肩坐的是梅兰芳，某君认为亚光的美，胜过梅兰芳，撰了一篇短文，载在《晶报》上，开着玩笑。又有人把江小鹣、汪亚尘、丁慕琴、胡亚光同列为画坛上的美少年。目今亚光虽已垂垂而老，无复张绪当年，然衣履整饬，举止从容，尚有一些气度哩。

胡亚光为弘一大师画像

胡亚光画人像惟妙惟肖。据我所看到了的，如章太炎、夏敬观、张大千、张公威、鲁迅、唐云、徐特立、高吹万、包天笑、朱大可、陆丹林、钱释云、梅兰芳等，所画的都是时代名彦。那幅梅兰芳的像，便服洒然，充满着书卷气，可是倩笑美盼，在眉宇间却隐隐流露出红氍毹上婵娟的美态来，他的个性和职业性，跃然缣素间。奈这画方完稿，而梅氏遽而谢世，致不及送往缀玉轩，结果归我纸帐铜瓶室保藏。我很喜爱这幅画像，题了一首诗："莫问今人犹昔人，唱残白雪值阳春。梅魂菊影商量遍，合配琳琅万轴身。"前二句集王荆公，后二句集龚定庵，似乎尚觉确切。年来杭之虎跑，闽之泉州，为弘一大师李叔同先后设立纪念馆，征求文物，蔚为大观。亚光又绘弘一缁衣戴帽半身像，慈祥悲悯，兼而有之。

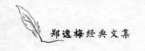

百岁老人苏局仙的书法

在我国书法史上，年逾百岁的，可谓绝无仅有，我所目睹的却有南沙苏局仙，年已百有二岁了。犹忆去岁曾去拜访他老人家，和他比肩而坐，摄了一帧照片，留为纪念。他又为我的《艺坛百影》题了扉页。前一个月赴上海文史馆参观他的书展，又看到他最近诸影，有静坐如诸葛孔明抱膝为《梁父吟》的；有接待市、县领导同志来访，亲切交谈的；又有那些朝气蓬勃的新秀，包围着他，看他临池执管的。真有若前人的诗所谓："追随着一苍髯客，霜叶来争桃李妍。"总之，沆瀣一气，老中青结合得最好没有的了。

苏局老的书件，最引人注目的为一横幅，书《兰亭序》，雅逸俊秀，翩翩欲仙，那是参加全国书法展获得一等奖的副本。又钟鼎文屏条，质朴古茂，精审谨严，非老手不办，是他生平唯一杰构。一楹联"力除闲气，固守清贫"八个大字，势似流风回荡，秋雨飘零，也是难得看到的。尤以行书录唐诗的小直幅为最多，唐人诗耐千回诵，他老人家的书耐百回看，堪称双璧。玻璃橱中，陈列他的《蓼莪诗稿》，更珍贵的有《常谈》三十八册。《常谈》包罗万象：谈道、谈艺、谈朝野、谈习俗、

苏局仙书法作品

谈生活、谈遭遇、谈朋踪交往、谈亲戚联欢，色色具备，且用毛笔写得端端正正，倘能把它影印出来，不仅足为书法示范，亦可充近百年史的证考资料，是极有价值的。还有许多医药验方，零星杂札，那是属于另一部分，也很可喜。

据闻他老人家数年前右腕骨折，经医治疗，他本人又倔强成性，天天锻炼，居然很快就恢复了。这儿所见之品，十之七八，是骨折后写的，雄浑挺拔，哪里看得出半点病态。因为他善于摄生，三餐进粥不啖饭，佳酿浅酌，微醺而已。他的下一代健侯，亦已苍颜白发，能敬伺老人，融融泄泄，一家在春风和气之中，所以他老人家不但是位百岁老人，又是一位幸福老人，那么寿命绵延，百岁还是一个起基，世称"人瑞"，舍苏局老莫属的了。

写市招的圣手唐驼

　　商店必备招牌，借以招徕生意。现在的招牌，比较简单化，大都是塑料或有机玻璃的。解放前，都用长方的大木板，请名书家用黄纸书写，然后由工匠翻刻在大木板上，字自右而左，髹以金漆，灿然炫目，称之为金字招牌，那是表示货真价实的。如宝记照相馆，是尚书沈曾植写的。紫阳观酱菜铺，是状元陆润庠写的。此后翰林汪洵写的很多。继之如马公愚、天台山农和唐驼，都是书写招牌的能手（其时尚有两位名书家，商店素不请教，一邓粪翁，这粪字太不顺眼。一钱太希，商店唯一希望是赚钱，这个姓名和赚钱有抵触），尤其唐驼的正楷，骨肉停匀，摆得四平八稳，一般商人都欢迎他。他在上海中华书局书写石印教科书，那中华书局的招牌，即出他的手笔。他写招牌，喜和制招牌的工人一同商榷，怎样才悦目。他从善若流，一点没有书家的大架子。

　　唐驼是江苏常州人，背部隆然，人们呼他唐驼子，他便把原名废掉，以唐驼自号。后患胃病，延医诊治，认为他伏案写字，脊梁支撑力弱，胸骨受迫，窒及胃部所致。医生为制一钢骨背心，他每日临池，必御此背心，使背部不再屈曲。有一次

乘火车，带了许多行李，虽很累赘，他只用左手提携，给小说家毕倚虹看到了，问他："为什么右手不分任些？"他说："右手是要写字的，万一提携重物，损坏了手腕，那么如何执笔呢！"

唐驼有一篇《自述语》，如云："余初名守衡，字孜权，幼年背微曲，人以驼呼我，我乃喜以驼应。曾孟朴撰《孽海花》，倩我题签，题署唐驼，唐驼与世人相见自此始。余书非佳，然颇为人涂抹，初不敢以之卖钱，某年甚窘，有髹工语余曰：公能卖字，可立致多金，余婉谢。髹工曰：公不信，我可先介绍一五十金之小生意，即老介福市招也（按老介福为一绸庄名）。余欣然命笔，余之卖字，自老介福始。卖字之收入，第一年不及千金，次年增至一千五百金，又次年突增至三千金，又次年至三千二百金，第五年增至四千八百金矣。"又云："余作书，每于夜九时后，振管疾书，写至子夜不辍，腕亦弗僵，盖腕已任劳听命矣。"这些话，颇有趣，也足为书林掌故。唐驼六十八岁逝世，他生前为建立唐孝子祠，写了许多楹联，把润资充作建筑费。但他的遗作人们认为他写市招多，未免流入俗媚，不足重。我却藏着他一联，和其他书家的手迹等量齐观。

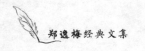

陈端友的琢砚艺术

陈端友是怎样一个人，那位熟悉他生平的彭长卿曾经告诉我一些，我就根据他所述的，作一概括的介绍。

端友曾制一苦瓜砚，造型甚为朴雅，一天，给名画家任伯年的儿童叔瞧见了，赞赏不置。便为他在砚匣上作一题识，有云："逊清道咸同光间，吴中业碑版椎拓锲刻号第一手者，曰张太平。太平死，弟子陈端友能尽其术，为及门冠。张固贫，死无余蓄，则赖端友作业以赡其后。端友名介，字介持，以别署行，虞山人。尤善治砚及拓金类文字。其治砚务意造，不屑蹈袭。有挟金请谒，令膺顾二娘，被峻拒，说者谓端友刻意千秋艺事，洵有不可及者。"这几句识语，方为端友做了个小史。

端友为了谋生，足迹常到上海。这时上海有两位名医，一小儿科徐小圃，一西医余云岫，负了盛誉，当然生活富裕，爱好书画骨董，作为诊余遣兴。尤其收藏佳砚，累累满架，什么蕉叶白、火捺、眉纹、龙尾，应有尽有。尚有许多佳石，没经琢刻，徒然为未凿之璞，莫呈辉丽，听得陈端友善于琢砚，两名医动了脑筋，请他来家，彼此轮流作东，供其食宿，并给优厚工资，端友也就安定下来，殚思竭虑，在琢刻方面，下着细

巧工夫。他的琢砚，不能限以时日，快则一月一方，也有二三个月一方，甚至一年半载或数年一方的，由于难度的高下，艺术性的强弱，不能一致了。据说他一生所琢精品，约百方左右，都归两医所有。大约徐小圃占有百分之六十，余云岫占百分之四十。解放前，徐小圃携了一部分赴台湾，余云岫却留在国内，所有精琢的名砚，都归上海市博物馆收藏了。数年前，上海市博物馆曾举行文房四宝展览会，所谓文房四宝，便是笔墨纸砚。砚的部分，就有好多方是陈端友的作品。有一方龟砚，这是他一生最得意的代表作，整整花了三十年时间，才得完成，状态生动，极鹤顾鸾回、曳尾缩项之妙，友邦人士看了，无不为之惊诧。

顾二娘是琢砚唯一圣手，曾向人这样说："砚系一石，必须使之圆活腴润，方见琢磨之功。若呆板瘦硬，乃石之本来面目，琢磨云何哉！"陈端友制作的砚，确是形象地体现出圆活腴润的美来，是值得令人借鉴的。

端友的老师张太平，有子张文彬，能继父业，和他的妻室都善雕琢。文彬在一笔筒上，刻着白龙山人的花卉，笔致苍劲，成为一件极好的艺术品。他的妻子仿制顾二娘的筛子砚，几可乱真。他们夫妇俩收一学生张景洲，也精于此道，且因陈端友琢砚的技能，高超出众，又拜了端友为师，渊源不绝，成为佳话。

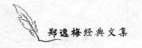

艺坛掌故一束

蒲作英脱齿致命。《海上墨林》载着蒲作英的事迹，如云："蒲华，字作英，秀水人。善画，心醉坡公。花卉在青藤白阳间。精草书，自谓效吕洞宾白玉蟾笔，奔放如天马行空，时罕其匹。妻早卒，无子女，住沪数十年，鬻书画以自给。赁屋沪北，所居曰九琴十砚斋，左右四邻，脂魅花妖，喧笑午夜，此翁独居中楼，长日临池，怡然乐也。生平讳老，不蓄须，询其年，辄云六十余，其同乡杨伯润年愈七十，常言总角就傅时，已闻蒲君名，与同人结鸳湖诗社，意兴甚豪，以年岁之比例推之，则蒲君之年当在九旬左右云。宣统三年，无疾坐化。"然我曾听孙老漱石谈，蒲作英曾请西人镶金齿，某晚醉卧，金齿忽脱落，塞喉间而死。

王一亭风雅回单。王一亭生前爱好花木，晚年，他营菟裘于沪南乔家浜，颜曰梓园，罗致奇葩异草，蓊然可喜。有一次，真如黄岳渊获着名贵菊种，细蕊纷披，垂垂盈尺，锡名曰十丈珠帘，岳渊遣工役赍送一盆于王一亭，恐工役之有误，便嘱携带回单簿一本，送到须对方钤一印以为凭证。时一亭适燕居在家，命来人在外稍候，便伸纸拈毫，对花写生，题识既毕，给

来人带去，作为回单之用。过一天，我到园中去，岳渊夸示道："这是盆中花换来的画中花！"

倪墨耕老于花丛。倪墨耕所作人物，在前清光宣间，是数一数二的。他擅画胡儿牧马，毡帐风霜诸景物，自有一种荒寒峭劲之致。他既享着盛名，所以不免有赝鼎出现。他生前居吴中，性喜渔色，凡冶芳浜一带娼寮，常有他的足迹。其时赵云壑从吴昌硕游，因昌硕得识墨耕，墨耕以云壑饶有天才，甚为爱赏。一日，携入花丛，天忽潇潇而雨，且气候骤寒，墨耕遂作髡留，并介绍一妓以伴云壑。墨耕固此中老手，安然无恙，不意云壑却沾染梅毒，一场风流病几乎送掉性命。因此云壑逢到有为的青年，必劝勉束身自好，不涉冶游，且以己身所受的痛苦为告，借以警惕。

姚叔平龙华阻雨。山水画家姚叔平，擅写秋林黄叶，淡淡着笔，意境自高，他的襟怀，可想而知了。一度在沪南民立中学担任图画，阳春三月，龙华桃开，士女嬉游，络绎于道，叔平困于校课，也想借此观赏，疏散闷怀。讵意到了那里，天忽大雨滂沱，经时不霁，雇叫人力车，乃大敲竹杠，叔平伫立其间，大有行不得也哥哥之概。既而转念一想，成竹在胸，便雇了一辆车儿，不与论值，直驱至大南门，始嘱停止，就岗警询问宜付若干车值，那车夫悻悻见于面，然无如之何哩。

程瑶笙盲目作书。程瑶笙晚年，目盲不能作画，他很为苦闷，再三设法，由西医施用手术，一经开刀，果然渐见光明。他便大为得意，嘱家人磨了墨，伸着纸，写成楹帖若干副，赠送戚友，以为纪念。他这时很抱乐观，自信渐入佳境，或许以后能重事丹青，岂知没有多时，他接到一信，知家乡的屋子被侄子售出去，大为气愤，从此双目又复蒙翳，至死未愈。他的

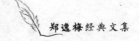

遗作，得数十帧，他的弟子胡适之为之题签，由商务印书馆摄影出版。

马孟容蓄置昆虫。沈三白《浮生六记》有云："爱花成癖，闲居，案头瓶花不绝。芸曰：子之插花能备风晴雨露，可谓精妙入神，而画中有草虫一法，盍仿而效之。予曰：虫蹦躅不受制，焉能仿效？芸曰：有一法，恐作俑罪过耳！予曰：试言之。曰：虫死色不变，觅螳螂蝉蝶之属，以针刺死，用细丝扣虫项，系花草间，整其足，或抱梗，或踏叶，宛然如生，不亦善乎！"画师马孟容仿着这玩意儿，捕到昆虫，一一的用针儿钉在壁间。入他画室，累累都是。那时他住在沪上西门斜桥，我去访谈，总见他忙着挥毫，那些昆虫，就是他绝妙的范本。他还有一件趣事，当时斜桥一带，颇多乞丐，他的弄口，就有乞丐盘踞着。一天，他忽发奇想，叮嘱丐儿，看到我出入，呼"万岁"一声，我给你三个铜元。丐儿大喜，如其嘱咐，大呼"万岁"，他笑着对人说："从前九五之尊，亦仅三呼万岁，那么我花了若干铜元，不是做了皇帝么！"

清道人的特殊菜单。清道人，姓李，名瑞清，江西临川人。民初来作海上寓公，住居北四川路全福里，门上榜着"玉梅花盦道士"原来是他别署，俗人不知，以为他是羽流，便有人请他去打醮，因此，他把门榜撤去了。鬻书和曾农髯齐名，门弟子很多，张大千就是他的大弟子，组有曾李同门会。书润有一小引，颇可诵，如云："辛亥秋，瑞清既北，鬻书京师，时皖湘皆大饥，所得资尽散以拯饥者。其冬十一月，避乱沪上，改黄冠为道士矣。愿弃人间事，从赤松子游，家中人强留之，莫能去。瑞清三世皆为官，今闲居，贫至不能给朝暮，家中老弱几五十人，莫肯学辟谷者，尽仰瑞清而食，故人或哀矜而存恤

之，然亦何可长，又安可累友朋。欲为贾，苦无赁；欲为农，家无半亩地，力又不任也。不得已，仍鬻书作业，然不能追时好以取世资，又不欲贱贾以趋利，世有真爱瑞清者，将不爱其金，请如其值以偿。"他鬻书生涯，胜于农耕，润虽贵而求之者众，引起匪徒觊觎，写恐吓信给他，索巨款。他接到索诈信，立致复，备述家累之重，分利之多，没有余款可应云云。这封信嘱仆人付邮，仆人却誊钞一过，寄给匪徒，原信留存下来，后由慕道人法书的善价买去。他任南京两江师范监督，有一次，揭出布告，不到半天便失踪了。原来这布告是他亲笔写的，也被爱好他书法的不择手段而窃去。他兼绘事，润例附云："余亦有时作画，山水花卉，或一为之。有相索者，具值倍书。花卉松石，其值比于篆书，山水画佛值其倍篆。"某次，他到小有天闽菜馆去进餐，那儿是他常去的，所以馆役都很熟悉，请他点菜，他就索一白纸，什么鱼、肉、青菜、萝卜，一一的绘画出之，馆役把这特殊菜单付诸装裱，视为至宝。外间传说他啖蟹一百只，有李百蟹之称，就是小有天的故事。他五十四岁逝世，两江师范在校园中辟梅庵一所，以留纪念。解放后，这梅庵和高茂的一棵六朝松都保护着。

谢闲鸥的竹林七贤图。谢闲鸥，名翔，别署海上闲鸥，师事沈心海，为青溪樵子钱慧安的再传弟子。结长虹画社，长虹弟子凡数十人，传钱派衣钵。闲鸥山水花卉，无不擅为，尤工人物。有一次，我到他家里，看到他所绘的竹林七贤扇面，凡五六帧，章法位置，各极其妙，绝无一帧雷同。他边谈边指示，孰为阮籍，孰为山涛，孰为王戎，孰为向秀，其他阮咸、刘伶、嵇康，都态度安详，自得逸趣。我问他："同具古衣冠，怎能辨别甲乙？"他回答说："下笔之先，已考诸典籍，嵇康龙章

谢闲鸥作品

凤姿，身长七尺八寸，故绘嵇不可不巍然秀出以传其神。向秀喜佐嵇康治锻，那么嵇侧当属向秀。阮咸喜弹琵琶，故以乐器自随。王戎眼灿然如岩下电，那么目光炯然的，非戎莫属。阮籍容貌杰伟，光气宏放，那么傲然、挺立，也自有其标识。山涛年事转高，非苍颜皓发不可。至于刘伶，貌陋而喜饮，则携酒一樽，放情肆志的，不问可知了。最使人叹服的，每帧七人，或正或侧，动作各不相同，而其相貌，却举一可推认其余，有如四人绘福尔摩斯像，虽千态万状，然在任何图幅中，使人一望而知孰是福尔摩斯，孰是华生，是同具机杼的。

花衫名角绿牡丹

大约四五十年前吧，凡涉足剧场的，都知道花衫名角绿牡丹红极一时。他是贵州安平人，姓黄名琼，字瑞生，绿牡丹是他的艺名。且因《天中记》有"欧家牡丹有作浅碧色者，时称欧家碧"一语，便别署欧碧馆主。幼年拜老演员戚艳冰为师，他既聪明，又虚心受教，所以艺事突飞猛进，成绩斐然。初演于乾坤大剧场，又续演于大舞台，年仅十五六岁，雏凤清声，誉满海上。当时，老画家吴昌硕曾为之题照："散花送酒殊风格，坐着梅边认不真"，形容他演《天女散花》《宝蟾送酒》，和梅兰芳有异曲同工之妙。他能戏六七十目，饰《春香闹学》的春香、《天河配》的织女、《新安驿》的女盗、《鸿鸾禧》的金玉奴、《马前泼水》的崔氏、《长生殿》的杨贵妃等，或端庄，或婉媚，或巧笑，或轻颦，或泼辣，或温娴，都能深入角色，刻画入微。那时演红生的老伶工王洪寿，和他同隶一台，王为了提携他，某次演《十八扯》，王自演未饰演的丑角，借以衬托。某岁，江浙水灾，上海伶界联合会举行义务会串《嫦娥奔月》，以筹措赈款，绿牡丹饰嫦娥，赵君玉、芙蓉草、贾璧云、刘玉琴、刘小蘅、高秋鸾这一班名角饰仙女，轰动一时，

实则也是前辈扶掖后进罢了。

他好学，从陆澹安学书法，陆兼教诗文，并发起绿社，征集绿牡丹剧照及诸名流如胡寄尘、袁寒云、朱大可、尤半狂、天台山农等的揄扬文字，汇刊《绿牡丹集》，以与柳亚子的《春航集》《陆子美集》相媲美。不料这样一来，引起《晶报》主持者余大雄及几个评剧人士的嫉妒，在《晶报》上大肆攻击，痛骂绿社人士为中了绿气，出语甚为恶毒，陆澹安和朱大可、施济群因办《金钢钻报》和《晶报》对垒，且寓意金钢钻的硬度可以刻晶。满拟对骂一阵出了气，也就收场，不料《金钢钻报》骂出了名，居然销数很多，便由施济群维持下去，刊行了十多年，为小型报之翘楚。过了数年，陆澹安有天南之游，携带绿牡丹同赴昆明，为编《龙女牧羊》《霍小玉》《风尘三侠》等新剧，连演一个多月，载誉而归。

解放后，每逢星期天，一般笔墨朋友，纷趋襄阳公园茗谈为乐。陆澹安、朱大可、平襟亚、徐凌云、管际安等，为座上常客，我也每周必到，绿牡丹有时也来参加。徐凌云、管际安都喜谈剧，劲头很高，且编撰了《昆剧一得》，直至"文革"运动起才止，听说绿牡丹在运动中期含冤而死。

瘦皮猴韩兰根趣事

韩兰根

　　韩兰根是我四十年前上海影戏公司的老同事，可是好久不见面，却在电视中看到他，已是七十多岁白发苍苍的老人了。他托人带口信给我，说要来探望，这当然是我非常欢迎的。不料，隔不多时，噩耗传来，他已一瞑不视了。

　　他生平拍过的影片，二百五十部左右，可称多产的了。具代表性的，要推他和王人美合拍的《渔光曲》，他饰小猴一角，呆头呆脑，别有神态，表现角儿的个性，可谓妙到毫巅。这部片子，在国际电影展获得金牌奖。他为了拍片吃苦头的，是和蓝苹（江青化名）合拍的《王老五》和《狼山喋血记》。在"文革"中，四人帮威胁他，不许提到蓝苹，并把他关进牛棚，强迫劳动，摔断了肋骨。这种手段，是何等残酷啊！直到一九七四年，他才得解放回到上海，参加市政协，暇时打拳，蓄几只鸟，驾自行车到公园，度着晚年的愉快生活。他不但拍片属于多产，他家里有八个儿子，五个女儿，儿女十三人，也

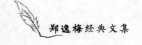

可说是多产的了。

　　我既和他同事多年，他以往的事，当然知道一些，这儿就把较有趣的谈几件吧！他十七岁开始拍电影，我认识他时，他已二十多岁了。他擅唱歌曲，边唱边表演，滑稽得很。他有一支《白相跳舞场》，听他唱的，没有个不哈哈大笑。这时，我的朋友丁悚，任职蓓开唱片公司，我就作了介绍，为他灌了唱片，风行一时。

　　当上海影戏公司摄《新西游记》，韩兰根饰孙悟空，为了扮演猴子，把头发中间剃掉，只留蓬蓬然的两鬓，成为怪样子，不拍戏时，他戴着帽子遮掩着。其时同事们都喜开玩笑，一次，大家闲着没事做，就邀了兰根去逛马路，到了南京路最热闹处，同事某突然把他的帽子抓取了就跑，他剃得不三不四的怪头，在万目睽睽之下，引起哗笑，使他窘极不堪，没有办法，只得抱着头，雇了一辆人力车，拉起篷帐，狼狈地逃回去。又一次，大家坐着聊天，他无意中说道："好久没有人请客，很想一快朵颐。"这话不打紧，可是同事某又动了脑筋，和他开玩笑。过了一天，冒着和兰根熟识的某某名儿，邮寄一份请客帖给他。他接到了，很为高兴，准时到某菜馆，抬头一看，座无作东的主人。他想大约主人有事迟到了，等着再等着，却始终不见主人的影踪。不巧得很，天忽下起大雨来，他只得自己花了钱吃了一顿饭，雨丝风片，兀是不停，便冒着雨，还到家中，一条新制的白哔叽裤溅沾了很多泥迹，大为懊丧。

　　他屡次受窘。有一次，他却窘了大名鼎鼎的吴稚晖。吴稚晖是国民党元老，但生活平民化，经常步行市间。一天，吴稚晖杂在人群中，忽被韩兰根瞧见了，便高吭戏呼吴稚晖，这一下，顿使吴老头子惊慌失措，深恐有人对他不利，急忙躲入一

店铺，好久才敢探头一望，见没有动静，匆匆离开店铺而去。

上海影戏公司主持人但杜宇，也是喜开玩笑的，那时演员有袁丛美其人，为暨南大学毕业生，很有文化修养，善演反派戏，状态很英挺，遗憾的是面有痘瘢。杜宇忽地要我编一支《麻皮歌》，我七不搭八编好了，把歌词给韩兰根试唱。那天，特地招呼袁丛美到一小小化妆室来，我和韩兰根先在小室中，袁丛美走进来一看。见在座的有鬼头鬼脑的样子，知道不对头，拔脚要跑，杜宇突然把门窗关锁起来，韩兰根引嗓作态，高唱《麻皮歌》，唱了一遍又一遍，使袁大窘特窘，一笑开锁，袁才得逃走。

韩兰根绰号瘦皮猴，的确带些猴子的顽皮性，面部各官都能牵动作怪相，逗人发笑，连耳朵也能任意活动，这是他人所做不到的。总之，他是趣人，从小就趣，直趣到了老，大家都喜欢接近他，甚至他家的小孙儿时常缠住了他，要他讲故事，实在他的言语和动作太有趣了。

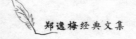
萧蜕庵的书艺

谈书法的，大家都知道有沙曼公、邓散木，却少有人知道他们的老师萧蜕庵，因为蜕庵逝世多年，人们把他付诸淡忘了。

蜕庵，江苏常熟人，字中孚，别署甚多，如退盒、退暗、本无、无公、罪松、旋闻室主。晚居吴中阔家头巷五号及圆通寺，那一带属于葑门，称为南园，他又自号南园老人。早年参加南社，继入同盟会，掌教上海爱国女学、城东女学，为一时俊髦。

他曾从张聿青学医，擅岐黄术，为人治病，辄有奇效。贫者踵门，免酬给药。著有医书数种，精小学，有《文字探原》，《小学百问》等，皆数十年钻研心得，惜未刊行。又耽禅悦，常访印光上人，有所商讨。更善书法，以学佛故，尝谓："书道如参禅，透一关，又一关，以悟为贵。""书法当学而思，思而学，若学而不思，思而不学，皆不可也。佛学由解而疑，疑而参，参而悟。不解不会疑，不疑不会参，不参不会悟，不悟不会成。书法然，一切无不然。"他四体皆工，尤长篆体，教人握管，谓"当懂得力学，以笔尖为重心，大食中三指为力点。"又云："学书先从楷书入手，以欧阳洵、虞世南为正宗。欧字

萧蜕庵书法作品

得力于王羲之，虞字得力于王献之，羲之以神胜，献之以韵胜，二者截然不同，久审方知。若颜鲁公、柳公权，则为正宗之支流，只供参考而已。"他又于永字八法外，别辟新八法，为理、法、意、骨、筋、肉、气、韵，认为"八法全，谓之有笔有墨，不全，谓之有墨无笔。"那就更进一步的说法了。又云："写字工夫，不可有滑笔，主要笔笔入纸。"又："北海书，是拉硬弓手段，宜学其臂腕力，引来控去，旁若无人，才可中其鹄的，若一松弛，则势必不能穿鲁缟矣。"又，"明代书人，以行草著称。故明人只限于帖学，碑学则百无一人，篆隶则千无一人。而明人草书，前惟王雅宜，后则董香光，最后则傅青主。祝枝山、王觉斯，皆魔道也。"又："一碑须学一百次，方可入门而升堂，由堂而室，由室而奥，由奥而出后门，复由后门而绕宅，再进前门，复从后门出，则整个状况，均得了然。"又："兰亭、圣教当勤学，十三行亦时时展阅，道因少写而多看，则自能得益。"又："书法虽小道，要具三原素，一曰书学，二曰书道，三曰书法，三者以学为本，以法为末，以道为用，离其一，则非正法也。"

他晚境坎坷，六十诞辰，堂上张联自寿："醉里一陶然，老我相羊频中圣；儒冠徒饿死，生儿不象始称贤。"其牢骚可知。一度外出，险遭车祸，不久，又倾跌受伤。加之他韬晦自隐，不趋时，不媚势，人罕知其学养与书艺，致一无收入，生活艰困。诸门弟子分散各地，难予照料，而我友陈锲斋，却于岁时令节，有所馈遗，因此，蜕庵与锲斋通问独多。蜕庵于一九五八年五月二十六日病故，年八十有三，锲斋展视遗札，为之泚然流涕，承出示数通，如云："笔墨生涯，竟尔断绝，朝不谋夕，欲一饱而无从，以此而言，殆无生理，与吾弟（指

锲斋）相晤之时，将无几耳。平生纪念之物，只有文百余篇，诗六七百篇，小学三书，日记三十余本，同付灰烬而已。念及此，为之痛心不置。"又："拙荆撄疾半载，终以窭困，失治罹殃，于夏历三月初七日溘逝（早于蜕庵前四年）。"又："窘于邮资，未即复。今年耳益聋，神益败，恐不能度年矣。"这写在明信片上，钤一小像印，秃头戴眼镜，微髭，作僧装。又一明信片："自去年十二月中旬卧疾，加以倾跌重伤，偃蹇六阅月，今虽起坐，而两足几废，两耳完全失聪，目亦散光，如在云雾，神思恍惚，在世不久矣。往岁嘱我集一联，曾成句而未书：'能读万卷书，气象远矣；作退一步思，身心泰然。'写至此，目瞀矣。"其艰苦真有出人意料之外者，当时政府当局知而悯之，由江苏省文史馆聘为馆员，馈以馆禄，奈年迈体衰，已不能挽回其重危之生命，那是多么令人嗟悼啊！

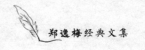

李健写龙字一百幅

临川李梅庵，别署清道人，书名震南北，和曾农髯称一时瑜亮。他是没有儿子的，由他的侄儿李健传其家学。李健字仲乾，在上海卖艺授徒，弟子数百人，以刘葵中从之三十年为最老，以美国普林斯顿大学东方美术系教授方闻为最幼。他对书法，各体俱擅。梅庵能书不能画，间有所作，寥寥数笔的文人画而已，他却山水花卉都来得。又善刻印，年寿虽高，尚能灯下奏刀，分朱布白，妙造自然。更能诗，画梅往往题上自己的诗句。

李健多才多艺，然当推书法为最高超，苍苍茫茫，磊磊落落，充分表现他的胸襟和修养。凡六朝碑体，晋唐正楷，汉魏隶分草书，以及行篆，无不兼长。他居住沪西愚园路，室中张着巨幅，都是他自己的作品，有如五色祥云，荧煌炫转，客人来到这儿，都要欣赏一番，引为眼福。当一九四〇年，岁次庚辰，辰年生肖为龙，他忽发奇想，便在庚辰年，庚辰月、庚辰日、庚辰时，预先磨着三大盂的墨汁，挥毫写龙字一百幅，从龙时开始，直到龙时终止，恰巧写成百纸，时间掌握是很恰当的。且所写龙字，字形和字体各个不同，他自己也认为一时兴会，不易再得。因此他对这百幅龙字，非常珍视，有时在他书斋中张挂一部分，自欣自赏，犹觉踌躇满志哩。

刻碑名手黄怀觉

　　碑的历史是很久远的，据《仪礼聘礼》郑注："宫必有碑，所以识日影引阴阳也。"这种碑，大都没有字的。刻字流传的，当以泰山刻石、琅琊台刻石、秦篆诏书，堪称代表了。汉代熹平的石经，那是碑刻的巨构。又有石刻画像，如武梁祠石室四壁所刻的，不仅人物衣冠，且有车马台阁卉木等等。降至唐代的昭陵六骏，凡此都可作为研究古代艺术史迹的资料。《文心雕龙》云："自汉以来，碑碣云起，才锋所断，莫高蔡邕。"所谓云起，可见其数量之多，难以列举了。

　　碑碣大都由名人书写，然后付诸刻手，书法虽佳，倘没有好手镌刻，也就不能表现其风神与笔势，落入凡庸凝滞中了。可是书家都留有名儿，刻手却什九湮没无闻，这确是一件遗憾的事。以往的刻手，难以追记了，最近在杭州岳飞墓前刻《前后出师表》的黄怀觉，我很熟悉，就把他记录一些在这儿吧。

　　黄怀觉，生于清朝光绪三十年，即公元一九〇四年，今已七十九岁了。他家境贫困，读了数年书，十四岁即辍学，在苏州珠明寺前（现改称景德路）征赏斋当学徒。那征赏斋是苏州极老的碑帖店，店主亦即老师黄吉园教他刻碑、拓碑、裱帖三项业务。学习时期，订定六年，这六年生活是很艰苦的。每天天没亮，店门尚未开，即须摆好马步姿势，在凳子上练习糊帚功夫。那是握着一具棕制的刷子，为拓碑的基本功，也是装裱的必修课。夜间燃点了一盏灯，灯的周围用布蒙起来，防止灯光的散射。刻字用的刀和铁板，也用布包着，减低敲击的声响，因为这时老师和伙友都偃息上床，不能影响他们的睡眠。埋着头在木板上和石板上练刻小楷法书，直至三更半夜，才得停手。夏天蚊叮虫咬，只得忍受。隆冬天寒，手指冻得有似红萝蔔，患着严重的冻瘃，有时僵痛得衣服的纽扣都不能脱解，便和衣而睡。这样坚持了三足年，在刻、拓、裱三项工作上，终算得心应手了，便为店主赚钱，刻金石拓碑，及长、元、和三县衙署的告示碑。又曾刻合肥李经迈的望云草堂木匾额，张一麐圹志。又为杭州顾养吾家刻佛像。为无锡夏家刻曹铨所书的墓志铭。裱的方面，如陈眉公的金石拓本，陈奕禧的书册，那是刘晦之家藏的。又董美人墓志铭及题跋，那是吴湖帆物，也就认识了湖帆，拜他为师。同时，经常访问同行，如尊宝斋、柔石斋、汉贞阁等刻手，在那儿揣摹研究，借鉴特长，吸取经验，熏陶涵濡之下，得益很大。

六年满师，得以自由活动，遍走大江南北，遇到许多书画名流，总是向他们讨教。举凡流派宗法，刚柔虚实，以及用笔设色，气韵迹象，什么是传统的？什么是创新的？凡此种种，都溶化到镌刻中去，渐渐地掌握了肥瘦短长，偏正徐疾，视石如纸，视刀如笔。刻字也好，刻画也好，都能取意行神，不滞不囿了。

一九二三年，他和同事黄桂轩，应南通张季直的邀约，刻家诚碑，又倚锦楼石屏铭。既返苏，在集宝斋刻常熟言家的丁夫人墓碑，那是严修手书的。又为吴子深刻董香光墨迹手卷。

一九二五年，赴常熟，为朱家刻百花诗，刻赵古泥像。刻时秉刚墓志铭，那是萧蜕庵撰文，萧冲友书丹。刻陈际春墓志铭，也是萧冲友书丹。又沈研墓志铭，是孙师郑撰文。俞春生墓志铭，是胡炳益撰文，蒋志范篆盖。北杨南瞿是我国两大藏书家，南瞿便是常熟瞿家的铁琴铜剑楼。瞿家的主人良士，请他刻铁琴铜剑楼匾额，出于孙星衍手书。又刻瞿良士所书的重修昭明读书台记，及重修净土庵记等。良士逝世，那墓志铭是燕谷老人张鸿所撰，董绥经书丹，也是怀觉镌刻。又刻了金鹤冲所撰的沈成伯墓志。其他如宁绍会馆重修记，慈溪洪迈书。重修于公祠碑，蒋志范书。怀觉都花了相当的精力。就在这年，赴南京灵谷寺，刻阵亡烈士纪念塔碑。

一九三五年，重游南通，这时张謇之兄张詧逝世，为刻张詧墓表，那是夏敬观撰文，李拔可手书的。又刻杨夫人墓碑，谭泽闿书，杨夫人便是张詧的室人。又刻张謇所书他捐赠荡田记、狼山大圣像。在观音岩刻历代名画家所绘的三十二幅观音像，全力以赴，堪称杰构。回沪后，在吴湖帆家，刻潘夫人墓表，潘夫人字静淑，湖帆的亡室，能画能词，又刻其遗作千秋岁词稿，湖帆跋语附刻于后，如云："右为故妻潘夫人静淑千秋岁词手稿，作于甲戌之夏。其中'绿遍池塘草'五字，平生最自意得，而传诵一时者也。因命其所制词曰《绿草集》。今夏五月，微疾仙去，爰将此稿摹勒入石，以永其传，谅世有同感者，当不以余为过情云。己卯冬至，跋于梅影书屋，倩庵吴湖帆。"

苏州寒山寺，以唐张继"月落乌啼霜满天"这首《枫桥夜泊》诗而著名，诗碑最早为宋仁宗翰林学士王珪所书，明文征明所书为第二块，清俞曲园所书为第三块，第一第二块以年代久远，早已无存了，曲园所书，尚完整无损。吴湖帆多年不返故乡，认为曲园书碑已毁于战乱中，便异想天开，当今的张溥泉主持国史馆，单名继，和唐代的张继，恰巧姓名相同，那么不妨请当代的张继，重写唐代张继的诗，立碑寒山寺畔，以留佳话。奈湖帆和张继素不通问，不能贸然有所请求。恰巧友人濮一乘自南京来访，濮和张继有旧，就委托他代请张继作书。讵意不久报上载着张继的讣告，深悔这个脑筋动得迟了一些，张继不及为之执笔了。大约过了半个月，濮一乘寄来一束邮件，湖帆展开一瞧，为之惊喜欲狂，原来张继已把诗碑写好了，行书很是遒秀。诗后有跋："余夙慕寒山寺胜迹，频年往来吴门，迄未一游。湖帆先生以余名与唐代题《枫桥夜泊》诗者相同，嘱书此诗镌石。惟余名实取恒久之义，非妄袭诗人也。中华民国三十六年十二月，沧州张继。"且附着濮的一信，略云："张溥老近日劳瘁过甚，致迟至前三日始行书就，越一夕即作古人矣。此纸实其绝笔，史馆同人，欲予保留，继又因执事对于此纸，自具胜缘，自应将真迹寄呈，惟恳尊处于上石之后，仍将原纸寄还史馆，俾其保存，作为纪念。"湖帆即将该纸寄给在苏的黄怀觉，请怀觉在苏物色一石，刻一巨碑，送往寒山寺。数十年来，经过沧桑世变，久不闻此碑下落。近晤怀觉，才知此碑犹仆于荒烟蔓草间，幸碑文尚未损坏，我撰了一文，刊载《书法》杂志，希望苏州文物单位，把这第四块碑重行竖立，亦足供人缅怀采访。

此后，怀觉在上海刘晦之家拓金石铜器，凡数十件。又刻菲列律信愿大成殿记，那是费范九所书，后来不知出国与否，下落不明了。

一九五四年，赴泰州，刻烈士碑。又刻吕凤子所画列宁像、孙中山像、鲁迅像，石藏山西太原迎泽宾馆，拓片在上海《新民晚报》上发表。又刻了齐白石像、柯璜像等。过了两年，应聘上海历史文献图书馆，一九五八年，历史文献图书馆并入上海图书馆，即为上海图书馆装裱和整修各著名碑帖，展出于博物馆。一九七○年，为上海朵云轩刻赵孟頫、唐六如、祝允明等诗词。他的儿子稚圭、良起，渊源家学，都能奏刀，由他指导，为刘海粟刻了一幅五尺左右的巨干老梅，上端且有海粟自题的水龙吟词，下端有一印："无锡黄怀觉子稚圭良起同刻石。"这幅画雄健兀傲，具有冲寒独秀的精神，一经怀觉妙刻，对之仿佛冷香拂拂，袭人衣袂间，可称双绝。

南宋岳飞墓，在杭州西湖，一九六六年秋，被四凶所毁。乃重新修复，花费人力五万六千工，人民币四十五万元。大殿匾额"心昭天日"四个大字，照壁前的左右两旁，陈列着这次修复的石碑一百二十五方，这些石碑有从屋基下发掘出来修补的，有从众安桥岳庙迁来的，也有根据拓片翻刻的，这方面怀觉花了很大的力气。尤其聚精会神的，那是历代相传岳飞所书的诸葛武侯的《前后出师表》，字数较多，《前出师表》摹刻二十块碑石，《后出师表》摹刻十七块碑石，为了早日完成，怀觉招他的儿子稚圭、良起，一同镌刻，父子合力，成绩斐然。

至于刻碑工序，怀觉为我谈了一些。据说：第一阅稿，仔细端详稿的大小、行距、结构、排列等，然后选择合适的石料，石料以洞庭山的太湖石为上品，大理石次之。先用沙石粗磨平整，继用沙皮打磨，复以细刀砖磨光，直至腻滑为止。接着，以磨浓研匀的上好墨汁，加在石上，称为上墨。待碑上的墨汁干后，即用烙铁烫上白蜡，务使均匀，再用细铲，削去厚层和多余部分，那碑墨自然黝然生光。接着把透明拷版纸，覆在原

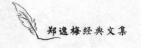

件上，用线描笔双钩。墨线双钩之后，更用银朱做红线条双钩，称为过朱。过朱下一个手续，即所谓上样了。上样就是用过朱的双钩拷版纸，平铺于上过蜡的碑石上，必须上下左右，安置妥适，用木榔头垫着羊毛毡，敲击钩本字样，那过朱的双钩红线，很清楚的落在碑石上，便进行镌刻了。刻法一般分阴文、阳文及双龙（双钩线）。工具很简单，一铁板，作敲击刀具之用，六寸长，八分阔，三分厚。二刀具，五点五寸长，柄椭圆形。又刀口，二分阔一面起口的一把；起底刀，一分阔，二面起口的一把；尖头刀一把，六角形，五点五寸长，如此而已。总之，本着经验，作灵活应用。前人说："大匠能与人以规矩，不能使人巧。"这话是确有道理的。

漫谈肖像画

相传明初朱元璋居九五之尊，召画家为绘御容。画家奉命惟谨，端详再三，始敢下笔，画了好多帧，自以为惟妙惟肖，可是朱元璋总认为不像。原来朱元璋的面容，既丑且凶，但他不愿意给后世不良的印象，而又不便直说，认为不像，无非托辞而已。后来，那位画家体会了朱的心意，重绘了一帧较端正慈祥而实则不肖的肖像，朱才满意给予重赏。

清代费晓楼是肖像画的圣手。有一次，为道光帝的叔父绘一像，其人眇一目，曾请许多画家绘画，都不惬意，原因没有遮掩他的缺陷，而赤裸裸地暴露了。费动了脑筋，为作挖耳图，头部微侧，蹙双眉，闭一目，似忍着痛痒的模样，神情活跃，成为杰构。

慈禧太后做寿，请西洋女画家柯姑娘为她画像。慈禧坐着，可是不耐烦坐得太久，就叫别人穿了她的衣服为代表，仅画面容时才坐一会，但画面容不是一下子就能了事的，慈禧又叫人代坐，于是画出来的像，年轻貌秀，慈禧却满意称好。

那位花之寺僧罗两峰，笔恣古逸，深得金冬心的渊源，为技当然很高妙的了。他为袁随园画一像，不料画好了送给随园，

袁认为不像，把画像退给他，并写了篇文章开玩笑，载于《随园集》中，传为话柄。

近代善作肖像画的，苏州有位颜纯生，他是颜文梁的父亲，不但画像逼真，而衣褶寥寥数笔，却饶有宋人铁线描的古意。所以苏州的旧家颇多藏有纯生所绘他们先人的遗容。又我师樊少云老人，画像也是具有一手的。他认为画像，要人正襟危坐一天或半天，那就剥夺了人家一天或半天的自由活动，这是一种虐政，与其这样，不如用照片勾勒，也同样能摄取神态。至于照片，最好是新摄的，没有修饰过的样片，一经加工，本来面目便打了折扣，这确有他的道理。又胡亚光画像，也是负着盛名的。他绘鲁迅像，活绘出他老人家的蔼然可亲中蕴蓄几分严肃的神色，非常适合，各刊物纷纷制版刊登着。我又看见他为夏敬观词翁画一像，端坐石上，凝静可喜。又张公威为黄蔼农绘一像，濯足清流，意态悠然，那简直不是一幅肖像，而是十足的人物画了。

所谓遗容，即俗称的喜神。现在大都用照相放大，以往都是绘画的。虽其人生前没有一官半职，但喜神什九是箭衣外套，挂着朝珠，俨然显爵，这是封建思想的表现，也是丧仪中不可或缺的。每逢新年，堂上例须悬挂三代祖先的喜神。喜神前供着干果清茶，亲戚来拜年，先要瞻拜喜神，作为一种礼节。有的生前既无照相也没有绘过图像，为了必备喜神，于是乘死者未殓之前，请画工图其面貌，名为揭帛，原来死者以帛掩面，图时揭去，因有此名。当时有位高桐轩对这很有研究，曾辑有《传真画像》一文，都是切中肯要之谈。最滑稽的，其人生前既无照相和图像，死了又没有揭帛，子孙为了追念先人，有所凭借，就向画像铺中的百像图选择一帧面目依稀仿佛的，便购

费晓楼作品

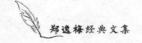

买来权作若父若母的遗容，也就香花供奉了。

前辈姚寒秀老人，为王文韶相国的孙婿。他告诉我："文韶公逝世，所绘遗容，有三帧之多，一跪，一立、一坐，因清帝遣专员来吊唁，称为天使，为迎接天使，遗容所绘是跪的，以尽臣礼。同列于朝的高官来，那就悬立像。其他客来，遗容就是端坐的了。凡禄位和文韶公相等的，都有这样三帧的准备。"

谢翔，号海上闲鸥，擅画人物，但不轻易为人画肖像。唐腴庐的父亲乃安，要他画照，他却不过情，曾为乃安绘着一帧，神情更胜于照相，盖照相仅得其肖，闲鸥进一步而得其妙，乃安视为瑰宝，悬诸室中，宾朋见之，没有个不称叹的。闲鸥有一次过装池家，见有某画家为海上闲鸥写照，他大为讶异。后经探询，才知道这海上闲鸥姓黄，是曾涤生幕府中人，恰和他的别署相符合。

诗人顾佛影，他自比随园，红梵精舍的女弟子，殊不减于湖楼请业的金纤纤、席佩兰辈。其中有位盛天真，诗才逸宕，有扫眉才子之称。张大千为天真画一像，娟秀之姿，溢于缣素。佛影题诗于画端："大千胸次有奇春，画出蛾眉自绝伦。合是我家诗弟子，不教脂粉污天真。"既而又就画意再题一绝："顽石娇花瘦竹枝，低鬟相向尔何思。今生花朵前生竹，更愿他生石不辞。"

陆丹林有一天，过张大千的大风堂，大千恰巧作着白描仕女画。丹林见了，大诧，因所绘的面貌，酷肖他的女友心丹，阿堵传神，不啻为伊写照。大千知道了，便把这画慨然赠给他，丹林付诸装池，张挂在他的红树室中，朝夕晤对着。潘兰史题七绝一首云："妙笔张鬐偶写真，惊鸿画里见全身。却疑帐里姗姗步，好托微波赋洛神。"后来丹林三十七岁初度，杭州诸

谢翔作品

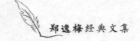

季迟赠给丹林一首诗，末两句也提及这画："还从张萱补天手，返生香里写双身。"

某年，杨士猷逝世，我曾有一篇小文，纪着士猷的往事："士猷之画，多写意花卉，逸气溢缣素，间作仕女，亦娟秀得晓楼七芗遗绪。一日，绘《玉楼人醉杏花天》图幅，疏帘绮幕间，一婵娟騑肩立，澹冶幽娴，得未曾有，而繁英满树，紫燕翩跹，极驰荡潋滟之致。图成，张之某笺肆，求善价而沽。未几，由某君斥重金购去，某君更详叩士猷居址，趋画师寓而访谒焉。某君自述：'黄姓，少岩其字，武林人。少年不检，情网自投，与戚家韦氏女相缱绻，为之魂梦颠倒，但梗于父命，不克成为眷属。后韦女遇人不淑，悒悒而死。余哭之恸，从此临风怀想，颇以未获一照影为憾事，因韦女有僻性，生平不喜留真也，兹见法画玉楼人醉，面目宛然个侬当年，余故喜而挟之归，以为纪念之品，而大笔欲仙，释我春风之恨，是又当泥首申谢者也。士猷为之莞尔，尝以告人，引为丹青佳话。"

有一次，钱病鹤老画师偶尔画佛，既成，自己端详一回，那神气却像小说家徐卓呆。病鹤知道我和卓呆时常晤叙，就托我把这佛画送给卓呆。无意传神，而神在其中，不可思议有如此。

肖像画，一名传神。《世说》载着："顾长康画人，或数年不点目睛，人问其故，曰：传神正在阿堵中。"这是传神的滥觞。又苏长公云："吾尝于灯下顾见颊影，使人就笔画之，不作眉目，见者皆知其为我。"这也具传神的意趣。金坛蒋骥，字勉斋，著有《传神秘要》一书，由华亭张祥河订定。内分传神以远取神法、点睛取神法、取笑法、鼻准与鼻相参核法、全面分寸法等，其中又有许多精当耐人玩索语。如云："画者须于未画部位之先，即留意其人行止坐卧，歌咏谈笑，见其天真发现，神

情外露，此处细察，然后落笔，自有生趣。"又云："凡人有意欲画照，其神已拘泥。我须当未画之时，从旁窥探其意思，彼以无意露之，我以有意窥之。"更说得透彻可喜。

访高吹万丈于格簃，簃中张着他的画像。像为全身，立在朱栏小石桥的旁边，碧水沦涟，飘着丝丝的垂柳。据丈说，这是他家闲闲山庄的实景，因检出他的《望江南词》给我瞧，"山庐好，诗句北窗敲。碧影参差慈竹室，朱栏掩映岁寒桥，杨柳万丝飘。"那么这小石桥，便是岁寒桥了。这像是海盐某画家绘的。

云峰丁以诚，乃清嘉庆间人，他曾为黄左田绘莲泾垂钓小照。左田凭石而坐，手执一竿，意态很是萧澹闲逸。左田亲自题云："清芬时来，碧云千重。鸥鸟不惊，奚童相从。泾头静坐，气定神融。如见大宾，霁色和容。先哲明训，钓使人恭。予独何人，敢曰高风。予自京师，假归旧馆，春秋佳日，无以自娱，乃僻三弓地，为数亩之池，蓄鱼灌花，消遣长昼。适丁君云峰为予作莲泾垂钓于西湖，寄至，因题数语以贻后辈，非敢示外人也。"

扬州的雕刻

雕刻为造型艺术之一，可施之于金石，又可施之于牙竹，书画皆宜。书则颜筋柳骨，画则吴带曹衣，无不栩栩如生，对之，那审美观念，不觉油然而起。妙擅这种技能的，要以扬州为最突出，那位于啸轩，便是在清末民初负一时盛名的。他名宗庆，一号啸仙，锐于目力，褚德彝和他相稔。某次，于来上海，褚和于一同品茗，于能看到隔街某酒楼所悬对联款识，及屏条的字，褚为之惊诧。曾为端午桥刻象牙小插屏，为《离骚》全部，午桥视为珍品。《竹人续录》载列其人，谓："刻竹初学时，用寻常竹扇骨，每一面刻二三行，先不书样，以刀为笔，求其速不求其工。每行字数递增，行数亦递加，三年后，加至十余行，时以手为节制，不用目力也。"可见他循序而进，持之以恒，有这功力，不是偶然的。他又工书画，运之于刻竹上，书则笔致挺秀，波磔精严，画则章法井然，机趣活泼，真有鬼斧神工之妙。一扇的代价，相当于十石米，求者还是纷至沓来，应接不暇。其他吴南愚，在方寸牙牌上，刻《道德经》五千言，与于啸轩并驾齐驱。又方镐，字根石，擅刻扇骨，抚金石文，极饶古致，丁辅之珍藏一柄。又赵琮，字竹宾，善仿濮仲谦。

又李效白，字啸北，铁笔师秦汉，金石竹木，无不奏刀，尤以治印著，载《广印人传》。又金鼎，字古香，尝于鼻烟壶上雕着重峦叠嶂，俨然麓台山水。有时浅刻扇骨，摹仿新罗笔法，居然得其神似，确是难能可贵的。

谈到浅刻，因为刻得不深，可以运用单刀中锋，和挥毫写字一般，艺术性更强，不但治印，且得施于竹刻。这种方法由来很久，到了吴让之把它扩大提高。吴名廷飏，一字熙载，又号晚学居士。他居住扬州石牌楼的观音庵，自署其居为晚学斋，并撰一联云："有子有孙，鳏寡孤独；无家无室，柴米油盐。"处境很不好，所以他专意于艺事，借以排遣一切。能诗，精金石考据之学，尤工篆隶刻印，著有印谱。他把浅刻之道，推广到其他雕刻方面去，成为一时风尚。解放以来，雕刻上都能从传统法加以发展，浅刻当然也不例外。称得起传人的，有黄汉侯，宫宜盦师生，黄年逾古稀，目力尚好，牙刻"扬州八怪"的人物，能从所谓正统派的旧窠臼中跳出来，创造新的生命。宫所刻毛主席的《沁园春》词，已列诸博物馆中，供人观赏。近年以来，人才辈出，有竹刻臂搁，以留青出之，枝叶纷披，柔曼尽致，尤为可喜。又有刻瓷、漆雕等等，发展面更大了。

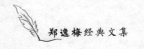

吴湖帆的画及鉴赏

　　吴湖帆和吴待秋、吴子深、冯超然，在画坛上有"三吴一冯"之称，是鼎鼎有名的。不幸的是湖帆在四凶法西斯主义摧残下，于一九六七年含冤而死，直至一九七九年十月十一日，由上海画院，假座龙华革命公墓大厅，和钱瘦铁一同举行追悼。我和这两位都是数十年的老友，尤其与湖帆同窗共砚，交谊更深，岂能不写一短文，以代一盏寒泉荐秋菊么！

　　湖帆是吴大澂的会文孙，世居吴中，其宅为明金俊明"春草闲房"旧址。甲子年，江浙启衅，湖帆避乱迁沪，鬻艺为生。山水画订润很高，每尺三十元，在各画家之上。这时黄金每两三四十元，那么三十元，差不多等于黄金一两了。山水画以云气蓊濛胜。有见他挥毫的，先用一枝大笔，洒水纸上，稍干之后，乃用普通笔蘸着淡墨，略加渲染，一经装裱，观之似出岫延绵，不可方物，这是他一种神妙熟练的技巧，任何人都学不像的。记得一九六四年我国试放第一颗原子弹。他看到祖国有此卓越的成绩，非常高兴，连看了若干遍纪录影片，又在画报上看了彩色照相，就用他平时点染云峦烟嶂的妙笔，加以变化，绘成原子弹放射图，挺大的一幅，张挂在展览会上。各界人士，

纷纷前往参观。解放军参观者在意见簿上提出要求，请把这画制版，成为印刷品，以供群众购赏。

湖帆不仅工画山水，松、竹、芙蕖也都擅长。有时画马画牛，更以稀见为贵。有一幅五牛图长卷，牛或仰或俯，或回顾，或正立，非常得势，线条又复刚柔兼施，确是精构，现藏其门人黄秋甸处，有湖帆跋语，如云："戊子冬日，秋甸贤弟，助余经纪先慈迁葬祖茔，往返跋涉，殊代余劳，无以为答，因检旧作赠之。"总之，湖帆笔墨，劲饶有古意。破损的古画到他手里，就先请装池圣手刘定之精裱成轴，然后再亲自填补添笔，往往天衣无缝，无迹象可寻。

这时名彦朱古微、夏剑丞都喜倚声，均请湖帆作填词图，无不造境夐远，蓄韵幽微，成为至高上品。袁伯夔见了，大为欣羡，有似贾胡看到火齐木难，非罗致不可。可是伯夔以前辈自居，湖帆很不乐意，婉言谢绝。此后伯夔便对湖帆颇多诋毁。如皋名士冒鹤亭大不以伯夔为然。伯夔怒，立致绝交书，书以桐城古文出之，艺林传为趣闻。

湖帆作书，初学董香光，极神似，既而摹宋徽宗瘦金体，亦委婉有致。后得米襄阳的《多景楼诗卷》真迹，为之大喜过望，就专写米字，直至下世。故宫博物院及上海博物馆所藏画幅，颇多湖帆题识，字体不是宋徽宗，便是米襄阳。

他的鉴赏功夫，也有独到处，一般藏家都请他判别真伪，尤以古画为多。他一览之余，即能立下断语，这是真，这是伪，百无一爽。我曾经问他这真和伪是否根据笔墨、纸缣、题款、钤记？他说："这几方面，当然是不可忽略的要点，但这些，凡善于作伪的，都有欺骗混蒙的法儿，一经幻弄，也就碔砆乱玉了。我的着眼点，偏在细小处，人们不注意的地方，因为作伪能手，

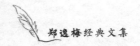

吴湖帆作品

所有轮廓布局，运笔设色，都能模仿得一模一样，惟有细小处，如点苔布草，分条缀叶，以及坡地水曲等等，势不能面面顾到，笔笔注意，否则画幅就板滞没有生气。"他便从这儿辨别真伪。

湖帆很风趣。他既负盛名，求他书画的，纷至沓来，致积件累累，难以清偿，但他宁可客来谈笑终日，客去自摆棋谱，作为消遣。有人劝他多画多博润资，浪费时间，不是很可惜么！他回答说："人还是人，不能和机器等量齐观。"他作书画，必自己磨墨，也有人问他，为什么不叫人代磨，他说："自己磨墨，不但能掌握墨汁的浓淡，且磨墨时，也是构思的大好时光，可作书画的准备。"他家藏宋拓欧帖凡四，因榜其居为"四欧堂"。有子二，即名孟欧、述欧，有女二，即名思欧、惠欧，藉符四欧。得《董美人墓志》，珍视殊常，不离左右，晚间拥诸衾中，说是："和美人同梦。"又得《常丑奴墓志》，刻"既美且丑"印章。他生于甲午岁，便和周信芳、梅兰芳、汪亚尘、范烟桥、郑午昌、杨清磬、丁健行等二十人，结"甲午同庚会"。当六十寿辰，设宴于万寿山肴馆，饮千岁酒，制纪念章，章有图纹为千里马，午年属马，具有巧思。旧时讣告，木刻扁形宋体字，成为习尚。他却用扁形宋体字印书画润例，还笑着对我说："这是不是像讣告？"他家善煮河豚，河豚为美味，但吃了颇多中毒，有"拼死吃河豚"的谚语。他家既谙煮法，可保无虞。曾以河豚请客，但朋好大都不敢尝试。若干年前，一度大画荷花扇。自谓："做一回荷花大少"。他又喜欢蓄猫，有一头金银眼的，更是他挥毫时的伴侣。他既喜欢活的猫，也爱画中的狸奴，经过数年，搜罗了不少画猫名迹。汪亚尘知道后，便特绘了一幅猫送给他。他和江小鹣也很亲密，因小鹣也是爱猫的，二人志同道合。

吴湖帆画册序

吴湖帆画师归道山垂二十稔,此二十稔中,朋侪奄化者乡矣,而湖帆之声颜言笑,独萦系于我胸臆间者至深。盖不仅其为艺之高,抑亦其慧挚情渥,有不可或释者在也。余束发读书于吴中草桥学舍,与湖帆风雨一堂,同沐教泽。及学毕离校,余饥驱沪渎,湖帆赤避甲子烽镝,为海上寓公,缟纻倾襟,无间寒暑。其梅景书屋,雅躅纷临,座客常满,余叨列其末。而湖帆之画名震南朔,求者踵接,缣帛似束笋,积案几盈尺。每一画成,辄张诸粉壁,座客乃得先赏为乐。其山水也,或半岭白云,四丘红叶;或断桥孤驿,邻舍荒村。其花卉也,或寄渊明松菊之遐思,或托和靖梅鹤之逸趣,以及春烟芍药,秋水芙蓉,无不芬敷掩冉,各尽其致。偶作人物,复饶布衣韦带,神采照灼之妙,并世罕与骖靳也。家富唐宋名迹,元明珍秘,彪外弥中,炫人心启,譬诸灵蛇之珠,荆山之璞,毋多让焉。湖帆磨砺涵濡,艺益超峻,至于书法之模米摹欧,得瘦金之神髓,倚声之范苏规柳,以清真为依归,此皆其余事也。当其掉鞅画坛,为时宗仰,讵意顽疾侵撄,日与药裹为伍,旋也罡风劫火,遽殒其生,天之有丧斯文也如此,抑何其惨酷耶!夫邈兮清辉,

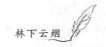

滋人嗟悼，而其及门弟子董慕节，尤心丧不已，竭若干年之精力，搜罗乃师遗墨，集为大成，谋付剞劂，以了其宿愿。余则抚序惊心，缅怀往昔，亦不胜闻笛过墟之痛。承慕节葑菲见采，属为引喤，脱稿既竟，补觉泪落如绠，尺素为之沾湿，悲夫！

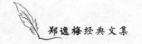

江翊云喜画竹

　　上海文史馆先后任正馆长的，除张菊生、平海澜、金兆梓外，还有一位是江翊云老先生，他于一九六〇年二月九日在沪逝世，年八十有三。

　　江老名庸，字翊云，别署澹荡阁叟及澹翁，福建长汀人。日本早稻田大学政治经济科毕业，历任京师法政学校校长，京师高等审判厅厅长，修订法律馆总裁，司法次长，司法总长，日本留学生监督，国立北京法政大学校长，故宫博物院古物馆馆长，东方文化事业总委员会委员。后来在上海执行律师业。解放前一年，曾受国民党政府委托，和章行严飞往延安，为和运代表。他是江叔海（瀚）诗人的哲嗣，叔海有《慎所立斋稿》《北游集》《东游集》等，翊老工诗，当然渊源于家学。叔海和蜀中诗翁赵尧生过从甚密。翊老就从赵尧生游，更求深造，诗乃日趋劲遒秀逸，出入唐宋之间，刊有《澹荡阁诗集》，为士林所传诵。犹忆若干年前，他为我写纪念册，录其和程窳堪见赠原韵云："逢君辄忆杨昀叟，柏社松寮有坠欢。笔底溪山浑老境，眼前风月是愁端。客因午雨留偏久，曲到阳春和自难。三败我如鲁曹沫，恨无一剑劫齐桓。"窥豹一斑，也可见其风格了。

一天，他来我家，天忽潇潇雨下，我就留他午饭。我藏扇三百柄，饭后便倾箧出示，他看到申石伽所画的竹，认为新篁一丛，出之灵府，为之爱不忍释。我告诉他，石伽是杭州人，画竹是有名的，曾影印所作《万竿烟雨图册》。他就托我代求，后来我就请石伽画了一扇送给他。他也善画竹，为正式的文人画，给我绘一扇面，又一小册，疏疏几笔，自饶烟啼风嬉之态，使人对之，仿佛身在建元之际，和王子猷拱揖觞咏，异口同声称为此君不可一日无哩。他说："前人说喜气画兰，怒气画竹，此说未确。画竹之前，必先胸怀淡定，一无尘滓，然后命笔，自然清韵秀色，纷披楮墨之间。若然真正怒气冲天，那所作一定枝干错乱，剑拔弩张，还有什么可赏呢！"听后为之首肯。他虽能画竹，平日不轻易动笔。他的书法，古拙中自有锋棱，和他的尊翁叔海所写一模一样，几不可辨。

他生平嗜酒，饮咖啡，吸雪茄，多进刺激的东西，曾一度中风，后来逐渐转愈。冒鹤亭前辈逝世，他亲往主祭，我也去吊唁。不意即此一面，乃永隔人天，能不怆然腹痛？

艺术大师刘海粟

　　我和艺术大师刘海粟早在四十年代即相识，而岁月迁流，如今都已白发苍颜，成为老人了。他今年八十有六，我还叨长一岁，诵陆放翁诗："老未全衰亦自奇"，真是值得相互庆幸的。回忆"十年浩劫"，罗织株连，彼此不敢往来，及拨雾见日，百废俱兴，海粟静极思动，历应各地当局及艺术组织的邀请，天南地北，遍驻游踪，奕奕煌煌，挥其彩笔，因此在家息影的时间很少，又复难得把晤的机会。讵意去秋十月底，忽得在上海大厦握手言欢，并见其夫人夏伊乔，风采依然，那是何等的欣喜快慰啊！

　　他精神矍铄，七上黄山，遨游目的是找画材，所以不去则已，一去辄逗留一二个月，对景写生，涉笔不倦。原来黄山的奇妙，在丹青的皴法上，如什么斧劈、披麻、折带、牛毛等等，是应有尽有的。他那幅瀑布，气势奔腾，千丈直泻。骤对这画，令人突然发生错觉，下意识地退却若干步，深恐水花飘沾襟袂，稍一宁神，才知这是画中的银涛，不会离纸而飞溅的，不禁为之哑然失笑。他自己曾这样说着："我是经过亲身感受，从心灵深处来表达我对黄山的深厚感情的。"那就是天人相接，入于化境了。

刘海粟书法作品

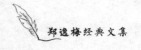

　　他的画路很宽，花卉又别具一格，所作露莲风竹、汀蓼畦兰，那遒致逸趣，充溢缣素。我更爱他的葫芦，藤纠蔓牵，乱而不乱，几乎不是画而是颠旭的狂草，加之敷色漱润，纯任自然，尤为难能可贵。他画牛又独擅胜场。听说，他有一幅墨牛，在美国纽约市场上拍卖，竟有人斥五十万美金购去，真可谓海外奇谈。可惜这幅画，这儿看不到，我们所看到的，是一幅群牛图。牛或仰或俯，或正或侧，可比诸唐代韩滉的五牛图。但五牛图，牛各孤独分画着，他的群牛却相依相辅在一起，在章法上较难布置。且五牛图遗貌取神，群牛图则阴阳向背，勾勒逼真，把貌和神统一起来，也是较高一筹的。他有时画人物，绘神仙，吴带当风，曹衣出水，在他笔下，不当一回事。至于书和画原是一脉相通的，他的书法，纵势取姿，指挥如意，一似其画。总之，他不仅从前人书画矩度中探索，而且还进一步触类于旁艺，仿佛卫夫人之观公孙大娘舞剑器然。他在黄山，遇到丁玲，便和她切磋琢磨，谈论稗史。曩年在日本东京，遇到柳亚子，就和亚子谈裴伦及苏曼殊的诗歌。当时亚子有一首诗赠给他："相逢海外不寻常，十载才名各老苍。一卷裴伦遗集在，断鸿零雁话苏郎。"

"十万图"负盛誉的申石伽

申石伽以西泠石伽为笔名,迄今将近半个世纪了。他是杭州六桥三竺间人,生于一九〇六年三月六日。他箕裘克绍,继承他的祖父宜轩老人的画艺。宜轩曾参南皮张子万的莲幕。《寒松阁谈艺琐录》谓:"子万工书画,山水擅娄水诸家之胜,而尤醉心于石谷,其秀逸苍润,并世无俦。"实则子万的精品,大都出于宜轩代笔,可是子万画名颇盛,宜轩的名声反湮没不彰。

石伽十二岁即能为篆隶、刻印、画墨梅。其父亦清季学者,督课很严,故石伽十四五岁时,便作诗填词。俞陛云太史(平伯之父)南来,见其倚声,颇加赞许,收为弟子行,石伽曾绘"俞楼请业图"为贽见礼。他弱冠后,囊笔来沪上,观赏庞莱臣、李祖韩等收藏家所藏的宋元正统山水,画乃大进。山水外兼绘墨竹,自文湖州、夏仲昭工笔入手,又复经常涉足于猗淇猗澳之间,更喜于雾中观竹,说:"在迷蒙萦翳中写生,更具姿妙。"因此他的画竹,变化很多,凡风、晴、雨、雪,粗疏幽秀等等神态,均能得心应手。当时日本报纸上,已有白蕉(松江人,别署复翁,擅行草书,尤善画兰)兰、野侯(杭州人,字欣木,以画梅著名。富收藏,榜其斋为梅王阁及五百本画梅精舍)梅、

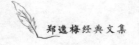

石伽竹三绝之誉。

当抗战军兴，沪上爱国人士筹募前线将士慰劳金，石伽慨然出画幅一大束应征捐献。时郭沫若在沪，见石伽青绿山水，亲为题句，并以"别妇抛雏断藕丝，登舟三日见旌旗"七律一首书轴，托黄定慧转赠石伽。定慧，湖南浏阳人，早岁奔走革命，一度小住西湖俞楼，曾列为石伽的弟子行。闻定慧任地下党工作时，保卫周恩来总理颇著功勋。总理深爱定慧的才智。自四凶横行，定慧被禁锢多年，直至一九七九年事白，到上海，和石伽会面。石伽画雪松图，题诗为赠，诗云："飞扬乍展故人眉，执手无声意转悲。不死竟留今日见，重逢各有断肠诗。"又云："蜃楼桑海云和梦，驀地风雷鬓亦丝。珍重岁华过七十，为君写出傲霜枝。"

石伽所作诗词，自弱冠至政治大动荡前夕，积有四十余年旧稿，皆毁于四凶之手，友朋每为深惜，但石伽胸怀旷达，一笑置之，且谓："本来无一物，何处着尘埃。"独于所编《历代诗词韵语选》一书，凡一百三十余万言，全稿十六册，付诸荡然，却为之不欢长叹。该稿系与其女弟子项养和同编，选录自汉魏六朝，直至唐宋元明清及现代各家诗词，或长题，或短句，分六十余类，凡山水花鸟等画种，均可按着分类找觅题句。石伽绘画余暇，经数十年精力，成此巨作，的确是很不容易的。

一九二六年，郎静山、叶浅予在上海办中国美术刊行社，为石伽出版《申石伽山水扇册》，当时以说部著名的徐枕亚，初识石伽，题其画册诗，有"垂老娥眉空爱好，识君已恨十年迟"之句。一九四○年，有《石伽十万图山水画册》问世，所谓十万图，即万柳藏春、万竿烟雨、万壑争流、万山积雪等十幅工致之作，这书一出，声誉益隆，各界纷纷求画，大有应接不暇之势，从他学画的更多。日本人爱他的北宗水墨山水，争相定购，唐云曾书"海国都来求画稿，佳人相约拜先生"楹联为赠，因从他学画的，以女弟子为多。我的孙女有慧，也从他为师。

他又受知于陈叔通。叔通卜居沪西小沙渡路吉祥村，周总理常和叔通往还，由于叔通的介绍，总理也很称誉石伽的山水。解放后，石伽仍安于卖画教画生活，颇为清苦。某年岁暮，周总理在沪，曾以百金赠之，使他欢度春节。一九七三年秋，法国总理蓬皮杜到上海，周总理设宴锦江饭店，由锦江党支部转嘱石伽为宴会大厅画一巨幅，石伽为作金碧山水，乔皇宏丽，照眼生辉。这种山水画，自吴湖帆、贺天健故后，已少有人擅此高超手笔了。

国画传统的技法，相去日远，石伽编绘《山水画基础技法》一书，中有画幅一百三十余张，又有宋元名家山水画法分类示范。四凶闻讯，认为封资修复辟，把这画稿从中华印刷厂撤回，封闭不予发表。四凶垮台后，一九七九年，上海人民美术出版社重为整辑，始得问世。

他组织小留青馆书画社，他的哲嗣小伽、二伽，都能画，父子三人和女弟子项养和，曾举行联合画展，作品百余幅，博得好评。二伽兼擅小提琴，又参加西乐演奏会，真可谓多才多艺，一门风雅了。

画学理论家邵洛羊

打开那部《美术丛书》，其中论画的，占三分之一强。那撰述者无不自己有一手高超的画艺，然后从实践经验中，发出深中肯要的画论，大大地起着启迪作用，可是又谈何容易啊！在我认识的许多画家中，以画论著名的，有黄宾虹和俞剑华。他二人都是实践和理论相结合的，撰述过许多文章，可惜早已逝世了。当今擅长此道的，便要推邵洛羊为首屈一指了。

洛羊原名青谿，以字行，生于一九一七年。浙江慈溪的庄桥镇东邵村人。祖父是务农的，半间破屋，十分贫苦。父亲宝兴，从小来到上海，当中药店的学徒，学习期满，升任职员，挣扎多年，稍有积蓄，便脱离药店，自己开设一家小小商行，经营南北货，家计也就逐渐优裕起来，终于发展成为大货殖家。

洛羊幼年，就过着富家子弟的生活，但他对于贸迁不感兴趣，而于画艺，却非常爱好。从汪梦庚学画，又把《芥子园画谱》作为范本。在小学读书时，图画的成绩特好，博得老师的称赞。由中学毕业后进新华艺术专科学校国画系，时为一九三五年。毕业时名列前茅，在全校作业展览会上，获得第二名，奖品是著名画家周碧初（厦门人，以画面色彩美丽

著名于时）所作的一幅油画《西子湖上》。这更鼓起他的画兴来，孳孳矻矻，打下坚实的基础。经过七七事变，他的思想也突然变化，觉得天下兴亡，匹夫有责，爱国救亡情绪高涨。一九三八年加入中国共产党，又进光华大学，为该校第一个党员。在第三次国内革命战争时期，任中共上海地下党党委委员。解放后，在公安、统战部门服务数年，才调到上海中国画院，重理旧业，负担起美术创作和美术理论的组织领导工作。那时常和唐云、贺天健、陆俨少、张大壮诸画师，相互探讨，得益匪浅。他写过数十篇美术理论文章，在报刊上发表。一自四凶横行，他备受迫害，以莫须有恶名，被禁锢了二年又七个月，后开释，仍然靠边，达七八年之久。一九七七年，恢复党的组织生活，过了二年，才正式任画院业务室主任。

　　他的画，出入宋元，重视传统笔墨，得李唐、吴镇、王叔明诸家神髓，又经常邀游名山大川，作为天然画范，所以他的画以山水为多。他那幅峡江图，两峰对峙，缭绕烟云，江水随着滩石而曲折，点缀若干船只，大有破湍冲涛，千里江陵一日还之概。他又能用新题材，而运以传统法，画那丛山峻岭间的梯田，坡陀起伏，禾黍荟然，充溢着穰穰丰收的气象。总之，他能高度的概括，突出主题，更显出那线条及墨色的变化，技法是很超妙的。又绘海防前线四尺横幅，仿李唐大斧劈皴，笔墨劲遒，境界开阔，真可谓古为今用。赴苏州，为司徒庙四古柏写生，委地的枝干，崛强奋起，具有新时代的革命斗争精神。他对于画的主张是："以虚带实，以实带虚，虚中有实，实中有虚，虚实两相结合。而实是物质，物质是有限的；虚是精神，精神是广阔无限的。元人于画，在形理之外，力主写意，因形是实的，意是虚的，形理通过艺术上的意表达出来，才是上乘

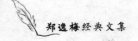

的佳构。"他又认为，"阶级美和共同美，都是存在的，两者以共同美为主要。内容美和形式美，都须注重，而以形式美为主要。"最近，他在画院讲"怎样是美"，发表了很多精辟的画学见解。

他著述很多，在《中国画学丛书》中，撰写了许多画家传记。已出版的，有《李思训》《李唐》《吴历》，尚有《八大山人》《丰子恺》《贺天健》《来楚生》多种待刊。其他如《思想感情与自然美》《林风眠的中国画》《谈谈肖像画》《戏剧艺术上的两个姊妹》《祖国新面貌的山水画》，都散布在报刊和杂志上。去冬出版的《辞海》，他负责中国画学科的修订和编撰工作。为肃清"四人帮"的影响，把受冤而死的丰子恺、潘天寿等都收入辞目中，还肯定了文人画在中国画史上的积极作用。他又是正在编辑中的《中国美术辞典》的责任副主编。所有书画、篆刻、雕塑、版画、工艺美术、建筑，以及陶、瓷、玉、铜的名工，兼收并蓄，蔚为大观。

他在艺术上，是多面手，书法从汉碑章草入手，得二王法。行书劲挺秀丽，也自具特色。诗作交融情景，以游记为多。又治小说家言，《迎春》是他的短篇小说集，《长夜风雨》是他地下工作的实录。又喜石，每到一名胜地方，总是要拾几块石子，带回来，陈列在室中。他夫人，嫌它笨重累赘，把它丢掉，而他还是继续收罗，拟和沈钧儒的"与石居"媲美。他居住沪西武康路大厦，榜其画室为武康楼。

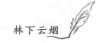

朱梅村谈画艺

近年来，国画生气蓬勃，引起了国际艺术界的重视。国画有山水，有花卉，有翎毛，有走兽，有人物仕女等。人物仕女画，在画中所占百分比较少，朱梅村却是这方面的能手。

梅村名兆昌，生于一九一一年，江苏吴县人，是名画家吴湖帆的外甥。湖帆的梅景书屋，名迹充斥，都供他一一临摹，又复有人指导，得益更多。尤其湖帆重点出示唐六如、仇十洲、陈老莲等所作的人物仕女。他寝馈其中，凡若干年，既取其貌，又汲其神，仿佛处身数百年前，和唐仇陈老，揖让谈笑于屏帏凡席之间。这好比演剧的，身入角色中，自然能吸引观众的注意力了。当四凶横行时，他偶画一幅农村嫁娶图，那新嫁娘年轻貌秀，娟然可喜，不料因此遭到批判，说是这个新娘，年龄太轻，不符合结婚条例，指斥他应负违反婚姻法的罪责。经这一吓，他就不敢再事涂抹了。粉碎"四人帮"后，拨雾见天，百花齐放，他才舒了一口气，重绘人物仕女，在烘染勾勒上，服饰布景上，作进一步的探讨，务使仿古而不戾今；尚丽而不伤雅，并扩大题材，不论史乘诗什，稗官戏曲，凡人们头脑中所熟悉的，他都秉着妙笔，付诸丹青，顿使冠弁钗裙，活跃在

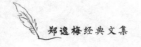

观众的面前。他的画路很广，山水花卉，均有高度的造诣。他又足迹遍历各地，名山大泽，原野荒郊，到处写生，收集素材，多至千余幅，所以在创作方面，打破了陈陈相因的画格，富有时代的气息。

日前晤见他，随意聊天，聊到画艺上。他说："画不是一成不变的，如齐白石早年画人物，中年画山水，到六十多，遇到吴昌硕，便改画花卉。倘使一个从事绘画的，一生只有一种画法，一个稿子，早年如此，中年老年也如此，这是没出息的。须要到生活中去，观察和体验，把原来学到的传统技法，注进了新血液，那就开始变化了，但这种变化要适当，也有的变得不伦不类，几分像水粉画，几分又像水彩画，那就失去了国画的本来面目。还有经营位置问题，也得讲究，譬如画桂林山水，画来画去，都和盆景放大差不多，那有什么情趣呢！只有着眼点在某一个山巅，看去就别有丘壑和气势了。且讲究笔墨，还须讲究水法，水法加墨法，才成水墨山水，水墨的变化是无穷的，掌握了浓淡干湿，便分出实和虚来，既要实中有虚，又要虚中有实。实中有虚，尚易领略。虚中有实，就非心灵体会不可。所以，虚的空白点，是难能搞得尽善尽美的。"

以上云云，若平素没有相当修养，是决不能道出其中三昧的。

金闺国士周炼霞

　　女画家周炼霞，有"金闺国士"之称。她名紫宜，生于一九〇九年九月初三日。江西吉安籍，而生长于湖南湘潭，九岁随父鹤年来沪。鹤年曾从尹和白学画，所以炼霞对于六法，耳濡目染，略具基础。十四岁正式拜吴兴画家郑德凝为师。十七岁从朱古微学词，又从徐悲鸿的外舅蒋梅笙学诗。当时蒋氏门墙，能诗者多。炼霞酬唱其间，刊有《嘤鸣诗集》，为一时所传诵。这时她已为扇铺画扇，一金一柄，且买一送一，借以扬名。后来与顾青瑶一同掌教锡珍女校，又和顾青瑶、顾默飞、吴青霞、庞左玉、陈小翠、陆小曼、杨雪玖、鲍亚晖、谢月眉、李秋君、冯文凤、丁筠碧、包琼枝等，组织女子书画会，并附诗社。鱼鱼雅雅，秩秩雍雍，染碧渲红，评山品水，成为海上艺术渊薮。

　　炼霞为新国画研究会及美术协会会员。一九四〇年以作品参加加拿大第一届国际展览会，获金质奖章。英国及意大利所出版的《世界名人大辞典》，都载有炼霞的画传，也就蜚声海外了。一九五六年应聘上海画院为画师。四凶横行期间，她大受迫害，不但指斥她的仕女画为毒草，且把她所作的自度腔词："但得两心相照，无灯无月无妨。"诬为不要光明，只求黑暗，列为莫大罪状，加以凌辱。距今虽逾十年，而一目受伤，尚未痊愈。她用楚辞句"目眇眇兮愁余"刻了一方印章，作为纪念。

炼霞的体态清便宛转，如流风回雪，在女画家中是最具仪容的。今虽美人迟暮，而苏渊雷诗人尚有"七十犹倾城"之句来称誉她。原来她本身就是一幅仕女画，无怪她所点染的蔡文姬、卓文君，散藻漓华，含芳吐蒨了。至于她的诗篇，宣发天机，别有妙悟，曾和瞿蜕园合作《学诗浅说》，在香港出版。她自己的诗，名《螺川韵语》，作簪花格，亲自录存，其中颇多佳句。如题画梅："春愁如梦无尽处，只有香魂化冷云。"她又能为无典可用难于着笔之什。如咏冬夜馄饨担："风寒酒渴人如梦，街静灯疏夜未央。何处柝声敲永巷，一肩烟火踏清霜。"某岁，海上名装池家刘定之六十寿，绘像征题。冒鹤亭觉难下笔，因装池无典，而汤裱褙佞人，又不能用。正踌躇间，炼霞说：白描为之，何必拘泥于典故，即成一律云："瘦骨长髯入画中，行人都道是刘翁。银毫并列排琼雪，宝轴双垂压玉虹。补得天衣无缝迹，装成云锦有神工。只今艺苑留真谱，先策君家第一功。"鹤亭为之叹服。近年来颇多叹老之作。如云："渐老光阴不自知，挥毫还似少年时。无情最是深杯酒，照见星星鬓角丝。"

炼霞尚有一些韵事，足资谈助。她生于九月初三日，因白居易有"可怜九月初三夜，露似珍珠月似弓"之句，她每逢生日，辄邀闺侣诗酒为欢，称为"珍珠会"。某次，冒鹤亭得闽中墨兰一大盎，即辇送炼霞。翌日，炼霞设宴家中，作赏兰会。这天唐云、江庸、鹤亭及郑慕康等参与其盛。慕康善画像，为作一长卷，在座的都入画中。鹤亭忽提出请炼霞唤其七岁幼子也来列席，谓：我辈老矣！有一稚子在，此卷可以多保存一个时期。后来我向炼霞索阅。炼霞道：在"十年浩劫"中付诸荡然了。

画猫画金鱼的凌虚

凌虚，浙江吴兴人。宋代苏东坡的《赤壁赋》，不是有那么一句："凌万顷之茫然。"他就取字万顷，画寓榜之为"茫然斋"，这是多么饶有意味啊！

画猫专家，北方有曹克家，南方当推凌虚独步了。他的画猫，以工致胜，工致未免落入板滞，他却不然，越工致越显得生动活泼。一只两只的蹲着，目光眈眈，似乎看到前面有雀儿鼠儿，它蓄势要扑出去抓着的样子，简直把猫画活了，因此"凌猫"之称，脍炙于人口。

画这样工笔的猫，是很费目力的，随着年龄的增长，目力的逐渐退化，他便转变作风，改绘金鱼，寝馈其中，锲而不舍。尤其在万隆会议后，周恩来总理把我国的金鱼广赠亚非人民，借祝亚非人民的和平团结。他兴奋异常，画了很多的金鱼，作为给亚非人民的崇高礼物。他固然是艺术家，又是各种艺术的爱好者，不局限于绘画范围，能广及音乐、文学、戏曲、舞蹈等，他认为这都是值得吸取的营养。对中外古今的舞蹈，他悉心的研究，凝神的欣赏，一再观看朝鲜舞蹈家崔承喜的表演，和世界著名的芭蕾舞，从各种动态，各种姿式，活学活用，移

周炼霞作品

到画金鱼上来，一似古人看公孙大娘舞剑器，及看担夫争道，悟到书法，真可谓异途同归。所以他所画的金鱼，前前后后，上上下下，正正反反，左左右右，都有组织，或浮或潜，或双或只，都有安排，且从真实基础上提高而具浪漫色彩。有时初看似乎不像，但愈看愈像，愈像愈真，貌神结合，成为化工之笔。倘使庄子还在的话，或许再来一个赞叹"乐哉鱼乎"！而画的人虽非鱼，却深知鱼之乐，圉圉洋洋悠然而逝的鱼的乐趣，微妙地从毫端渗透出来，给人活的感觉，美的享受。

他个性是很坚强的，不甘屈服，在四凶专政时，由于他经常画水墨金鱼，被戴上"黑鱼专家"的帽子。他暂时搁笔，在苏州桃花坞从事木刻版画。四凶还是不放过他，白天强迫他体力劳动，晚上处在一间楼梯底下很阴湿的小室里。他一有空隙，便伏在很窄小的桌子上，偷偷地创造人类的精神食粮——画幅，始终没有间断。他备受种种困厄！劳累过度，以致百病丛生，几乎危殆。幸而"四人帮"垮台，重见天日，他又振作起来，锻炼再锻炼，加以心境舒畅，很快就恢复了健康。画鱼外，又画山水、花卉、翎毛、人物，无不超逸流宕，别成风格。苏州工艺美术研究所，聘请他担任指导工作，他在培养下一代的艺术天才中，尽了极大的努力。当代著名书法家林散之老人，用杜少陵句："笔落惊风雨，诗成泣鬼神。"写一联赠给他，他把这联装裱后悬诸壁间，借此自励。

凌虚的《鱼藻图》

我癖好金鱼，认为金鱼是有色彩又具有情趣的小动物，或浮或潜，生气勃勃，业余坐对，足以调节疲劳，舒怀释虑，这是精神上的大享受。老友凌虚，是一位著名的国画家，他不但喜爱金鱼，且把他喜爱的东西，绘入册幅，圈圈洋洋，以供欣赏。这一幅《鱼藻图》，便是他得意之笔，虽寥寥数尾，着墨不多，似乎不很费力，可是以少胜多，妙在少而不觉其少，仿佛这几尾仅仅是有形的，在纸上唼喋游泳，此外尚有百尾千尾，涌在人们脑际。原来这是作者的手法，也是高度艺术。由于作者长期朝斯夕斯，沉浸其中，且喜爱游泳，自作鱼儿，体验鱼性，故有似古书上称那虞舜的慕唐尧"坐则见尧于墙，食则见尧于羹"，那么身入幻境，地非濠上，而如处于濠上，人非鱼而和鱼交了朋友，体验了鱼的生活，也就深知鱼的乐趣，然后由虚返实，心摹手追，点染之余，不仅画出有形的鱼，那无形的鱼也就不期然而然地隐现纸上了。

凌虚为了喜欢画鱼，进一步把喜欢的面扩大开来，也就喜欢观舞蹈，听音乐，其他什么诗词、戏曲、杂技、民间版画等都留意从中吸取养料。当年老友周瘦鹃在笔墨生涯之余，栽花

养鱼，曾戏以词牌名品题金鱼诸名种，如以《一斛珠》题"珍珠鱼"，以《青玉案》题"青龙"，以《乌夜啼》题"墨龙"，以《眼儿媚》题"水泡眼"，以《一萼红》题"红头"，以《抛球乐》题"绒球"等，颇多意趣，这也为凌虚画《鱼藻图》丰富了意境和情趣。总之，一切为了画鱼，这好比魏夫人为了书法，观公孙大娘舞剑器，是相通的一理。所以他曾说："欲求鱼活，端在鱼与藻的韵律，笔和墨的变化。"确是有得之言。因此他作画之先，往往闭着双目，经若干分钟，务使此身进入画境中，把我之为我，和鱼之为鱼，统同起来，然后一经着笔，那绿藻红鳞，就生动活泼，别有情趣了。他有鉴于前人画百鸟图、百花图，踵之画百鱼图，那就化简为繁，虽繁而不觉其繁，虽简而不觉其简。从表面上看，似乎繁和简是两个极端，实则融会贯通，相互仰俯，一而二、二而一罢了。凌虚老家住湖州碧浪湖畔，湖光山色，映带左右，鱼鸟花草，耳濡目染，所以画山水花鸟也别具一手。曾蓄着狸奴，早年又为画猫专家，猫在花丛中腾身扑蝶，几欲离纸而出。他善用传统技法作人物肖像，顷刻完成，形神兼备，屡得中外人士的赞赏，真所谓能者无所不能也。

指画巨擘滕白也

滕白也这位艺术家，去年恰值八十高龄，耳聪目明，外出不须持杖。讵意夏间不慎倾跌，损伤胫骨，此后偃蹇床第，及冬逝世了。

他单名圭，以字行，上海市人。生于一九○○年，七岁喜画，一无师承，东涂西抹，居然打定了他的艺术基础。自幼家贫，小学毕业后，由牧师周文敏的介绍和资助，入东吴二中读书。一九二二年，以成绩优良，得免费进东吴大学。后留学美国华盛顿州立大学，习雕塑，又进修硕士学位，塑该校矿学院采矿全景，以建筑浮雕代替硕士论文。又从西雅图东游纽约，沿途在芝加哥、旧金山等地的博物馆举行画展。既抵纽约，为长岛儿童博物馆塑马可·波罗会见成吉思汗蜡像。复由司徒雷登推举，获燕京大学奖学金，入哈佛大学研究院进修博士学位，论文题为《流散在外国的中国文物的调查和评价》。一度在英国，任皇家美术、科学、贸易学院院士。回国后，任燕京大学文学系美术史论讲师。返沪，设立白也雕塑绘画馆，兼上海美专及沪江大学美术讲座。一九三五年，南京塑造孙中山巨像，他参加竞选，名列第一，旋应聘中山文化教育馆雕塑专员，所造公

私铜像，遍见京沪各地。

抗日战争时期，他足迹辗转于桂林、重庆、成都之间，饱览西南各地雄伟秀拔的山水，开扩了眼界，深深地感到举世推崇的大小四王画幅，未免公式化，既不够现实，更谈不上浪漫，呆板地守着古法，没有些儿活气。他便以造化为师，真山水为法。可是他除山水外，还画花卉和翎毛，那怎么办呢？他定居后，在庭院间，杂栽各种花卉，英英艳艳，姹紫嫣红，满目芳菲，绿映几牖。同时又蓄饲着许多禽鸟，小如绣眼芙蓉，大如竹鸡鹌鹑，用铅丝扎了一个很大很大的网儿，任它栖止，任它飞翔。清晨对着，细察它的动态，举凡一饮一啄，一敛一展，在脑幕中留着很深的印象，然后挥毫点染，便活泼泼地充满生气，自有好鸟枝头亦朋友之概。

一次，他看到邻家窗上，粘着一幅指画，觉得指画也是画的品种和技法之一，是值得采取仿效的。但一般作指画的，什九带着江湖派的庸俗气，不登大雅之堂，这不是指画本身问题，而是作指画者的胸襟和修养问题。那就不妨把笔墨的技巧，运用到指儿上去，化庸为奇，化俗为雅，他便抱着决心，作起指画来。一方面借鉴于前人聋道人、金蓬头和高其佩的遗缣剩稿，尤其高其佩卓然成家，张浦山称他指画"有黄初平叱石成羊之妙"（《画征录》），又称他所作指画："雨烟远树，蓑笠野翁，云气拂拂，更为奇绝。"他取法乎上，经过临摹阶段，为日较久，复从高氏成法中蜕化出来，创造出自己的新风格。他的指画，不仅用指，更用指甲指背以及掌心和掌侧，能作巨幅的山水，也能作小幅的花卉，有横的，有直的，有墨的，有设色的，那重峦叠嶂，崇兰香茝，气势神韵，往往笔所不能到而指能尽其特长，使人难以想象。他常画的是荷塘鸳鸯，红苞翠羽，相映

生姿，那残破的荷叶，辣辣的几下子，鸳鸯的双睛，似睡非睡，尤为神妙，塘畔的蔓草，高低错落，在劲挺中具有战胜风饕雨虐的意味。画就题款，也是用指代笔，取其浑成一体。他作指画，必须列置若干盆的清水，因为用墨用胭脂，用藤黄，用花青以及赭石、白粉，都须洗净了手，才得一一运用，动辄作一幅画，把若干盆的清水都洗涤了成为浊水，如此惯常了，也不觉得麻烦，反以为挥洒自然、而胜于三寸毛锥子了。

四凶横行时，认为他常作黑画，又和欧美日本各国人士有千丝万缕的关系，当然不轻易放过，强迫他体力劳动，这种生活，整整过了十年。他的夫人，惑于所谓"划清界线"之说，提出离婚，各谋生活，这种精神痛苦，也是受不了的，幸而四凶恶贯满盈，他才得恢复自由。

老油画家颜文梁

颜文梁字栋臣，江苏吴县人，生于清光绪癸巳六月八日，今年已八十有八高龄了。虽视力较差，步履微蹇，但戴上眼镜犹能绘纤小的昆虫躲在花心果蒂上，栩栩如生。常鼓着劲到郊外去，就实景绘那紫陌清溪，和田塍间农民的莳割生活。一天绘不成，往往连绘二天三天。对着这些画，令人如读孟浩然的《过故人庄》诗："绿树村边舍，青山郭外斜。"在热烈中具有冲淡舒适的气氛。他从小读了苏东坡《承天寺夜游》一文，那月光溶溶的情趣，兀是憧憬着。有一次他约了一画友，深夜同出写生。那夜月色皎然，照地有如白昼。他们两人很得意地完成了画作，踏月归来。可是天气甚寒，西北风吹来凛冽透骨。这时有卖夜点心的担贩，敲着梆子。他们两人正饥寒交并，也就不管雅观与否，立在担子边各进一碗糖粥，朵颐大快，真比什么琼浆玉液都好。虽经数十年，老人家讲述这事时，犹觉齿颊生芳，津津有味。迄今还想重温旧梦，夜间外出，悄悄地绘"更深月色半人家，北斗阑干南斗斜"的景迹。奈年事已高，家人很不放心，一再被劝阻。

他是国画家纯生翁的儿子。纯生翁是任伯年的得意门生，在吴中享有盛名。文梁耳濡目染，也就喜欢作起画来，但和他父亲却是同源异流。他喜欢的是西洋画而不是丹青六法。在校中获罗树敏教师的赏识和指导，他孳孳矻矻的日夜从事，几乎废寝忘食。可是缺少临摹范本，引为憾事。于是他每天散学归来，总要到玄妙观转一下。原来那里的旧书铺、旧书摊，除了线装石印书外，还经常有些外国画报和杂志，定价很是低廉。他遇到可资临摹的，便买回来。又父执孝廉公余冰臣的夫人沈寿，刺绣得国际奖，家里颇多西洋画本，又向冰臣商借，于是左右逢源，得多多借鉴了。他渐渐地由铅笔画、水彩画衍变而走上油画一路。油画的颜色是要用油调配的，用什么油？他不知道，只好摸索试探，煤油、桐油、菜油、鱼油、蓖麻油，都试用过，但都不对头。后来有人告诉他，须用亚麻仁油。他就赶到上海，在科学仪器馆里买到。打开了秘窦，磨炼再磨炼，画技就飞跃地上进。一次偶然看到邻家的大厨房，靠窗有张长台，台面因油汁渗透而黝黝发光，梁上悬着大小不一的筲篮，一头狸奴蹲伏着。他看得高兴，就以此作为画材。一九二九年，这画参加法国沙龙画会，居然获奖。一九三一年，他和胡粹中、朱士杰等创办苏州美术专门学校。绅士兼画家吴子深也大力资助。在沧浪亭隔壁，兴建罗马式校舍。师资均一时艺术名流，培育了许多人才。他主持校政凡三十年，直到解放，该校并入华东艺专。他则应聘任浙江美院副院长。他已出版的著作有《透视学》十五万言，画四百幅，其他有《色彩琐谈》《颜文梁画》《油画小辑》，散页零幅等不计其数。

他曾留学法国，历游比利时，绘了威灵顿大败拿破仑的战场。到英国伦敦，绘国会议院和塔桥。再到意大利威尼斯、米兰、梵蒂冈等地都留驻他的踪迹，参观了许多中世纪和文艺复

颜文梁作品

兴时期的名画和壁画，尤其是罗马的国立美术馆，所藏琳琅奇瑰，大大地开了眼界。苏州美专扩建落成，他转道西伯利亚归来，带了五百尊石膏像，累累成为大观。

书法家黄蔼农现身银幕

记得数十年前，美术家江小鹣在沪北八字桥畔辟有一园，花木扶疏，闹中取静，因名"静园"。有一次，他邀了我们几个熟朋友到他园中去玩。那天，吴湖帆兴致很高，伸纸抽毫，绘一山水立幅，冒鹤亭题诗在上面，那时但杜宇适携有电影机"爱伊玛"，便把作画题诗的情况，摄入镜头，作为新闻片。我和徐伟士、潘博山及殷明珠女士作为旁观者，于是所有来宾，都成影中人了。可是这新闻片不及放映，而"一·二八"抗战兴起，影片失诸硝烟烽火之中，始终未能寓目。

解放以来，党和国家重视艺术，齐白石、黄宾虹老人，一一现身银幕，绘画写字，作为一般后进学习的楷模。那位"书画传家二百年"的马公愚，以及唐云、程十发等，也在银幕上和观众相见，不论认识和不认识的看到了，都感觉到恍挹芝仪，如亲謦欬。

那位八十五岁老翁长须飘拂的长乐黄蔼农书家，当然大家都希望他上上镜头，对客挥毫。上一年，人民广播电台请他播音，作书法演讲。但是他讲话带着福建乡音，有许多人听不懂。下一年，上海科技教学电影厂派人请他拍摄教育电影。起初他

不肯赴约，说："书法艺术不够标准，更不敢献丑。"经过负责同志壮了他的胆，解除了他的思想顾虑，他也就答应了。和他配合的，为一中年演员，算是他的儿子，又一小演员，算是他的孙儿。拍摄开始了，他坐在室中，瞧见孙儿在窗外抛着皮球，他就以老祖父的身份，唤孙儿进来写字，可是字写得拙劣不堪，他就斥责孙儿贪玩不肯用功，并教孙儿要怎样怎样写。他认为这孙儿是假的，应当对他客气些，所以斥责时面带笑容，导演认为不合理，要重拍，说："假戏要真做，斥责时面孔要板起来，以示威严，否则便不像。"于是重新拍摄，接着，他的儿子从外边回来了，他也叫儿子试写一张，他看了，认为骨肉停匀，字尚得体，一方面把这字幅指给孙儿看，且教导孙儿怎样执笔，怎样磨墨，怎样点划，怎样波磔，他自己又一再示范，不厌求详。整整摄了一天，才得完成。在公开放映时，电影厂又接他去一观身外之身，他看得很得意，回来做了两首诗，其中一首云："白尽髭须红两颊，衰龄望九众为奇。播音摄影频邀约，惭愧人谀好表仪。"

临摹曹全碑圣手潘勤孟

在书法艺术上，曹全碑具有很高的地位，因此临摹的人很多，可是在结体风格上，能得其神髓的，却寥寥无几，难怪有人把潘勤孟誉之为此中圣手了。

他是江苏宜兴人，寓居沪上多年。他父亲稚亮，为宜兴著名书法家和金石家。储南强葺治善卷、庚桑二洞，当时题额刻石，都出于稚亮手笔。又刻了四方巨印，被称为"洞天四宝"，迄今犹有人道及这事。他的伯父伯彦，任圣约翰大学教授，精于音韵学。叔父序伦，以会计师驰誉海内。勤孟原名贯，取《论语》"吾道一以贯之"之意。有人戏谓："这个贯字，很犯忌讳，将来恶贯满盈，必无好结果。"他便把贯名废弃掉，以字行，称为勤孟了。

他的叔父序伦原希望他赴美攻读会计，继承其业，可是他不喜欢这一套，肄业正风文学院，研究文学。他是顽皮成性的，曾和当时教务主任姚明辉开了个玩笑，他故意去问明辉说，在某书上看到一句古文，"司公限有品。"请老师解释一下，并请见告这句的出处，明辉略一思索说："大约司公是一官职，必须有品级的人，才能担任，至于出典何在，容我回去查考一下，

再告诉你。"明辉是当时的国学大师，翻遍《十三经》《九通》，都找不到。私下请教胡朴安。朴安也说，"这句很古奥，出典何在，一时说不出来。"过了些时，勤孟才把这谜儿揭破，实际他买了一匣饼干，匣面上印着"泰康食品有限公司"字样，他戏把后面五个字颠倒一下，成为"司公限有品"，这事给校长王蕴章知道了，把他叫去，坚要他向老师道歉。

他在正风毕了业，喜欢投稿于各大小报刊，颇有编者嘉许。因他父亲和报坛巨子钱芥尘订金兰契，故得钱氏说项奖掖，声名更广，成为多产作家。同时为十种刊物特约撰述，每刊每日一篇。他振笔疾书，有笔记，有小说，有随感，有杂札，无不饶有意趣。尚能腾出时间，聆歌顾曲，又和朋从作方城之戏，醉乡之游，好整以暇，毫无迫促状态，人们都服他的捷才和博洽。

勤孟书法渊源家学，有出蓝之誉，临曹全碑，更具功力，有一次，邵力子把他所临的曹全碑，寄给写曹全碑负盛名的胡展堂，请他评阅，胡大为称赏，覆书力子："人谓曹全碑易学，

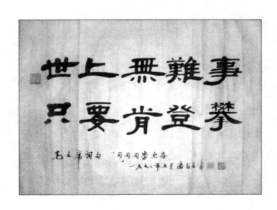

潘勤孟作品

斯乃不然，盖貌似绮罗婵娟，神直铜干铁柯也。仆致力于此，亦既三十年矣，环顾海内，极少许可，顷览潘君之作，蔚然深秀，妙绝时人，信所谓后生可畏也。"勤孟得此称誉，便订润卖字，当时市招，大都为于右任手书，于右任是来者不拒，未免太滥；胡展堂则颇自矜惜，不肯随便应酬。有请求展堂写市招，求之不得，即请勤孟仿为，上海南京路的王开照相馆，淮海路的司徒博牙医院，市招赫然署名胡汉民（展堂名），虎贲中郎，人们不易辨别。不久，展堂被蒋介石囚禁汤山，始终没有注意到这件事。旧时宜兴善卷后洞离碧鲜庵不远，有一座小楼，原题"祝英台阁"，中洞入口处，那座大厅，题为"巢许堂"，匾额都是勤孟写的，阅年多，现在已倾圮了。

解放后，他先后在上海人民出版社、美术出版社、辞海编辑所工作。一九七一年退休，现已年逾古稀，犹为出版社写些戏剧稿。最近更任宜兴两洞旅游顾问，关怀桑梓，乐此不疲哩。

刻竹名家徐孝穆

书画流传，有千百年的历史，刻竹与书画有密切的关系，但年代较晚，大约起始于明代。金元钰著《竹人录》，褚礼堂有《竹人续录》，秦彦冲有《竹人三录》，金西厓有《刻竹小言》，都足以传竹人的艺名。当代的徐孝穆，撰《刻余随笔》，涉及的面更为广博，斯艺不替，厥功尤伟。

孝穆是吴江柳亚子的外甥，现已两鬓渐斑，在刻竹家中成为前辈了。他是上海市博物馆的老干部。自幼颖慧殊常，亚子很喜爱他，教以诗文，具此渊源，饶有基础。他对刻竹，极感兴趣。十一岁开始学刻，探讨流派技术的奥秘，追摹明代朱氏三家的刻工，又研究清代周芷岩的刀法，积数十年的经验，所有作品，无不运刀如笔，神韵洒然。凭着他掌握的一柄小刻刀，把各派书画家的笔法气韵，全部表现出来，不必见款，人们一望而知这是某名人的书和某名人的画，一无爽失，非具有相当功力，不克臻此。

一九四〇年，他随着亚子，旅居九龙柯士甸道。这时亚子忙着编撰《南明史稿》，约百余万言，稿本很潦草，由孝穆为之钞录。亚子的字，是不易认识的，他看惯了，也就一无阻碍，

徐孝穆作品

且钞得很快，几个月便全部钞完。这时黄炎培在香港，主持战时公债劝募委员会，为长期抗日战争筹措资金，孝穆襄助其间，甚为相得。及香港沦陷，仓皇出走，他的早期刻件，置存汇丰银行大楼，全部散失，这是他非常懊丧的。

解放后，他又随亚子寓居北京，因得识何香凝、叶遐庵、郭沫若、沈雁冰、傅抱石及老舍等，都为他题竹拓专册。一九六三年冬，老舍夫妇宴请唐云、黄胄、傅抱石、荀慧生于东来顺肴馆，进涮羊肉，他亦在被邀之列，流斝飞觞，朵颐大快。老舍索他刻竹。翌日，他即把这晚宾主尽欢之状，撰一小文，刻于扇骨上，遒劲婀娜，兼而有之，老舍得之大喜，为题八字："有虚有实，亦柔亦刚。"亚子有一端砚，石质极佳，他为之镌刻，砚侧砚背，刻文殆满。亚子逝世，其夫人郑佩宜，便把这著书砚赠给他，以留纪念。

他在上海，居住进贤路，亚子来沪，到他家里，为他写"进贤楼"三字匾额，作为他的斋名，并钤汾湖旧隐及礼蓉招桂盦印章。去年夏间，他移居沪西万航渡路，又把路名作为斋名，称"万航楼"。最近赖少其访问他，因所居为第十二层楼，适于高瞻远瞩，便为他写"凭栏阁"三字。他刻竹之余，又复刻石，又自称"竹石斋"，这许多斋额，他都兼列并用，不嫌累赘。赖少其很欣赏他的镌刻，称："刻而不刻者为能品，不刻而刻者为妙品，铁笔错落而无刀痕者为神品。"

我到他寓所，触目都是他的刻品，举凡矮几笔筒杯盘皿匣以及手杖文镇，大都是唐云为他画由他自己刻的，可谓集唐画的大成。而唐云家里的玩赏陈设品，都是孝穆所刻，也可谓集徐刻的大成，所以彼此都做了不惮烦的许子了。沿壁设一玻璃长橱，那是特制的，专列竹刻的臂搁。这许多东西，有平雕的，有浮雕透雕的，阴阳深浅，各极其妙，平刀直入，薄刀斜披，各尽其法。有刻自己的侧面像，神态宛然，而鬓发纤细，罗罗清疏，尤为难能可喜。更有趣的，有一次，唐云往访，恰巧孝穆不在家，唐云坐候片时，戏就案头纸笔绘一小幅画，倚树有屋，屋后别有一较高的树，复略具山坡，境极清旷。又留一便条："冒雨访孝穆，不遇，作此而去。一九六五年八月廿九日，大石。"（大石居士，为唐云的别号）孝穆回来看到了，即把画和便条刻在臂搁的正面和反面上，成为特殊之品。唐云为他绘刻竹图，他也刻在臂搁上。他的儿子维坚，女儿培蕾、培华，都能刻竹。他的弟子唐仁佐，也是刻竹能手。这几位所刻的，一股拢儿陈列在这长橱中，形形色色，令人目不暇给。

孝穆兼工刻印，印拓本和刻竹拓本，各积数十册，册首签题，都出当代名宿之手，如何香凝、叶遐庵、黄炎培、郭沫若、柳亚子、邓散木、丰子恺等，没有多久，诸位均先后下世，这许多签题，成为值得纪念的遗墨了。

细刻工艺大师薛佛影

韩昌黎当年有那么一句话："年未四十，而视茫茫。"可是我年八十有七，阅看书报，视力尚不致到茫茫的地步，那是多么幸运啊！日前，承薛佛影见访，出示他所刻的小型象牙版，我看了又看，看不出什么来，便乞灵眼镜，还是看不出来，佛影便念给我听，才知刻的是陆放翁一首七律诗，并有我的上款。我定神一想，我的视力并没有快速度下降，实在这字刻得太小了。从前人把小楷比之蝇头，这不是蝇头，而是蚁足，蚁足还有迹象可寻，这比蚁足还要蚁足，无可言喻的了。我对着佛影，细细地审察他的一双眼睛，有何特点，为什么能这样的尖锐，是不是离娄再世么！他说："这还不是字迹最纤细难度最高的玩意儿，尚有胜过这个的，请您老人家几时到我家里，我一件件给您赏鉴并求指教吧！"

我好奇心动，隔了两天，趁着清凉的早晨，赶到他太仓路的寓所去。该处闹中取静，沿着通衢，法国梧桐的绿阴掩映了他的楼头，微风吹来，很为爽适。向壁上一望，琳琅满目，都是当代名流赠给他的书画，尤以丰子恺的墨迹为多。偏右一口什锦橱，有竹臂搁，牙扇骨以及铜瓷玉石，都是由他镌刻的艺术品，成为一个宝库。有饭颗样大小的象牙粒子，刻了一百多字，用倍数最大的扩大镜窥看，波磔点画，一笔不苟，不禁为之啧啧称叹。他的兴趣也更浓，把在手边的都搬出来。告诉我，这是白玉细刻，玉高二英寸，阔一英寸半，刻了全部《圣教序》；这是白玉细刻祝允明所书《赤壁赋》，枝指生的风格，能从纤小至无可纤小中表现出来，倘不是目睹，简直使人难以置信。难度更高的，在小小水晶插屏上刻滕王阁图并序文，反面刻全部《多心经》。书家黄葆钺赞许他："前无古人，后无来者。"我认为"后无来者"这句话，说得过分了些，"前无古人"，确是定论。又有一支明代象牙制成的洞箫，他在箫的上端，刻着密密麻麻的小字。我看不出来，问了他，才知是全篇《洞箫赋》。接着又搬出许多象牙片，有谢稚柳的松干、江寒汀的花鸟、吴湖帆的芙蕖蜻蜓，这些画家亲笔为他画在小片上，画家的目力是有限的，只得用写意粗笔，经他一刻，情趣盎然。他说："运刀镌刻，不怕工笔，却怕写意的粗笔，刻粗笔必须表达出画家笔势的淋漓尽致，轻重深浅，气韵神态来，功夫比刻工笔下得更多。"又复出示一印泥瓷盎，盎面也刻着写意花卉。他说："刻瓷目前寥寥没有几人了，刻瓷而刻写意画，那是我大胆的尝试。"东西实在太多了，如入山阴道上，目不暇给。末了，他指着靠壁的一座红木箱子，边说边把箱面揭开，他恐我隔着一层玻璃看不清楚，把玻璃面再揭开，赫然一个长方的象牙插屏，他运着刻刀，临摹故宫所藏十二月月令中的端阳竞渡，苍郁林木中，矗峙楼阁。龙舟若干艘疾驶江间，据高眺望的，有老有幼，有男有女，塞裳把袂，交头接耳，各尽其动态。那龙舟上，旗帜锣鼓，以及种种器具，无不悉备。而竞赛者四肢着力，百脉奋张，拨着双桨，争先恐后，神态之妙，使人难以形容。左

上端又有细小的题识，反面刻着《洛神赋》，这是他生平唯一的代表作，花了十五年断断续续的时间刻成的。当时西文报纸，如《大陆报》《泰晤时报》记者都有访问特写，谈及这些艺术品，并登载了照相。解放后，人民政府聘请他筹备上海市工艺美术所。他在所中担任象牙细刻工艺师，并展览他的作品，招待各国贵宾在十万人以上，都欢迎他出国讲课，作为文化交流。最近美国ABC电视新闻部代表团，征得中央有关方面同意，拍摄纪录片，把他细刻艺术介绍到美国以及其他国家去。

他生于一九〇五年十一月五日，江苏无锡市人，原名光照。薛氏在无锡原系大族，书香不断，祖父云楣，曾游泮水，擅长诗文；父亲叔衡，为名儒医，因此也教他学医，可是他对于医学，格格不入，而在读书余暇，喜欢篆刻，自己摸索着。后来得到族人某的悉心指导，并劝他从事刻竹，一再琢磨，彼此合作，略有成就。参加地方展览会，获得特等奖。他的亲戚王蕴章，在上海创办正风文学院，请他担任院务主任，得与诸名教

薛佛影作品

授胡朴安、胡寄尘、吕思勉、钱基博、朱香晚、陈彦通等相周旋，在学养上获着很大的教益。一方面又与吴湖帆、赵叔孺、张石园等往还，获着很多的艺术指导。同时再研究古代陶器、甲骨、钟鼎、铜镜、玉石、砖瓦刻纹，以及宗教艺术、民族形式。各种雕刻遗物，不论圆雕、浮雕、平面阳刻阴刻，都加以探讨。经过很长一段时期的摹拟苦练，又从这个基础上逐渐创新，直到五十岁后，才能在象牙细刻上有了充分的把握，由象牙进展至水晶、翡翠、白玉，成为现代我国雕刻工艺上的异军苍头。一般雕刻用刀，有斜刀、平刀、圆刀等，他善用圆刀，转折灵活，益显线条流畅。但圆刀是很难掌握的，且刻面太小，而书和画又无从先作草稿，完全凭着自己纯熟的手指，奏刀时，指觉、视觉、心灵感觉打成一片，始能有所成就，真是神乎其技了。

徐忠明精雕鸟笼钩

　　我居住沪南时，常到豫园湖心亭和几位熟朋友喝茶聊天。这一带蓄养鸟雀的很多，养了珍贵的鸟儿，就讲究艺术化的鸟笼，因此各处的鸟笼都汇集拢来，求得善价。据说笼的高低，须看鸟的大和小，文和武，作适当的配置。有一种杜家笼，那是前清同治年间昆山杜姓所制，非常灵巧。光绪初，常熟梅凤林的黄头笼，也很有名。这笼宜于蓄养开脚的鸟。福山王某仿制的王笼，略具形式，但没有梅凤林的精致。又周载臣父子所制的绞丝冰梅刻花绣眼笼，价值也相当高。又吴郡姚直甫喜养绣眼，自制金丝竹笼，笼丝眼的步弓，节节不同，人家仿造不来，因此直甫笼成为重金不易购觅的骨董。有个无锡人姓蒋，他有直甫笼一只，还配上凌居士钩，古窑缸，子母绿的什件，看见的人没有一个不艳羡的。原来有了艺术化的鸟笼，那笼钩也就必须加以选择。

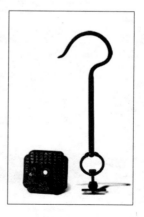

徐忠明作品

　　徐忠明就是一位雕凿笼钩的好手，

称为"忠明钩"，凡是养鸟的，都知道他。当时，一副忠明钩，当铺里可当一百元（那时一石米只五元左右，一百元为一巨数）。他原籍湖北，在锉刀铺里做过学徒，后来到上海，改业雕紫铜笼钩，所雕的有字有画，且款识年月，一切都备。养绣眼、芙蓉的笼子，名文笼，那就配用文钩，钩上雕着《西厢记》《红楼梦》等故事。笼是养黄头等善斗的鸟，名武笼，那就配着武钩，钩上雕着《三国演义》《水浒传》等戏剧，无不纤细精巧，妙到毫巅。可是他喜欢饮酒，几乎天天烂醉如泥，很少工作时间，成品也就不多。晚年双目失明，更不能雕凿。当时有一青年，本在旱烟筒店里凿筒头细花，忠朋看他很有技巧，便把女儿许给他，并教他雕凿笼钩，也很有成就。

莫悟奇的灯彩和魔术

　　凡年龄在五十左右的，大概还知道上海曾以魔术负盛名的那位莫悟奇吧！莫是苏州人，小名阿毛，生长在贫农家里，生活是很艰苦的。家里实在没有力量好好栽培他读书，就送到一家纸扎店里当学徒。但是他肯刻苦钻研，一面学习文化，一面在业务上开动脑筋，他认为纸扎专做冥器，具迷信色彩，太觉无聊，应当在灯彩上有所发展，如灯节的鲤鱼灯、蚌壳灯、走马灯，以及舞台上演"斗牛宫""天河配"等灯彩戏的各式各样的纸灯，都可以革新，创造出新形式来。和他同业的还有一位叫商东臣的，也是这样想法，两人志同道合，就共同研究，结果创造出活动灯彩若干种，都是透剔玲珑，非常巧妙的。那时上海人士尚没有看到这样的玩意儿，都叹为奇观。各商店用它来做广告，各戏馆用它来点缀布景，真是轰动一时。后来各纸扎工匠纷纷摹仿他，外间多见，便不足为奇了。他脱离了纸扎店，别辟途径，研究新魔术。他认为旧的一套变戏法，陈陈相因，不如用新魔术取而代之。当时有一位《海上繁华梦》作者孙漱石老先生的弟子钱香如，在孙漱石所编的《繁华杂志》上专辟一栏，大谈魔术，因此声誉很盛。有一次，香如应上海"群学社"的邀请，作魔术表演，可是香如只有理论，缺少实践，表演失败了。香如不得已，向一专家学习，奈这专家保守秘密，不肯公开，除非向他定购一套高价的魔术器具，他才肯告诉这一套的魔术手法。香如的家境比较好，就定购了不同式样的数套，学会了数套魔术。莫和香如相识，便辗转学会了一些，更触类旁通，居然有十多套可以表演了。

后来日本魔术家天左、天胜娘先后来上海表演，借座"民鸣社"剧场。莫知道了，预先和他的老友钱化佛商量，恰巧这时钱化佛在"民鸣社"演新剧，商量的是疏通该社后台负责人，每逢魔术表演，容许他躲在台上面布景空隙处向下窥看。他本来是有门径的，经这启发，个中秘密，都给他揭穿，他运用这许多诀窍来表演，成绩大大地提高，反有出蓝之概。于是莫悟奇成为魔术家的权威。同时有一位鲍琴轩，用"科天影"的艺名，出演魔术于各游艺场所。各戏馆演海派戏，竞尚机关布景，纷纷请鲍设计布置，实则鲍的这些技巧，大都是从莫那儿学来的。

莫虽没有在学校受过良好的教育，由于自己用功，也具备了相当程度的文化修养，常和一班名士如杨了公、戚饭牛、刘公鲁等往还，知道了些风雅门径，栽种许多小型卉木，制成盆景，并安排了些小石块、小屋舍，以及人物等等，居然赏菊篱边，锄梅皋畔，对之令人意远。他进一步自用陶砂制成花盆茶具与瓶罍等器，不论在色泽上、形式上都是既光洁而又纯朴，和市上所见的不同。我书桌上有一紫砂花瓶，其重似铁，高六七寸，做成竹节形，上面突起些小枝儿，纤细的几片竹叶，好像美人的双眉，清秀得很，即是莫运用艺术

手法塑造出来的。莫的大半生致力于魔术，制作陶器，为时很短，所以他的作品流传不多，物稀为贵，大家就格外珍视了。

莫悟奇在抗日战争期间逝世，他的儿子名非仙，能传父业，但没有他父亲栽卉制陶的那一手本事。

新舞台与潘月樵

旧上海的新型京剧院，以新舞台为首创。其时十里洋场，最为繁荣，为营业计，当然院址设在洋场上为宜。但主持其事的沈缦云、姚伯欣、张逸槎等，不愿托庇于西人势力之下，便故意购地华界南市十六铺建造剧院。奈缦云、伯欣、逸槎对于戏剧都是门外汉，便与夏月珊、潘月樵相商，请他们前赴东瀛，参观新型剧院。归后由逸槎打图样，建造圆形无柱的新舞台，一方面装配布景，特聘张聿光为布景绘画主任。开幕后，一般有周郎癖者，觉得耳目一新，趋之若鹜，南市市面顿时热闹起来。

诸演员中，以潘月樵头脑较新。他是扬州甘泉人，嗓音稍带沙哑，因此演戏时轻唱重做，成为著名的做工须生。如《四进士》《明末遗恨》等，为他拿手杰作。他也编演时装新剧，以赈各地水旱灾荒，有时运其妙舌，作一番演说，为灾民请命，说得激昂慷慨，观众被他感动，纷纷把银元抛向台上，顷刻千数，即交赈灾会以救灾民。又办榛苓学校，使梨园子弟贫而不能入学的，个个都有读书机会。当时前清大吏岑春煊知道了，为之表扬，颁给他银质赏牌。我曾目睹这块牌子，约长三寸，宽一寸有半，正面配着玻璃，为岑本人照相，肥头胖耳，双目细小，蓄八字须，头戴瓜皮帽，身穿大马褂，神气十足。反面上端作二龙抢珠，下面文字，有云："太子少保前四川云贵两广总督邮传部尚书岑为伶人兴学救灾，醒世惊俗，特制此牌以示表彰，俾戏曲改良，观感易于进步，此亦助风教励同胞之一端，有厚望焉。特赠小连生，宣统三年二月吉日。"按小连生是潘月樵的艺名。

潘月樵还有值得提及的事。当时消防工作腐败，逢到失慎，一般救火员利用职务上的便利，不先扑火，却搜箱倒箧，攫取饰物细软，以饱私囊，因此施救延迟，致殃及邻屋，造成不可收拾的局面。潘有鉴于此，便组织新舞台诸演员和职工，成立义务消防队，他自任队长，力挽颓风，从此市廛居户，纷纷称颂。

辛亥革命之际，南京已下，上海商团欲谋响应。潘固商团团员，当然起先锋作用。其时陈其美冒险入高昌庙制造局，向总办张楚宝晓以大义，劝挂白旗，不料张顽固成性，拍案大怒，立命守卒把陈捆绑，悬在一株大桂树上。潘月樵与新舞台夏月珊以及商团中激烈分子钱化佛、王伯揆等待消息，不见陈其美踪迹，知有变故，便决定举事，由潘斥资购美孚火油一箱，携至制造局对面的一个板木工场。这工场原本专为制造局装置弹药的，此时风声鹤唳，局中所制弹药不多，工场无形停顿。潘月樵、钱化佛、王伯揆等破门而入，把火油灌在木花柴上，点着火，熊熊烈烈的烧起来，大家高声喊杀，持枪猛攻制造局大门。潘等擅武艺，腰脚矫健，越墙而入，张楚宝惊惶失措，从边门遁走，于是释放陈其美，制造局遂入商团之手，上海旋告光复，陈被举为沪军都督。后来孙中

山对潘嘉奖备至，亲写一匾额给他。潘把这匾额悬诸梨园公所中，以为革命纪念。

袁世凯帝制自为，潘月樵深被袁党所仇视，他为安全计，脱身戏剧界，匿居常熟虞山。他的夫人是常熟人，便把常熟作为第二故乡。目击时艰，中心愤郁，后死于常熟。

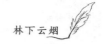

回忆剧评家张聊止

　　我的朋好中，颇多对京剧深有研究的剧评家，他们涉足梨园数十年，什么老演员的唱工、做工、台步、身段以及扮相、行头，谈起来头头是道，句句中肯。张聊止便是其中之一。他是江苏青浦人，名厚载，号豂子，后改为聊止。肄业北京大学，喜顾曲，经常在京沪各报撰写剧评，颇有声誉，不料因此却遭到池鱼之殃。

　　这时林琴南以翻译说部驰名南北，和聊止为师生。上海某报慕琴南名，请聊止介绍其师，为某报执笔。恰巧琴南与北大校长蔡元培在新旧文学上大开笔战。琴南于报端连载的《蠡叟丛谈》中诋及蔡氏。蔡氏知琴南撰稿，出于聊止介绍，便迁怒聊止，把他开除，时聊止离毕业只差一学期，他不为所动，照样聆歌观舞，做他的剧评。而且足迹愈广，不但遍涉戏院，又复参加票房，和许多老演员相往还。凡是堂会戏，他都为座上客。这种堂会戏，名角汇集，精彩十分。他看过谭鑫培的《击鼓骂曹》、王瑶卿的《雁门关》、余叔岩的《连营寨》、龚云甫的《孟津河》、崔灵芝的《玉堂春》、孙菊仙的《朱砂痣》、梅兰芳与王凤卿合演的《汾河湾》、杨小楼与贾璧云合演的《战

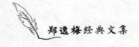

宛城》，陈德霖、裘桂仙、言菊朋合演的《二进宫》，还看过
初露头角的程艳秋在中华舞台演《桑园寄子》。这时，罗瘿公、
陈彦衡都在座，无不击节称叹。画家徐悲鸿绘了一幅古装美人
像赠给艳秋，貌和艳秋相仿佛，一时传为佳话。这许多戏都是
纯青炉火，前辈典型，眼福真是不浅哩。

聊止和梅兰芳友谊很厚，当时罗瘿公著有《鞠部丛谈》，
该文谈梅的剧艺甚多。瘿公逝世，原稿本藏聊止处，梅对之爱
莫能释，聊止即慨然赠之。聊止又收藏梅兰芳的剧照，不下数
百帧，有许多梅本人已不存。解放后，许姬传为梅撰《舞台生
活四十年》，其中若干照片，就是借用聊止的。聊止撰有《歌
舞春秋》《听歌想影录》二书行世，都是很珍贵的梨园掌故。

影坛老艺人殷明珠

翻开《中国电影发展史》，那赫赫有名的老艺人殷明珠，占着重要的一页。现在正有人编辑《中国电影通史》，殷明珠当然又是通史中的重要人物了。

殷明珠

殷明珠是江苏吴江梨花里人，生于一九〇四年，岁次甲辰，辰属龙，所以她小名龙官，名尚贤。她的父亲星环，擅文翰，能绘花卉，夷旷萧散，得徜徉林泉之乐。这时盛行一种彩票，每张十元，每条一元，定期开彩，头奖可得一巨数，每条得奖也以万计，二三四奖，依次递减。乡间设有分售处。星环因为好奇，偶购其一，可是不久撄疾卧床，药石无效，蘧尔逝世，全家哀恸欲绝，哭声几震屋宇。正在这时，忽然彩票分售处派人前来报喜，说："您家所购之票，中了头彩。"明珠收着泪，深叹喜讯迟了一步，父亲已一瞑不视了，否则弥留之顷，得此兴奋剂，或得立起沉疴，延其寿命。实在病入膏肓，那是无可挽回的。明珠孝心深

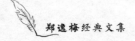
切，存万一的幻想罢了。

她读书上海中西女学，为高材生，考试名列前茅，尤其英文更为杰出，能说一口很纯熟流利的英语。她在校中，是具新头脑新风尚的，什么舞蹈、踢球、游泳、骑马、驾自行车，她都有一手。在风气未开时，这一系列的玩意儿，非一般闺秀名媛所敢尝试，同学们因她洋气十足，便称她为 Foreign Fashion。于是社会人士就把"FF"作为她的代号，传播开来。继之者，有傅文豪的"AA"女士，袁淡然的"SS"女士为三鼎足。当时各报刊杂志纷纷把她的照片，铸版登载，倩影婷婷，风致绝世，也就美化了报刊杂志，激增了销数。甚至她在上海南京路某皮鞋店，定制了一双高统皮鞋，那店铺便依样复制了，陈列在橱窗，标为"FF式皮鞋"，以吸引顾客。

一九二六年，她和美术家但杜宇结婚，创设上海影戏公司，拍摄《海誓》为中国第一部爱情片，主角就是殷明珠，演来丝丝入扣，致身剧中，博得广大观众极高的评价。且这片放映于夏令配克电影院，这影院是放映西洋第一流名片的，放映国产片《海誓》，是破例第一遭。此后她连续主演了好多片，如《重返故乡》《传家宝》《盘丝洞》《媚眼侠》等。南洋一带的影片商，纷纷定购她所主演的影片拷贝，声誉传至异域，妇孺皆知影坛上有那么一位女明星殷明珠。

"一·二八"之役，那上海影戏公司设在沪北天通庵路，恰属战区，兵燹之余，原址成为废墟。事变平息，她和但杜宇东山再起，重振影业，不料又在抗日战争中付诸荡然。无法可想，便携着儿女，赴香港别谋生活。她的小女儿但茱迪，容态秀美，具有乃母风仪，参加了港地举行的香港小姐选举，但茱迪当选为第一名，总评语为："东方美。"原来其他参与的，都

是新式西装，而茱迪却穿着旗袍，足跶绣花缎帮鞋，别有一种娴雅文静的风度，那便是殷明珠为她设计打扮的。此后茱迪渡洋赴美，在好莱坞主演了《蒙古女郎》一剧。后来嫁了丈夫，便脱离电影界，数次接她母亲殷明珠到新大陆去，以尽冬温夏清的侍奉，港地还留着旧居。一九七六年，又由港来沪，探访亲友，我和她畅谈阔衷，非常快慰，经过数旬，仍返港寓。但树高千丈，叶落归根，她正在探询上海的居住问题，打算久长的息影。

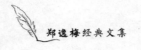

"荒江女侠"徐琴芳

徐琴芳为影坛著名女演员，生于一九〇七年，乃江苏常州徐涵生的爱女。涵生工画山水，清森峭劲，抗衡时辈，和那撰写《九尾龟》说部的漱六山房主人张春帆很相契，琴芳也就作为张春帆的寄女。

琴芳生性活泼，从小即喜跳跳蹦蹦，弄棒舞棍，比男孩子还要顽皮。九岁开始读书，课余爱阅那些有插图的武侠小说，钦佩书中所谓飞檐走壁，扶弱抑强，路见不平，拔刀相助的侠义行为。在她小小的头脑中蕴蓄着，长大了作个游侠儿，直到现在，还是不把自己当做女性。称她一声巾帼英雄，是当之无愧的。

一九二六年，她随父亲来到上海，突破了家庭阻挠，考进了中华电影学校。当时电影事业，在我国是个新兴事业，处于萌芽时代。这所电影学校，由洪深、陆澹安、严独鹤、汪煦昌等分任指导，就学的，有萧英、高梨痕、胡蝶和徐琴芳等，陆澹安最赏识琴芳的聪明，认为具演剧天才。后来这些学友，都成为影坛的名演员，也就各有千秋了。琴芳这时刻苦钻研，每天除理论学习和表演外，还锻炼骑马，开汽车，金勒加鞭，飙轮疾驶，和男同学竞赛。舞蹈歌唱，她也样样来得。后来进入上海友联影片公司，第一部片是她和胡蝶合演的《秋扇怨》，放映后轰动一时。接着公司方面把顾明道的长篇小说《荒江女侠》搬上银幕，她饰女侠，这一下她喜心翻倒，简直要距跃三百了。原来她梦寐以求的玩意儿，虽不是现实，可是在银幕幻象中过过瘾也觉得很是痛快。至今还有人呼她为"荒江女侠"。继之又任《红蝴蝶》《海上英雄》《虞美人》等片主演，都是武侠的，适合她的个性，演得当然很出色。又应明星影片公司的邀请，拍《女子公寓》《女性仇敌》等片，声誉日益隆盛。一九三六年，随明星歌舞团去暹罗（泰国）演出，又载誉而归。返国后，参加艺华公司，拍了数片。不久，抗战军兴，便和几位同志组织救亡演剧队，作慰问伤兵及救济难民的演出。一九三九年，赴香港，担任南粤和南洋两公司演员，更和胡蝶合拍故事片《孔雀东南飞》，又演了《上海屋檐下》。共拍了五十多部片子，可算是多产的了。

一九四〇年，香港沦陷，她和丈夫陈铿然、妹妹路明，以及两个未成年的孩子，在广西桂林，过流浪生活。好得她曾从陈彦衡学过京剧，擅唱须生，为了生计，便以票友徐琴芳的名儿登台演唱，居然能敷衍一个时期。奈能戏不多，难以持久。便考虑到重庆进中国电影制片厂，谁知胶片中断，戏拍不成，只好演话剧，吃大锅饭。她又不善逢迎，触犯了国民党的上层人物，被厂长开除，以致失去立足点。正一筹莫展，恰好应云卫主办一个剧团，要到成都去，并邀路明主演《孔雀胆》，因此全家到了成都。这一行，却得到了在京剧上深造的机会。因为认识一位老票友罗孝可，罗对于京剧，潜心研究了数十年，戏路很宽，是票界的耆宿。她一得空暇，就请罗老讲授，举凡身段、台步，种种细节，悉心指导，她得益匪浅，且更提高了她演京剧的兴趣，满想下海，索性当个京剧演员，岂知事情并不顺遂，凡下海的必须领取执照。有了执照，当地的军阀绅士，每逢宴会，动辄招去侑觞清唱，尤其是女演员，这是对文艺工作者的侮辱，怎能受得了，只得作罢。继续随着应云卫剧团到川南一带巡回演出，糊口四方，一直搞到抗日战争胜利，返回上海，很想透一口气，疏散疏散，哪里料到通货膨胀，物价飞腾，任你辛辛苦苦，扰扰营营，生活兀是不得解决。再赴香港，也找不到出路，复回上海，不久上海解放，真所谓"山穷水尽疑无路，柳暗花明又一村"了。

解放后，百废俱兴，她参加戏剧界协会，响应抗美援朝，演宣传话剧。她的妹妹路明，嫁了陈西禾，生活过得很好。不幸的是她丈夫陈铿然患了胃癌逝世。她一度与华香琳、高盛麟，赴南京演京剧，又和新艳秋，到无锡演京剧，都能获得很高的评价。既而又到杭州及云南曲靖等处演出。在欢欣鼓舞下，力求上进。吊嗓练功，寒暑不辍。一自四凶专政，受到冲击，当然这一阶段的生活是很艰苦和焦闷的。幸而"四人帮"倒台，拨雾见天，阳光普照，她受聘上海文史馆，馆中有京剧组，她和华香琳、袁汉云成为组中三鼎足。

写到这儿，又记起一九二五年的五卅惨案。当时上海友联公司拍了极难得的纪录片，成为唯一的史料，徐琴芳于此有功焉，不能不提一笔。这天，上海学生在南京路上作反帝的示威游行，印捕开枪射击，一时死伤者数十名，秩序大乱。友联公司诸工作人员，义愤填膺，带了小型摄影机，驾了汽车，沿途拍摄，徐琴芳也奋勇参加，于是帝国主义的种种罪状，尽入镜头。旋由马巡来驱逐，友联汽车向西驰去，离不多远，忽被岗

警拦住，严加搜查，时琴芳穿着裙子，她把小型摄影机密藏裙中，并用双足夹着，使不坠落，岗警检查车辆，翻开坐垫，均无所获，男的都被遍身摸钞，以琴芳为女性，幸而得免，这一卷很有历史价值的纪录片，才得保留下来，当时琴芳能急中生智，的确难能可贵。

顾也鲁的电影生活

　　上海电影制片厂,人才济济,辉映银坛,做出了不同凡响的成绩。在目前来谈,资格老的演员中,仍努力于角色表演,和观众经常见面的,要算张翼及顾也鲁了。

　　顾也鲁,生于一九一六年九月一日,江苏吴县人。十五岁离开家乡,来到上海,在三友实业社充当学徒。可是生性爱好戏剧,业余潜心研究,有时涉足剧场,观赏揣摩,欣然自得。直至一九三四年,参加了补习夜校组织的吼声剧社,实业社主持者不以为然,未免啧有烦言,他便毅然辞掉了这个职位,索性投身戏剧界。首次排演的,乃丁西林所编、欧阳山尊所导演的独幕剧《压迫》,其中有个女房客的角色,女同学不愿担任,要他反串一下。他认为演戏戏路要宽,也就乔装登场。欧阳山尊力赞他有演戏的天才,这给了他很大的鼓励。后又参加了蚂蚁剧团,演《同住三家人》中的老账房,由化妆专家辛汉文为他化妆,苍颜霜鬓,添上一撮胡须。他演时又复背佝偻而步蹒跚,俨然一个老头儿,谁也不信这是青年人扮演的。他的表演虽获初步成功,但不自满足,继续在艺术技巧上下功夫,专心学习有关表演方面的理论著作,知道人凡高兴时,脸向上,双手向上升；失意时，头下沉，双手抚着头；痛苦时握拳捶胸等，这一系列的外形表演外，再加内心表演，才能塑造人物，勾勒得丝丝入扣。他所演的话剧很多，如夏衍、田汉导演的《走私》《号角》《谁杀害了婴孩》等。抗日战争时期，参加了于伶领导的青岛剧社、上海剧艺社，演出了《雷雨》《女子公寓》《明末遗恨》。在《明末遗恨》中，他饰郑成功，拔剑发誓，竟砍掉了桌子一角，观众情绪为之激动，甚至有人受此激励而愤然去内地，从事救亡运动的。

　　一九三八年，他开始由剧台走上影台，和新华影业公司签订了三年合同，演了许多反封建的民间故事片。表演古代人物时，他觉得没有生活体验，便从古代小说中去找生活，从戏曲生旦净丑中去找动作。除了吃饭睡觉外，沉浸于这个境界中，有时半夜梦回，还琢磨着如何举手，如何抬腿，于是他每次演

《不夜城》剧照，左起：孙道临、林彬、黄晨、黄宛苏、郑敏、阳华

出，都能博得好评。公司方面为了力争利润，在不到三个月中，委他拍摄十部故事片，简直把他累得精疲力竭。他为了生活，又不得不如此，兀是存在着违心的苦闷。一九四四年，他和金嗓子周璇合演《渔家女》，到无锡的惠山鼋头渚去拍外景，轰动了一般观众。不料突然来了个敌伪特务，点名要周璇和顾也鲁去拜客，声色俱厉，且出手枪向桌上一拍，幸由旅馆服务员善为说词，托言他们都出去找外景了，晚上一定等候着。这一下子，吓得金嗓子开不出口，幸得那喜剧演员韩兰根在旁，他仗义任艰，愿用桃僵李代之计，乔装为周璇，躲在房间里。晚上，这个家伙另有他事，没有来。第二天一早，他们转移到苏州去拍外景了。

过了三年，他和周璇别找出路，到香港拍《歌女之歌》，又和刘琼、陶金、顾而已等合演《国魂》。后来又演叶以群编剧、欧阳予倩导演的《野火春风》，瞿白音编剧、顾而已导演的《水上人家》，那些影片都进行顺遂，成问题的是演《小二黑结婚》，饰小二黑这个农村角色，那生活气息，和香港生活环境距离太远了。为了塑造这个人物，一方面向老解放区的朋友，了解那儿的农村情况，又到九龙郊区去学种田，叱牛犁地，可是牛不听陌生人的驱使，在这方面，又花了很多功夫。

一九五一年春，他投向祖国的怀抱，仍和周璇搭档，拍《和平鸽》，又把老舍的名著《方珍珠》搬上银幕。又服从组织分配，一度当过《鸡毛信》的制片员，接着在《不夜城》《老兵新传》《五十一号兵站》《红色的种子》《女理发师》等片充当要角。拍《难忘的战斗》时，到张家口拍外景，他饰着反面角色，具有滑稽神态，旁观的人，把果皮烟蒂掷得他满头满脸，他大窘，结果由值场者为之解围。去年拍成一部喜剧《雪花和栗子球》，

他被一头大熊所追逐，场面很惊险，他奋勇出之，什么都不怕，终于完成了艰巨的任务。他在喜剧上有所心得，撰了一篇《喜剧动作的设计》，登载在《电影故事》上。

他总计演了四十多个话剧，拍了六十多部影片，直至目前，还是一天忙到晚。逢到星期日，他杜门不出，不是阅着一星期所积存的报纸和杂志，便是栽植那些花花草草，春芳绚采，秋叶题红，遐致幽情，旷怀自适，也就恢复了一周来的疲劳。

巧得很，我那天在他家里做客，李丽华从海外归来，也在他家里做客，但由于去的时间有先有后，我却和李丽华成为参商了。

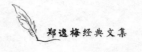

一曲《西厢》满座倾的黄异庵

我的朋友陈汝衡教授，对于说书艺术颇有研究。他这样说过："一个说书艺人，要在艺术上达到高度成就，必须把书中人物和自己打成一片，在献艺时忘记自己是个代言人，而竟是书中的生旦净丑。"可见说书虽属小道，却很不简单。无怪有人称说书是文艺演出队伍中的轻骑兵。

黄异庵名沅，字冠群。在说书艺人中，算得上老前辈了。他书路很宽，能说《三笑》，又擅说《西厢》。《西厢记》这部书的主题是反封建礼教的，人物形象难于塑造，就情节言，又颇多冷场，加之这部书是种古典诗剧，说的人必须具有相当的文学修养，才能说得头头是道，丝丝入扣，所以从来说书的，说《西厢》的寥寥无几。以前有位朱兰庵，负有诗名，参加南社，因为自幼出嗣姚姓，又叫姚民哀。他兼治稗史，撰写过多种社会小说，和他弟弟朱菊庵，为说《西厢》的朱双档，名震一时。

黄异庵对朱兰庵佩服得五体投地。但他说《西厢》却别出机杼，自出心裁，和朱兰庵异路，便以"异庵"自号了。异庵颖慧殊常，在文艺上有相当的修养。从小即从天台山农读书临

帖，十岁在沪上大世界游艺场卖字，署名十龄童。后从金石家
邓散木学刻印章，间画兰竹，亦潇洒有致，作诗也饶有唐音，
尤工绝律。二十三岁开始把王实甫的《西厢记》改编为弹词，
但不落朱兰庵的窠臼，挟着三弦走遍大江南北。解放初期，他
为评弹界代表赴京开会，得见周恩来总理。总理很赏识他，说
他不仅是个艺人，还是位诗人。不意这一下却助长了他的骄气，
目空一切，触忤了人还不自知。在反右派斗争中，被误戴了右
派分子帽子，追悔莫及。后来，这一错案被纠正了，他才得回
到故乡苏州，去夏任职苏州文化局艺术研究室，并和刘美仙结
婚。美仙是评弹女艺人，两人志趣相同，便永结同好。

异庵抛弃三弦多年，今年元旦，乃旧调重弹，在上海静园
书场，和刘美仙拼双档说《西厢》。上海人士好久没有领教他的
书艺了，一旦听到他卷土重来，都欲一聆妙音，于是卖座之盛，
为前所未有。即使大风雨，听众仍济济一堂，场上挤得没有余隙。

最令人感动的是一位一百零二岁的广东老听客范鹤亭，专
由他七十五岁的女儿推着一辆特制车子送来听书。异庵这次说
《西厢》，带有客串性质。以前朱兰庵说游殿一场是简单带过的，
黄却把游殿作为重点来说。凡佛殿的场面，钟鱼贝叶的陈列，
以及宝相庄严的如来，净瓶缨络的大士，什么方轨慧门，维舟
法岸，他缅缅如数家珍。他又妙语如环，诙谐百出，很适当蕴
藉地夹杂些讥讽话。听众无不为之作会心的微笑，都知道这千
钧棒是专打那个白骨精的。这游殿一场，竟整整说了十天。十
天后，那燕钗蝉鬒，拈羞带涩的莺莺，才由红娘拥护着作惊鸿
的一瞥。他在这十天的最后一天，和听众道别时，善颂善祷地
祝愿听众个个都和那一百零二岁的老伯伯范鹤亭一样，身体健
康，同臻最高的寿域。

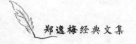

评弹艺人黄兆熊

这大约四五十年前的事吧！我在故乡苏州，听主持光裕社的黄兆麟说《三国演义》。他把关公说活了，尤其那匹赤兔马一声长啸，给我很深的印象，似乎这个声响，今天尚震动我的耳膜，这是多么高的艺术啊！

兆麟有弟兆熊，字秋甸，生于一九〇一年，昆弟俩同承乃翁永年的家学，永年擅说《绿牡丹》《五义图》，在清末民初蜚声苏沪间，为书坛中的老前辈。兆熊又从金桂庭学《落金扇》，从陈凤鸣学昆曲，在咬字上痛下功夫。凡评弹中的生旦净末丑各种角色，以及念白引子，都脱胎于昆曲，两者关系是很密切的。当时章太炎大弟子汪东（旭初）酷嗜弹词，常和兆熊叙谈，并自编开篇，请兆熊弹唱，有不洽调的为之斟酌字句，以合韵节。兆熊习性风雅，拜吴湖帆为师，学丹青。湖帆喜填词，他受其熏染，也兼作长短句，偶为小令，斐然成章。近来更与潘景郑往还酬咏，得益良多，且自选宋词，按弦而歌，景郑聆之，称为耳福。他虽退休有年，但尚有雄心壮志，拟编撰一部《弹词史》，传诸久远。评弹社中，为了给后进示范，特地请他唱《落金扇》全本，为录音片，因为他的声韵格律，丝毫不苟，

具有高度的典型性。

　　兆熊和我很相熟，尝为我谈评弹艺术，真是头头是道。如谓："在清乾隆年间，陈遇乾本为昆剧中演老生者，忽投入评弹，创造了陈调，现在评弹中的老生、大面、老旦所唱的，便是陈遇乾的调子。其他有俞秀山的俞调，称之为长过门，大小嗓音都合用。道咸年间，马如飞饶书卷气，创马调。此后随着社会的发展，和每人的爱好不同而形成各种唱腔。总之，陈、俞、马三种为基本曲调，加以山歌调，费家调，银丝调等等，无非为了配合书中各式人物而已。至于评弹的特点，主要是说和表，未来先说，过去重提，皆为表白，凡书中人物的内心活动及种种想法，都属表白范畴。而人物的说话是官白，艺人的说表是私白，官和私是不能混淆的。又书中人物欲说而未说的是咕白，更有所谓衬白、托白，那是补表白的不足。又唱句大都来于前人的诗词，如开篇中的宫怨，是借唐王昌龄的西宫春怨的首二句，那末一句却借白居易的'紫薇花对紫薇郎'而加一'相'字，成为'紫薇花相对紫薇郎'。故艺人必须于平上去入四声先下苦功，有四声才有抑扬顿挫，高低轻重，缓急虚实。四声念正了，感情表达了，韵味充沛，也就能悦耳动听。咬字方面，扼要有四点，一念正四声，二阴阳、三尖团音、四归韵。"听了他的一番话，可知评弹综合各艺，并不简单，决不能以小道目之。

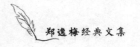

电影之先声

记得住在小花园的时候，对面开着一家茶馆，名叫群乐楼，是宁波人开的。这时尚没有电灯，燃点的是煤气灯。每晚，煤气灯大放光明，那些神圣的劳工，粉白黛绿的山梁中人等，都麇集在那茶馆里，打情骂俏，胡帝胡天，别成一个世界。茶馆开映皮人戏，用牛皮制成傀儡，和提线戏差不多。开映时，外面的灯完全熄灭，只留帷中的灯光，使皮人的影，照在素壁上，也有些像点缀元宵节的走马灯，术者躲在幕内，不使人瞧见，他暗使着皮人活动，黑影在壁上憧憧往来，情景逼真。皮人可以换衣易服，非常灵巧。最有趣的，是皮人打架，你一拳，我一脚，你来一个金刚扫地，我来一个白鹤冲天，大有凭陵杀气，以相剪屠之概，使瞧看的人，兴奋的了不得。可是，后来每况愈下，映着许多色情的玩意儿，风化有关，给当局禁止了。隔了多时，吴稚晖从法国里昂归来，带来许多幻灯片。吴稚老寄寓二马路的露沙医院内，小楼一角，安砚设榻其间，很是逍遥自得。那医院是他的外甥陆露沙开的，露沙学医于扶桑，学成返国，即设医院，颇著声誉，他的尊人就是商务印书馆主辑《辞源》的陆尔奎。国学深邃，一时推为耆宿。露沙和他的哥哥镜若，以及欧阳予倩、吴我尊、马绛士、谢抗白诸子，提倡新派戏剧，组织春柳剧场，在南京路的谋得利，表演《不如归》《社会钟》《猛回头》《爱欲海》《浮云》等剧，博得社会人士的佳评。吴稚老住在医院中，把那幻灯片放映给大众看，不售门票，欢迎参观。这时，恰巧暑天，那些荡马路乘风凉的人，纷纷来为座上客。幻灯片中，都是在法国半工半读的华人生活，寓有教育意义。吴稚老不怕炎热，匿身幕中，不露面地演讲给人听，晚十时半完毕，稚老就穿着短衣，手执一柄蒲葵扇，在门前疏散疏散。鄙人其时已在大舞台串戏，白粉涂着鼻子，做小花面，后台热得受不住，总要溜到后门小弄里透透气，上场尚早，就和几个伴儿，修着小凳小儿，撮几颗花生，喝数杯白干，认为苦中作乐，是人生应有的享受（现在的大舞台，前门在二马路，后门在三马路，从前却相反，前门在三马路，后门在二马路）。那时，几乎每晚和吴稚老相见，原来露沙医院，和大舞台后门是望衡对宇的，吴稚老起初瞧见鄙人涂的白鼻子，辄失笑着问："你今晚饰着什么角色，这种的怪样子？"后来也就司空见惯，有时竟来参加小饮，花生、豆脯，吃得津津有味哩！自从皮人戏幻灯片公映后，不久就有幻仙戏馆演映电影。这剧馆很简陋，上搭芦席棚，下面是泥地皮，列着长凳为座，门票每张售两铜圆，电影完后，尚有种种的把戏作为余兴，所以生涯很不差。有一次，放映《慈禧皇太后出丧》新闻片，把这个大噱头，号召一下，连卖数晚的满座，那开幻仙的，赚的麦克麦克。幻仙的地位，在中泥城桥，中泥城桥在今静安寺路的东口，和大马路相接处，尚有北京路的北泥城桥、五马路、跑马厅的南泥城桥，那西藏路是一条河，直通至西门方浜桥，后来市面热闹，就把它填平，如今一些痕迹都找不出了。

旧式戏院

前人为戏院撰一副对联道："谁为袖手旁观客，我亦逢场作戏人。"从广的眼光瞧来，戏院即是世界，从狭的眼光瞧来，世界无异戏院。所以世界也罢，戏院也罢，无非一而二，二而一而已。从前的戏院称为茶园，鄙人喜欢集藏，累累赘赘，什么都有，好像打翻了字纸笼一般，在许多集藏中，有天仪茶园的戏单，这戏单是木版印的，那木版粗陋得很，印在红纸上，字迹不很明显，更谈不到美术了。上冠"英商"两字，旁有"京都永生名班"字样，戏单上的名儿，有孙春林、毛韵芳、灵芝草、二盏灯、何家声、李春林、王益芳、霍春祥、冯志奎、张玉奎、沈韵秋、赵德虎、汪桂芬、夏月珊、夏月润、周凤林等。那汪桂芬当然是挂头牌的了。这时的戏院，那台是方形，台前两根大柱，障碍视线，很为讨厌。背后没有布景，中间是木板为壁，贴着红纸所书的喜字，或"天官赐福"四字，上首标着"出将"，下首标着"入相"，凡唱戏的出场，必从"出将"门出场，必从"入相"门入场，非常呆板，后来板壁改用绣花堂幔，较为美观，敲锣鼓、拉胡琴的，都在台上占据一角，凡是全武行的戏，很觉地位局促，难于展拓。座位，正厅大都是男宾坐的，每位售一百二十文，那珠光宝气的贵眷，什九坐着包厢，每位售一百四十文，边厢每位八十文，最起码的座位在末背后，每位六十文，无非供贩夫走卒的娱乐了。尚没有三层楼，正厅上设着长半桌，可坐六客，就是前后各坐两客，横头两客。都是长凳或骨牌凳，看戏的多了，临时添凳子，半桌上可设香茗、水果盆，甚至备了酒肴，且酌且看，真是舒适极了。每晚十时左右，在台的两旁，挂出水牌来，黑质白字，非常醒目，一面是揭布今夜售若干吊钱，一面是明晚戏目的预告。那些案目，向老看客发明晚的戏单。过了十时，门禁松懈，任人出入，这明明是给看白戏的一种便利罢了。凡唱戏的，都隶属梨园公会，一般社会人士，很瞧不起唱戏的，所以前清应考，娼优隶卒的子弟，认为身家不清白，没有应考的资格。直到后来，改组伶界联合会，且办榛苓学校，伶人的子弟，可受相当的教育，戏子俱称艺员，身份顿时抬高起来。这无非受着西风东渐的影响，因为西洋人把戏剧视为社会教育，有觉世牖民之功，演戏的什九是有知识的大学生哩！那伶界联合会的牌子，还是出于孙总理的手笔。第二次革命，所有的军火枪械，都密藏在会中，很遭当局的猜忌。旧式的戏院，没有女伶，女伶别组髦儿戏班，髦儿戏班中没有男伶，所有武生、大花面、须生，都由女伶充饰。原来其时风气很闭塞，以为男女混在一起演戏，有关风化，概行禁止的。每年夏冬二季，如六月十一日、十一月十一日，有所谓老郎会，那老郎为戏院后台所供奉的祖师菩萨，相传为唐明皇，届期戏班中人均须到梨园公所做会。不知怎样一来，妓院逢到这天，也做着老郎会，嫖客设宴，唐明皇和妓院无关，无非凑着热闹，借此敛钱罢了。

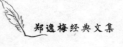

新舞台之新派戏

从茶园蜕变而为舞台，此中也有小小的一段历史。原来在清末时期，人民的心理，样样喜欢革新，当时就有张聿光、夏月润、刘艺舟、王钟声辈，出国去考察戏剧。归来计划设一新型的戏院，为谋振兴华界世面起见，把戏院设在十六铺，名为新舞台。从此茶园的名儿取消，风起云涌的都是舞台了。那新舞台的布景，完全出于张聿光手笔，后来似乎熊松泉，也继着画布景了。舞台是活动的，所以大转舞台，常常在广告上大事吹播。那夏月润、夏月珊和潘月樵，在光复时，冒险打制造局，救陈英士，很做些革命工作，但是他们功成身退，仍以伶工为生，这是很足令人钦佩的。潘月樵艺名小连生，后来遭袁政府忌恨，他在常熟置一篷室，结果被袁政府的爪牙钞家。刘艺舟字木铎，湖北人，曾做过一任敦煌都督，所以他在新舞台演戏，人家称他为伶界伟人。他的戏都是新编的，如《明末遗恨》《哀江南》《求己图》《新华宫》等，演来激昂慷慨，听众无不为之动容。王钟声，字熙普，绍兴人，他的拿手戏，有《爱海波》《秋瑾》《波兰亡国惨》，也都是悲天悯人的一派新剧本。光复之际，陈英士发给六千元，委伲去光复天津，他就偕着朱光明、万铁柱、徐光华辈一同北上。这时，天津的某显宦钟声和他相熟的，就去煽动某显宦，响应革命，当时某显宦很表同情，晚间设着酒席，请钟声、光明、铁柱、光华前去赴宴，觥筹交错，备极热闹。半酣，某显宦忽然变色，即呼亲兵把这四人逮捕，说是革命党，扰乱治安，立刻在邸后正法，四尸体便埋在眢井中，沉冤莫白。过了若干年，外间方才知道这一回事，可是已事过境迁了。那柳亚子上天下地听说的冯郎，艺名小子和，他是夏月珊的徒弟，绮年玉貌，善演《花田错》《血泪碑》《百宝箱》《梅龙镇》等旦角戏，粉黛登场，不知颠倒多少王孙公子，荡妇妖姬，甚至那些姨太太们，散戏后，候在后台门前，小子和坐着他的自备包车归寓，姨太太们不惜牺牲色相，把自己的小照，附写着地址，抛到包车上去，不啻当年潘岳的掷果。有一次，某公馆的姨太太送给小子和巨粒的金钢钻戒指一枚，小子和告诉乃师夏月珊，夏月珊即当台揭示这钻戒，与大众观看，把这钻戒捐作义举，并演讲我们新舞台的艺员，个个都有高尚的人格，决不受黄金美人的诱惑，听客没有不鼓掌的，几似春雷之展。新舞台最卖座的，要算时事戏《阎瑞生》，阎瑞生一角，由汪优游充饰，戏中情节，有阎瑞生遭捕跳水逃逸一幕，汪优游为求逼真起见，台上布着水景，天天跳水，这戏连演数十场，汪优游受寒太甚，结果患了一场重病，几乎丧了性命。那新舞台在十六铺，时常戒严，影响他们的营业。后来迁徙到城内九亩地去，九亩地为明露香园故址，地位很宽展。在从前戏院例不演《走麦城》，说演了《走麦城》，触犯了关帝，要遭回禄之灾的。新舞台以新型为号召，特破例演唱《走麦城》，真是巧极了，演了《走麦城》不到三天，忽然不戒于火，一座舞台，化为灰烬。新舞台同人真有毅力，重行建造，再演《走麦城》，竟安然无恙。于是家家都公演《走麦城》，成为一时风尚。

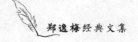
新剧之蜕变

鄙人从小即有戏剧癖，什么戏都爱看，在家乡看草台戏，看得津津有味。那时有昆腔戏迎凤班，在常锡一带，很著声誉，鄙人却是迎凤班的老看客，班中很有出类拔萃的人才，如丑角陆寿卿，善演《借茶》《活捉》等戏；方巾老生毛竹山，《铁冠图》是他拿手杰作；尚有一个旦角，哑嗓子，做工细腻非凡，名儿可是已忆不起了。后来鄙人到上海，距小花园不远，有观盛里，凡六弄，那弄所住的，大都为梨园人物，因此就有人在那儿组织一总会，那总会是票房性质，加入的每人出会费两元。这时常到会里来的，如赵如泉、四盏灯，善演《收关胜》的哑伶王益芳，尚在童年的盖叫天，鄙人也加入为会员，便和这班唱戏的人往还。观盛里在跑马厅之东，逢到西人赛马，那些王孙公子，挟着北里佳人，常坐着扎彩的马车，在跑马厅周围兜圈子，那马鞭子上也用彩绸点缀，极锦簇花团之致。于是香车宝马，帽影鞭丝，胡帝胡天，风流占断。那观盛里前是必经之道，所以观赏之人，骈肩累迹，热闹异常。总会隔壁，为满人宝子观的藏娇金屋，宝子观任新衙门的会审官，他包着一妓女朱小二宝，每天下午四时后，銮铃响处，便是宝子观的马车来了，那

马车侈丽的很，马夫穿着披肩式的对襟号衣，号衣是玫瑰紫的，黄镶边，头戴凉帽，也是玫瑰紫的，配着黄缨，和号衣一致，脚上穿靴，很是威武。鄙人到观盛里去，总见到他们，所以偶一回忆，这印象犹历历在目哩！后来白克路成都路口，马相伯办通鉴学校，沈仲礼为校长，王培元主持其事，附设春阳社，训练演戏，黄钟声、杨君谋都是社中人。杨君谋为杨天骥千里的弟弟。有一次，在苏州东吴大学演赈灾义务戏，戏名血手印，照戏中情节，君谋是被人刺死的，为求真象起见，预用猪泡盛着血，系在胸前，别用一铅皮护胸，以防创伤，岂知临演时，铅皮忽然松卸，饰凶手的，是君谋的同学，没有觉察，贸然一刺，鲜血直迸，君谋顿时扑地，看戏的无不齐声叫好，岂知弄假成真，君谋失却了铅皮的遮护，刺中要害，一命呜呼，结果饰凶手的同学，被判徒刑，饱尝铁窗风味，真是冤哉枉也！

春阳社借圆明园路 CDC 大厦为剧场，演《黑奴吁天录》，鄙人饰黑奴，全身涂着黑色，甚至耳朵里也是乌黝黝的偏涂着，戏毕卸装，可是黑色不易洗去，成为真个尼格罗了。王培元是唱青衣的，扮相做工都很好，既而春阳社以革命嫌疑遭当局禁止，培元到南洋、香港、澳门一带去游历，无非为避风头之计，年余始归来，春阳社停止，鄙人颇有髀肉复生之感。幸而那张石川的舅父经营三发起在大马路组织鸣社，所集合的，以报人军人和美术家为多，张石川、孙雪泥、熊松泉、李怀霜、郑正秋等，都来参加，鄙人也加入其中，阵容甚为整齐。借谋得利试演三天，谋得利在大马路，本外国戏馆，一度为堆栈，拾级而上，地位很高，试演的是郑正秋所编家庭实事戏，名《恶家庭》，由正秋售去家乡的产业，得五千元垫本，结果连卖了三天满座，正秋兴高彩烈，索性向谋得利长期包演，言定演员月

《走麦城》剧照

薪二十元，最低的十二元，正秋在此中着实得些利润，经营三
艳羡他，邀着演员共十二位去密谈，明天诸演员向正秋提出条
件，要求加薪，最低的三十元，高的五十元、七十元，正秋不
允，演员辞职，经营三和诸演员订合同，在大新街口今惠中旅
馆故址，开民鸣社，邹剑魂演《西太后》，顾无为演《皇帝梦》，
顾无为因此戏被当局捉将官里去，吃了若干天的官司。

戏单一束

　　郑正秋在新剧界里自处领导地位，经营三开民鸣社，他哪里肯示弱于人？便控石路天仙茶园，开新民社，拉了苏石痴去充台柱，和诸演员拆账，不支薪金。这时的戏单是石印的，上端新民新剧社几个字，出于林梦鸣手笔；下面尚有剧情图画，那是孙雪泥、沈泊尘、钱病鹤画的。此外又有说明书和演员名单，很考究。鄙人把许多旧戏单，付诸装池，成一长卷，自己为剧中人的，在名单上加一朱圈，以为标识，这是鄙人的生活过程，值得留为纪念的。新民社的戏，如《贪色报》《义丐武七》《谁先死》《婚姻误》，演员有惜花、双云、小雅、警铃、瘦梅、病僧、幼雅、子青、恨生、咏馥、冷笑、怜侬、雪琴、清风、楚鹤等。正秋自己也登场，称药风。座价优等一元，特等六角，头等四角，普通二角，幼童减半，仆票一角，茶资加一，都标明在戏单上。那小说家徐卓呆兄，和寒梅、则鸣、颠颠，在民鸣社演趣剧《一饭之恩》，署名半梅，又和鄙人合演趣剧《留声机器》，他饰拐子，鄙人饰伶人，很是滑稽。又《西太后》一剧，半梅饰淮军统领，鄙人饰荣禄。已故小说家汪仲贤，也是演员之一，他署名优游，饰侍御吴可读，西太后由剑魂饰，顾无为饰李莲英，剧中人有数十位之多。鄙人又和郑鹧鸪合演《鸳鸯谱》，鹧鸪为乔太守，鄙人为钱瞎子。又演《孙中山先生伦敦被难记》，正秋为康德黎，鸥鹄为侦探乔化斯，绛士为康夫人，鄙人为英仆柯尔，孙逸仙一角，由顾无为充任，正秋鸥鹄他们两人的儿子也一起参加，很是热闹。有时为讨好观众起见，戏毕再加映电影。演新剧的所在，尚有笑舞台，地址在广西路汕头路口，演《波兰亡国惨》，那伶界伟人刘艺舟饰哥修士孤，汪优游饰白尔番斯，半梅为白大夫人，鄙人为俄国军官，陆镜若为警卒。又演《鹿死谁手》，那欧阳予倩也来参加。三洋泾桥歌舞台旧址开设民兴社，演《侠女伶》《济公传》，鄙人加入是客串性质。三马路大新街的明明舞台，演革命戏《万象更新》，那被柳亚子大捧而特捧的冯春航，来饰剧中的姨太太，鄙人饰马吉樟一角，无恐的黎元洪，光明的孙武，饮恨的张振武，演来都很卖力的。

鄙人和李君磐、汪摩陀、史海啸等到苏州，出演阊门外民兴新剧社，演《上海之黑幕》。又应镇江玉英贫儿院募捐游艺大会之招，赴伯先公园演《济公活佛》，这时尚请仁山大法师登台说法，借以号召哩！

戏单中间，附着顾无为演《皇帝梦》被捕给鄙人的信，郑正秋的遗墨，刘鸿声唱《逍遥津》自编的新唱词，这是任何戏考和戏剧刊物上没有发表过，很是名贵哩！后面且有名画家黄山寿亲题"游戏三昧"四个隶书，陈小蝶更题着两首绝句，如云："滑稽登场悟夙因，口中三尺幻莲新。知君自有生公法，肯与苍生现化身。""狷介足惭名士节，妙言时作散花铃。若教我画无双谱，定画评书柳敬亭。"又巽倩陈柄题"摹拟入神"。又云："化佛先生素擅皮簧，又为新剧大家，每一登场，扮演古今何等人物，无不形容毕肖，声吻宛然，洵神乎其技矣。爰缀数语，以志钦佩。"

民初所演之种种新剧

    民初，新剧之盛，几夺京剧之席。近来新剧淘汰，而为话剧，这是应运而生，所谓"各领风骚五百年"，若今之非昔，新之訾旧，那就是一孔之见，不足为训。民初所演之新剧，名目繁多，据鄙人所追忆，及曾参加者，述之如下：《一宗社党》，鄙人在剧中饰一愚民，和顾无为、凌怜影、马绛士、郑鹧鸪同演。又《风流都督》，那是一出讽刺陈英士的新剧，其中种种情节，都非事实，未免有诬先烈，所以不久也就停演了。《鹿死谁手》，是汪优游编的，有面貌相同之二人，同时登场，令人不知谁是虎贲，谁是中郎，奇趣奇情，奇闻奇事，都由面貌相同的二人而起，观众无不为之嗢噱。又把包天笑的《空谷兰》小说，编成剧本；汪优游的《柔云》，查天影的《兰荪》，李悲世的《钏珠》，徐半梅的《勋爵》，演来出色当行，笑舞台连卖满座，其他小说所编的新剧，尚有吴趼人的《恨海》，李涵秋的《并头莲》，鄙人在该剧客串，唱滑稽小曲；林琴南的《香钩情眼》《琼岛仙葩》《茶花女》，徐枕亚的《玉梨魂》，周瘦鹃的《爱之花》以及《不如归》《福尔摩斯》《胭脂井》《孔雀翎》等，情节都是很动人的，天笑特编《意中缘》，很受社会欢迎。

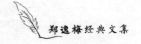

又李君磬编《梅郎艳史》，假梅兰芳在舞台上演戏，真梅兰芳却在台下看戏，非常有趣。欧阳予倩的《馒头庵》《劫花缘》，郑正秋的《毒美人》《恶家庭》、徐牛梅的《水里小同胞》，竞争是很厉害的。革命伟人刘艺舟，自编自演，剧名《隔帘花影》，内容为墨西哥国内战争大事迹，演来激昂慷慨，异常动人。其时盛行戏中加入杂耍，如西洋人戈尔登的《魔术虎戏》，又海上漱石生的高足钱香如，著有《魔术讲义》和《游戏科学》等书，他和鄙人及莫悟奇，合演什么"空中钓鱼""火烧美人"种种有趣玩意儿。记得是在卡德路口夏令配克表演的，成绩甚佳。又西方美人大跳舞，可奏西洋音乐，康泰儿表演武力，可谓钩心斗角，其时因一般青年，对于新剧爱好之深，顾无为即在其所寓白克路聚兴坊设剧学馆，教授剧学，三个月毕业，很多人执贽从学。又欧阳予倩、玄哲、汪优游、朱双云，发起星绮演剧学校，教员除发起人外，尚有吴稚晖、包天笑、杨尘因、张冥飞、冯叔鸾、陆露沙等，科目有脚本、剧史、中国音乐与旧剧、西洋音乐及跳舞、化妆术、审美学、世界文艺思潮，在那时总算新颖极了。

独角戏与布景之滥觞

　　独角戏在今日，已为普遍的平民化玩意儿，谁都以为是王无能创始的，其实不然，那作俑者却是鄙人。这时，民鸣社演《西太后》新剧，邹剑魂饰西太后，顾无为饰安德海，第十二本中，有"大闹龙舟"一幕，百戏杂陈，管弦合奏，非常热闹。鄙人在杂耍中唱《江北空城计》，博得满堂喝彩，鄙人很为兴奋，便编一独角戏，名《夜未央》，情节是一个人投宿旅馆中，旅况凄清，兀是睡不着，索性起来做着种种消遣，皮箧一翻，变成桌子，用饼干箱权充胡琴，拔着两根头发为弦索，自拉自唱，实则饼干箱和头发都是特制的，所以能发音。这许多东西，带些幻术色彩，那是莫悟奇替鄙人设计的。其他如套裤做马褂，头发做针，诸如此类，花样很多。又发明一塌车，拆去轮轴，便成一台，车夫便是布景工役，布景居然有两套，一室内，一野外，一人拎皮包跟随，打开皮包，举凡弦索鼓板种种场面，应有尽有。鄙人登台演着滑稽剧，乱说《三国志》，很是引人发笑。王无能前来观看，他是绝顶聪明人，就由苏石痴介绍，搭班民兴社，善做冷面，遂成大名。继之者为河南人丁仲英，号楚鹤，本是票友，后来专演独角戏，标名丁怪怪，也

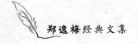

很博得社会的欢迎。其人曾和鄙人同班演过新剧，品性很好，可是没有度量，结果因小小气恼，愤而自杀，这是非常可惜的。谈到布景，日本人开风气之先，王钟声、刘艺舟两位，喜欢研究戏剧，他们俩就到日本去考察，瞧见日本戏加着布景，很是生色，归国后，说给张聿光、熊松泉两位画师听，于是张聿光便为新舞台绘制西洋立体洋房布景，熊松泉为民鸣社制旧式宫殿布景，两人旗鼓相当，工力悉敌，一般观众，见所未见，卖座很盛，于是各戏馆纷纷仿制，成为一时风尚了。

上海最早之票房

　　凡非伶人而习戏的为票友，票友演习之地称票房。在民国初年，大新街迎春坊有一票房，名盛世元音，是孙菊仙的儿子芝甫发起的。芝甫是前清的候补道，推崇他的父亲，提倡孙派戏。常到那儿的有旗人文少如，他是矮矮的身材，住在跑马厅一品香原址，和鄙人很谈得来。他的儿子，一个便是电影导演文逸民，一个却不姓文，姓成，名秋农，和逸民是异母兄弟。秋农曾在江西督军陈光远处当秘书，他擅长的戏，如《六部大审》《盗宗卷》等。少如号幻侠，能戏，有《战蒲关》《九更天》《骂杨广》。晚年很不得意，鄙人介绍他和郑正秋一晤，加入明星影片公司为演员。另有一个票房品社，在平望街群仙戏院后面，发起的有周树三、毛竹三、钱秀山等，都是洋行买办，每天坐了自备包车到票房来。这时票房例不赌博，专门研究剧艺。品社是提倡谭派的，和盛世元音的孙派，可谓旗鼓相当，演习纯熟，没有所谓彩排。每逢年底，如丹桂茶园、春仙茶园等案目，往往前来请票友去串戏，名为爷台客串。票友为挣面子起见，临到登台，自定若干包厢和正厅，请戚友来捧场，为一时的豪兴。又雅歌集，在泥城桥，今新世界后面福源里内，角色

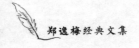

生旦净丑，应有尽有，并印有《雅歌集特刊》，如今尚存留着，发起人为夏禹飓硕、席少孙诸子。又九记，那是朱朗西和名医吕守白主持的，地点在牛庄路，会员凡六七十人。又天籁集，在汕头路，是朱光明、鲍鹤林发起的。又韵天集，在跑马厅观盛里，鄙人和戏班中几位朋友组织的，每天傍晚，座客常满，盖叫天赵如泉，几乎天天晤面，那时兴会淋漓，迄今记忆犹新。

三名画家轶事

　　蒲作英死已多年了，可是鄙人脑海中，尚留着很深的印象。他是秀水人，善画竹，心醉坡公，花卉在青藤白阳之间，又擅草书，自谓效吕洞宾白玉蟾笔意。他身材矮矮的，生平讳老，不蓄须，常御大红风帽，吕蓝宁绸马褂，枣红袍子，黄色套裤，足穿一寸厚粉底鞋，住居广西路登贤里一楼上客堂，额之为"九琴十砚斋"，沿窗设着一只很大的书画桌，上面都是灰尘，不加拂拭整理，所用的笔，也是纵横凌乱，从不收拾，因此人家都称他为"蒲邋遢"。四邻脂魅花妖，管弦不绝，他却很为得意。每出，见到出堂差的妓女，他必作正视、侧视、背视，鄙人问他为什么要这样？他说："正视得其貌，侧视得其姿，背视得其形。天生尤物，所以供我侪观赏，否则未免辜负。"他的住所，鄙人是常去的。有一次，天很冷，他穿了一件旧袍子，袖口已破，正在磨墨，桌子铺一白纸，鄙人问他画什么？他说："预备画梅花。"他一面磨墨，一面口吸雪茄，不料那破袖口濡染着墨，他糊里糊涂，没有当心，把雪茄烟灰散落素纸上，他就把袖口去拂灰，不拂犹可，一拂却把濡染的墨，都沾染纸上，他瞧到了，连说："弗局哩！弗局哩！"（秀水人口吻，

即不好了之意。）鄙人见到这种情形，不觉为之失笑，问他："那么这张素纸有何办法呢？"他想了一想，说："不要紧。"即将饱墨的大笔，在沾染墨迹的所在，索性淋漓尽致的涂起来，居然成一墨荷图，直使鄙人佩服得五体投地。从前的画家到上海来，往往借住笺扇店里。那山阴任伯年，初来上海，即住在抛球场戏鸿堂楼上。他落拓不羁，有名士气。某秋，戏鸿堂主人买了许多大闸蟹，煮熟了送给他吃，不多时，他却闭门熄灯而睡，主人认为他今晚不吃，留待明天吃了。翌日，馆僮替他摺叠被头，被窝中尽是蟹壳，原来他躲在被窝中吃的。还有一位俞语霜，身体肥硕，喜闻鼻烟，又吸香烟，有时更抽抽大烟，酒量很好，常饮高粱。他住在汕头路二号题襟馆中，慷慨好客，客至，必享酒肉，没有钱，往往典质了买肴沽酒。他有一怪脾气，十年不洗足，夏天洗浴，只浴身而不及足部。有一天，王一亭到题襟馆去，恰巧语霜在洗足，一亭认为这是很不容易遇见的，便绘《洗足图》送给他。这画鄙人曾见过，地上置一朱红脚盆，一胖子俯着身，洗足于其中，虽寥寥数笔，神气却活现纸上，真是难能可贵哩！语霜纳了一位小星，某晚因细故，争噪不休。语霜气愤之余，私吞了生鸦片。鄙人其时在大舞台唱戏，戏毕，往语霜家聊天，不意一进门，见情形不对，问了那位小星，才知他俩勃溪过一番，语霜脸色已变。鄙人说："这恐怕服了毒吧？"鄙人就自告奋勇，替他请一熟悉医生王培元来诊治，结果没法可治，原来他先饮高粱酒，继服鸦片烟，虽投以药剂，可是呕不出来，延至明天，一代艺人俞语霜便一瞑不视。这是多么可悼可惜啊！

陈蜕庵之画

陈蜕庵办苏报，以文字鼓吹革命。清吏捕之，乃亡命扶桑。既卒，柳亚子为之立传；更与兰皋钝安蕨园辈为辑遗集。蜕庵其不死矣！蜕庵自述其生平，有《二十四年风波忆梦记》一书，惜散佚无复有存，不可得读。善诗文，工倚声，又能绘画。画梅饶有雅韵，虽廖廖数笔，自属可喜，所谓文人之画，非画家之画也。作画署名退安，一作瑶天老蜕，往往不钤印章，随意与人。然每幅必题诗，予所见者，如墨梅册叶云："繁花开向小园中，撑壁横扉似不容。此纸正如园一隙，画时难放笔为龙。""远近宜分墨，高低须异枝。退翁不耐细，掩拙待题诗。一样两纨扇，如今在眼前。浓姿偏雅淡，秀骨自清妍。未许妆台隶，遂甘放笔眠。平生草草意，不辨米家颠。"又自题画梅云："画梅近百幅，幅幅有题诗。少者一二首，多或数倍之。前后总相计，千篇未足奇。造意不再复，命藻无庸肤。倘其悉装集，敝帚亦自嗤。惜乎尽散失，无复能追思。邱公竟学退，江郎才不支。即此亦小劫，能令心神疲。"又画墨兰一幅，题云："枙子固钩勒法，惜西纸不受色，殊未尽其妙也。己亥冬日梦坡作于海上寓庐。"又画茗壶瓶盎，插折枝梅一云："寒花清茗懒调

停，却润枯毫写作屏。心上思量画里供，客中无处拜冬青。儿时笔墨应还似，腕底清香却是空。记取家家祀事过，蜕庵壁上尚留供。"又画梅花便面，题以《西江月》云："开在花都落后，落从花欲开时。风风雪雪一身支，谁遣可怜如此。画我化身伴汝，化身便是花枝。莫教一刻两相离，花落须教枝死。"予爱梅成癖，奈不能得蜕庵画梅，张诸蓬壁，俾日夕晤对，以挹冷香，为可憾耳。

彭雪琴耤园画梅

　　有清名人彭雪琴之画梅，艺林传为佳话，然其说殊不一。或谓彭少年时馆于某宦家，眷宦家一婢，婢亦慕悦之。既而宦家强遣去，婢投缳死。婢名有梅字，故彭誓画梅花万本为报。或曰不然，彭一日为仇家挤入水中，一女子名梅香，见而拯之。彭衣尽湿，梅谓我家甚近，可易衣而归。彭情不可却，随之往，家只一母一弟。梅告母，母即出衣，俾易去濡水者，奈彭因惊受寒而病，不能行。母曰："彭公子留一宿，明日归可也。"病二日，食不进，母忧之曰："驾舟送公子归可乎？"彭曰："无庸。我已得汗，虽不食，体觉舒矣，且送归恐惊老母，府上德惠不敢忘，他日当报也。"又三日，能进食。七日而归，梅已字前村某氏，彭问其母而知者。彭之病也，梅亦时至榻前问慰，彭曰："梅卿于我有再造恩，我未有妻而卿已字人，当曰：恨不相逢未字时矣。"梅面微赪，不语而退。不料邻里口传，述闻互异。前村某氏，遣媒氏来责，梅心伤之，遽病，病数日死。彭闻之急往吊，遂发愿画梅，以志隐痛。此似较前说为近情理，然确实与否，未敢武断也。彭以发愿故，其后执策从军，转战大江南北，所过名胜之地，辄画梅以留纪念。我苏邓尉涧上，

有陈氏汎香居，花木丛翠，迥绝嚣尘，后改为韫桦园。同治间，郡绅潘霨得之，葺为家祠，池石之胜，保存勿替，至今游其地者，犹可一探询也。当辇园时，彭尝于兹盘桓数日，地方士绅款宴之，彭酒后兴起，濡笔画梅于壁上，枝干挺崛，苍莽有奇气，并题七古一首云："辇园粉壁净于雪，令我狂醉污泼墨。乱写梅花纵复横，千株万株虬如铁。纵有五丁六甲来，费尽神力不能折。任他美人月下看，任他高士山中歇。罗浮仙子竟欢颜，姑射神人开笑靥。繁华最厌软红尘，清芬压倒众香国。记得当年顾虎头，满壁沧州画妙绝。我今泼墨画梅花，写与邓尉荥阳宅。道子传神笔已枯，疏影暗香写不得。主人有鹤守天寒，冰雪心肠有谁识？世事原如壁上观，何必定须分黑白。留将清气在乾坤，十二万年不许灭。"邓尉素以梅著，得此则笔底花与枝头花相映发，洵绝妙点缀哉。

李莼客能画

清代多才彦，李莼客其一也。莼客会稽人，字眉伯。光绪进士，官山西道监察御史，数上封事，不避权要，中日事起，感愤扼腕，卒于官。生平精思闳览，最致力于史，诗文尤负重名。性简略，议论臧否，不轻假借，人多忌之。然虚中乐善，后进一言之合，誉之不去口。著书甚富，已刻者有《湖塘林馆骈体文钞》《白华绛跗阁诗初集》《越缦堂日记钞》。能书，惟传世不多。今春，吴中文献展览会中，列有莼客手写挽某名宿诗，书法遒秀，殊可宝爱。阅《越缦堂日记》，更知莼客又兼擅绘事，如云："为沈子佩画团扇山水作柳桥山阁，为陈云衢画团扇作高松飞瀑，重山苍翠，下隐小亭，间以杂花，此境非近日画家所知；为朱笏卿画团扇，一夜扁舟宿苇花；为肯夫之子仲立画摺扇，作出庵黄叶图，山用大痴浅绛法；为从侄画摺扇二：一为竹外一枝斜更好，一为杨柳双株；为徐淮康书摺扇，并作《梅竹石三友图》贻之，文与可有此本。东坡为之赞，见《鹤林玉露》。为光甫画山水团扇，并题一绝云：'五夫市前山水清，百年村树最多情。几时同渡娥江去，绿柳红桥相送迎。'为书玉画《赵李湖荷花图》团扇，赵李湖府县志作皂李湖，亦

137

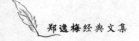

作皂鲤湖，皆字误，盖昔有赵李两姓居之，书玉世居湖边，言荷花甚盛，长广数里，叶高过人，村落皆隐花中。"观此可知莼客不拘山水花卉，俱能得心应手。惜无从可睹，否则亦艺苑瑰宝也。又莼客所交多能画之士，如潘星斋为莼客绘《湖塘村居图》，爱故乡秋山红树，属任渭长绘图，周叔云为作桃花小景，丁韵琴文蔚为画屏幅，丁文姬人秦云亦通六法，莼客赠以诗云："艳福君修到，香闺作画师。青山描远黛，红袖教新词。鬓影琴边飐，书声花外迟。蛮笺来十幅，为报玉箫知。"则莼客之结缘翰墨，亦颇足记述也。

罗瘿公与程艳秋

罗掞东瘿公，没于民国十三年之秋。程艳秋资助医药及丧葬费，伶官高义，为时所称。袁寒云更叹为贤者有愧，撰文表扬之。闻罗书有遗嘱，有"程君艳秋，热心义胆，媲耀古人。他日艮震两儿，若有寸进，当努力报答"等语。艳秋得噩耗早，见遗嘱为之大恸，且辍演两星期，以尽心丧之谊。即于家中设罗位，朝夕叩奠，并撰联挽之云："当年孤子飘零，畴实生成，幸邀末艺微名，胥公所赐；从此长城失恃，自伤脆弱，每念篝灯制曲，无泪可挥。"一时哀挽诸作，无不述及玉霜簃。玉霜簃者，艳秋之斋名也。如飞公云："比易哭庵后死五年，歌管泉台，狂笑相逢武艳党；先林畏庐早丧半月，僧装诗墓，伤心惟有玉霜簃。"西神云："秋冷玉霜簃，南海珠沉，僧隐两峰怀花寺；魂招金缕曲，西山埋骨，诗人片石拜梅村。"闻艳秋先后所费于罗者，约计二万金有奇。罗之夫人患有心病，当罗病亟时，夫人之病亦剧发，致向罗索款寻衅，艳秋恐不利于罗之静养焉，为之代付六百金。夫人得金，一夕挥霍尽，罗未之知也。及罗死，除艳秋力任诸费外，梅畹华亦奉四百金，姚玉芙二百金，盖皆艳秋首倡之功也。

杨秉桂之画兰隽语

花卉中以兰最难着笔，求之昔贤中，画兰殊不多觏，盖皆知难而退，不敢轻亵王者之香也。吴江已故画家杨秉桂善画兰，著名乡里。我友韦君以所藏杨之画兰扇面一帧见示，寥寥数笔，神味饶足，非胸有逸气者，不克臻此妙境。韦君更出示杨之遗作《画兰杂记》佚稿，乃假归读之，隽语络绎，耐人玩索。爰录数则于下云："残年风雪，归自如皋。比渡海登福山岸，翘首天末，美人已远，荒荒之水，与愁俱来。夜二鼓，旅店不眠，写小幅寄意，土壁尘满，一灯暗然，不堪作江皋解珮想矣。"又云："饯春之朝，日色弄暝，美人不来，芳草怨绿，研墨作此，为薛素素、马守真一辈写照，不暇论士大夫气矣。"又云："癸酉六月，同黄君少谷，读书西爽僧庐，其地为盛湖东南幽僻处，芦苇萧瑟，人迹罕至。昨夕吹灯就寝，忽鬼声啸聚，窗外月白如霜，炎暑尽失。少谷素胆怯，战栗至卧榻亦为动摇。予燃烛起坐，少谷亦起，老衲明道，藏有梨花春佳酿，索其开瓮，佐以菱藕之属，三人酬饮达旦，不觉沉醉。明道以摺扇属为写兰，并志其颠末如此。"又云："予近日写兰，多以写竹之法写之。时山房结夏，展读屈大夫集，借以荡涤暑气，故笔墨间不自知

其流于骚怨也。"又云："春思于花亦太廉，一花一叶一愁添。幽人不合寻常见，灯影娟娟雨半帘。此厉征君樊榭题水仙花句也。予于写兰时，每喜书之。钮花粲然，背灯写影，觉于此诗尤宜也。"又云："乙亥之冬，薄游如皋，同人过水绘园，白板双扉，缭以短垣，中惟菜畦稜稜，荒不可治。有矮屋数椽，其影梅庵耶？由此一念，于僻巷闲门，遇风鬟雾鬓，仿佛小宛其人者。时值短景匆促，即理归棹，归后二月，乞椒畦丈写《访影梅庵图》，作墨兰小幅易之，并记其事。"所语似不食人间烟火，奈仅此一斑，未窥全貌，为可憾耳。

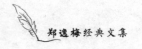

吴昌硕及其弟子

　　吴昌硕以篆籀法作画，虽所成只松、菊、梅、竹、牡丹、荔枝、枇杷、葫芦、瓜瓠、桃实、紫藤、水仙、石笋数事，而元气淋漓，挺拔有致，泼墨不嫌其湿，焦墨亦未觉其干。尤工诗善题，有时题识杂写于藤蔓叶丛中，书融于画，画化于书。加之诗境之妙，直造艺术之高峰。昌硕虽瓣香李复堂，而李复堂实无昌硕之魄力也。后扶桑人士景仰之，辇金以求书画，于是岁获可巨万，为从来所未有。一时凡笃嗜书画及治印之流，纷纷师事之，盖昌硕于三绝外，又擅铁笔也。昌硕卒时年已八十有四，凡卖艺者悉以出昌硕门下为号召，计之百有余人。但据与昌硕有旧者谈，谓其门弟子虽多，然无如外间所称之盛，可考者，有浙人陈晴山，花卉神似乃师，挟技游金华，颇得佳誉。一吴兴诸闻韵，事昌硕十余年，画竹石清趣盎然，得者珍之。一云间蒯子谷，作花卉神韵欲流，尤为可喜。又杭人陈健安书画俱得师法。又吴兴王启之，画笔亦不弱。又吴松龄、汪克钝，不仅治印得师神髓，偶作花卉，亦逼肖可以乱真。其最多才多艺，篆书石鼓花卉，传昌硕之衣钵者，厥惟吴中赵子云，子云名起，别署云壑，一称壑道人。昌硕晚年，倦于斯道，外

间来求，辄嘱子云代为。子
云信笔点染，无不如志。更
以余力作草隶山水，得郑谷
口及石涛遗意，昌硕见之，
自叹弗如。子云居沪上新闸
路仁济里甚久，与予曾作一
度之比邻，奈其哲嗣渔村患
怔仲疾，苦海上烦嚣，不宜
摄养，乃斥其所蓄与减润卖
画所得，在苏葑门内戴仁桥
头筑云起楼，兹已全家移苏
矣。闻宅多隙地，栽植花木，
一再邀予往游，并谋良觌，
予以尘俗羁身，一时未能如
愿也。又名伶荀慧生执贽数

吴昌硕绘画作品

月，昌硕即以中风逝世，未克竟其业。其他先昌硕而物化者，
尚有陈师曾、徐星洲、刘玉庵、赵石农等，师曾之画、石农之
印，名重大江南北，星洲金石上追秦汉，有藕花庵印谱行世，
玉庵兼善指头画，运指一如颖毫，造诣之深，于兹可见。夫昌
硕同门如许，可与曾农髯、李梅庵鼎足而三矣。

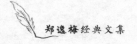

林琴南卖画

　　故小说泰斗林琴南兼擅丹青，山水得宋元人遗意。当其寓居北平时，小说也、寿文墓志也、大小画件也，以求之者多，所入甚丰。某巨公因称其寓为造币厂，实则悉以所获周恤族人，至死无一瓦之覆，一垄之植也。所作画，海上商务印书馆印成《畏庐画集》，为艺林所称赏，而予于我师胡石予先生处见其所绘近游图手迹，崖壑郁秀，笔力劲健，为之惊叹。其论画尤别有见地，尝谓："画家写重峦叠嶂，初非难事，果得脉络及主客朝揖阴阳向背之势，即可自成篇幅，所难者无深窈之致，使身入其中者，但见嵲然满目，无一处可以结庐，此则画家一大病也。李营邱作危峰奋起，乔木倚磴，几使观者置身其上，可以远眺，由其能于旷处着想，故能旷者亦必能奥，奥处即可结庐。画家须晓得旷奥二义，则用繁笔时不至堆垛，失其天然之位置，盖其得之心而运之笔，毋怪其艺事之精超也。"偶检敝笥，犹存有民国十年林之更定润格一纸，如五尺堂幅二十八元，五尺开大琴条四幅五十六元，三尺开小琴条四幅二十八元，斗方及纨折扇均五元，单条加倍，手卷点景均面议。限期不画，磨墨费加一成，件交北京永光寺街林宅，后附一诗："亲旧孤

林琴南作品

媚待哺多，山人无计奈他何。不增画润分何润，坐听饥寒作什
么。”仁慈恻隐，于此可见一斑。有时作画跋，亦往往涉及画
之派别。如题黄鹤山樵画云："山樵画不多见，偶见三数幅，
多作长笔皴，派出北苑，而神韵类赵吴兴。山樵于吴兴为甥，
宜其肖。此帧独用短笔皴，干中带湿，而林峦起伏，气势雄峻，
树石位置，咸出天然，明人笔墨，决无一肖，能此者或清晖
耳。予阅古画，恒不敢断臆其真赝，但观笔墨，笔墨到此，但
有低首至地而已，而谓此画果否真迹。或起香光于九原者，则
一言决耳。"闻林死后，外间多林之伪作，则人之欲起香光者，
转以欲起畏庐，固非林生前所及料也。又闻人述林有卖画诗一
绝云："往日西湖补柳翁，不因人熟不书空。老来卖画长安市，
笑骂由他耳半聋。"殊隽妙可诵。

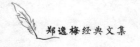

程瑶笙论画

  我师程瑶笙先生，在丹青界素有翎毛第一手之号。一自双目失明，茫茫不能作画，身体亦时感不适，后忽由肝疾而转肺炎，医药罔效，于民国二十五年某月十五日午时逝世。予得讯早，驰至其辛家花园寓所，犹及见其弥留状态，年六十有八岁。且是日恰为其生辰，生死同日，尤为奇巧。而先生弟子遍江南，闻其噩耗者，为之同声惋叹也。先生休宁人，初学典业于常州，有暇辄喜涂抹山水人物，既而从汤润之游，益得此中门径，并以画非深明博物，不能得其真切，乃以尊人所遗千数百金，尽以购日本博物图册，揣摩研究，尽得其奥。遂辞典业，从事教育，历主苏沪各学校博物讲席，在中国公学时，曾与故宋渔父同事。当今文学博士胡适之，亦尝沐其春风之化者。晚年以鬻画为生，所作别具蹊径。谓其画"苟持老光眼镜窥之，可得阴阳透视之妙"，试之果然。盖以纯古之法，暗合西洋画理也。一度与予论画，云："赵昌之写生，徐熙之没骨，虽云生香活色，然总不及真花卉之妍丽艳冶，厥故为何，加以一度之推考，始知花瓣之薄膜，上有无数之水泡，水泡具反射作用，无怪丹青缣幅，不克以人力夺天工也。"能道人所未道有如此。先生

程瑶笙作品

之画，以仕女润例为最昂，走兽次之，翎毛又次之，花卉较廉，然亦须数十金，得者拱璧视之也。先生自奉殊俭，不吸烟，不饮酒，食无二荤，出无车舆。寓中器物，大都由北京路旧货铺购来，绝无奢侈品。然喜济人之急，谓：已得天独厚，福当与人共之。其尚义旷达，洵足令人钦佩已。

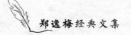

岭南画家高奇峰

　　岭南多画家，如陈树人、高剑父、黄幻吾诸子皆是。其笔墨简淡超远，渲染之法，亦与寻常不同。其派实始于高奇峰氏。奇峰讳嵛，番禺人，游扶桑，攻艺术，精于绘事。时孙中山先生游日，高聆其学说而倾心，遂加入同盟会为革命工作。尝衔命归国，密图起事，居处遍储炸弹，而高寝馈于其间，若无事然，人服其胆量之豪。民国成立，不自居功，于海上棋盘街设审美书馆，发行美术明信片。又与黄宾虹办《真相画报》，凡出数十期，中山先生亲书"业精于勤"四字贻之。民七，归粤讲学，从游者众，屹然为岭南画派之宗师。十四年，应聘岭南大学，为美学教授。越年，广州筑中山纪念堂，高绘雄狮、白马、海鹰诸巨幅以张壁，见者咸以为具革命精神，足为时代画之代表者也。民国二十二年秋，中德筹开美术展览会，行政院推为代表赴德，未果而疾卒于旅次，享年五十四岁。其所作花桥烟雨一轴，德邦国家博物院且筑室以藏，其名贵可知。既逝世，其所居天风楼，改为奇峰画苑，以为纪念。国府命令褒奖，派吴铁城致祭，林森为题墓碑，称为画圣也。遗作刊有《奇峰画集》《高奇峰先生遗画集》《新画学》《美术史》《美感与教化》

高奇峰作品

《奇峰画范》等书。民初，予为《小学丛报》写稿，《丛报》封面，出于高之手笔，插图中有高之照片，御西装，英俊之气，溢于眉宇。至今犹留有印象于脑幕也。

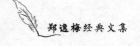

王蘧常的章草

　　我年来杜门不出，王蘧常老先生也是杜门不出，彼此握手言欢的机会就此减少了。但我的书桌玻璃板下，铺陈着他老人家数年前为我写的册页，那古茂劲秀的章草，呈现在我的眼前，不啻和他天天见面了。谈到他的书法，日本的《书道》杂志，称之为："前有王羲之，后有王蘧常。"这话未免过于夸张，况王羲之不写章草，似乎比拟不伦；然他的章草，确为当代第一手，这是谁也不能否认的。一九八三年，他刊布了一本《王蘧常章草选》，且附释文，风行一时。承他不弃，委我撰了一篇后记，我曾这样说："蘧常的章草，握灵蛇之珠，抱荆山之玉，所作端庄清遒，笔笔入妙，观之目炫心倾，有不知其所以然者。"他是沈寐叟晚年入室弟子，迄今他还珍藏着寐叟所用的一支毛笔。可是寐叟书用偏锋，他用中锋，寐叟用指力，他用腕力，所以他的书法在精神上是寐叟的，在面目上却是他自己的。他讲学上课，为学生指授书法，作了《书法答问》，都是经验有得之谈，足为度世金箴，嘉惠后学，功效是很大的。

　　有人说他写的字是章草，不通俗，做的文章古奥，不通俗。但他在某些方面，却又很通俗，如为抗日牺牲的胡阿毛撰《胡阿毛传》；校工阿火的儿子结婚，请他写一新房联，上款写"阿火校友文郎合卺之喜"。又有某屠户的后人，请蘧常为他父母作一传记，以寓孝思。这位母亲，是在人家做奶妈的，从旧社会来说，都是属于"低三下四"的，可是在他如椽的大笔下，说得很体面，真能符合目今所谓："人类平等，只有职业的分工，没有贵贱的区别。"他是这样措辞的："某某先生微时，雅慕汉曲逆侯之为人，分社肉未尝不均，慨然曰：宰制天下，不当如是耶！太夫人与同甘苦，尝为人食母以持家。"他运用汉初陈平宰肉的典故，又复化俗为雅，真所谓能者无所不能。

他年来体力衰退，血压既高，又复患心脏病、消渴疾。右手常震，进饭持匙，动辄泼翻羹汤；可是临池执笔，却又挥洒自如，消失震状。前为吉林博物馆、蜀中李白纪念馆、温州文信国纪念馆、杭州新修的岳鄂王墓等，都写了丈许的联幅，原来这些书件应公家的请求，是勉为其难的。至于私人所请，那就惜墨如金，很少酬应。盖年高耄耋，精力究属有限，人们也谅解他老人家，不敢有所烦扰了。

鉴赏家钱镜塘

　　海宁钱镜塘，以逝世闻，鉴赏家又弱一个，这是很可惋惜的。钱镜塘和吴湖帆有师友之谊，我认识他，就是湖帆介绍的。他喜藏书画，一度又操书画业，古今名迹，一经过目，能立辨真伪，且指出这件是早年的，或中年晚年的，无一爽失。市上颇多名迹，由作伪者，一件分为两件，即真画而题跋是临摹的，又把真题跋配上临摹的画，那就一个画卷，混淆成为两件，得沾善价，但总逃不过镜塘的鉴别。真正逢到疑难的，他就和湖帆一同审定，湖帆目力的锐利，是海内有名的，所以公家收购大名件，总得请他们两人来作肯定。

　　镜塘住居，四壁都是书画，琳琅满目。且悬画辄按季节，时常变易，如春梅盛放，他就悬着许多梅幅，都是明清人的杰构。他又在庭院杂栽盆花，把绿萼梅、胭脂梅等，供置几案，使画中的花和盆中的花相映相衬，顿使一室充满着芳郁的春青气息。到了夏秋，转到冬季，也就把莲、菊、松、竹及山茶等等的盆栽，配着应景的丹青妙迹，幽秀之致，使人挹之不尽。

　　"十年浩劫"，他的收藏，不得幸免，被钞而去，幸拨雾见天，他才得安心怡养，自称菊隐老人。素擅丹青，作画自遣，并绘了一幅山水赠给我，借留纪念。他告诉我一件趣事，他藏有宋代范宽的《晚景图》，甚为珍稀，浩劫中也在被钞之列。这图在明代为严嵩家物，结果被钞，及清流入毕秋帆家，又复被钞。后归平湖葛氏，抗战时期被敌伪钞去。由镜塘辗转购得，那就四次被钞了。

他晚年体较丰腴，白须飘然，每天昧爽，即徒步徜徉，生活很有规律。讵料于一九八三年六月二日，突然患脑溢血死，年七十有七。

钱镜塘作品

他平素对于书画，比什么都珍视，认为书画是文化艺术的象征，为国家瑰宝，由国家保存，给大众研究和欣赏，更胜于私诸秘笥，所以解放以来，他捐献了很多的前人名迹。他又把收藏过的书画，编撰著录，仿葛景亮的《爱日吟庐书画录》，成为《菊隐老人过眼录》，可惜没有完稿，否则刊印问世，也是一个大好贡献。他的女婿王壮弘，工书法，也精鉴赏。

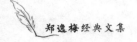

吴湖帆为八骏之一

吴湖帆书法作品

吴湖帆逝世有年，但他的画名，还是喧腾人口，最近刊印了他的画册，闻香港也有他的画册问世，借以竞爽。且又把湖帆的山水梅竹制为年历，可见高超的艺事，是不会湮没沉寂的。

所谓八骏，是指吴湖帆、汪亚尘、郑午昌、梅兰芳、周信芳、范烟桥、杨清磬、洪警铃而言。这八人都生于清季甲午，午为马年，当时集合于沪上的文艺之友（集团之名），画家如赵敬予、殷梓湘、戈湘岚、熊松泉、谢之光、徐韶九等各人为绘一马，有奋蹄的，有回顾的，有翻滚的，有仰啸的，或左或右，或前或后，无不各极其态，借以庆祝八位寿星的龙马精神。八人亲笔

题名钤印其上，这一幅珍迹，归洪警铃收藏。警铃是一位影坛老艺人，他假此请姓马的马公愚书八骏图三篆文。又求沈尹默、冯超然、吴敬恒等挥毫为题，如潘有猷题"济济多士，昂首天壤"。张谷年题"眼中骨相尽权奇，风入霜蹄意欲驰。不负平生附骥愿，晴窗读画一题诗"。王福庵题识较长："八骏图，意存各展骏足，为社会奔走，任重致远相勉。窃念我国甲午战后，丧师失地，屡受侵略，几濒危亡者有五十余年之血史。今虽强敌归降，国耻已雪，而河山重新，一切建设，有待于识途龙马为之先驱。诸君生长忧患，而才识艺事，名重当世，固皆骏足也。其将有造于我国之前途，必有一日千里之势，余特以此图证之。壬子建国三十五年九月。"最有趣的，洪深题云："还有一匹不在群中之野马"，原来洪深也生于甲午，可是没有在内。曾几何时，八人均已辞世，即题者亦什九作古，当时湖帆把这八骏图，摄一照片，以留鸿雪。我所看到的，就是湖帆梅景书屋的遗物，由湖帆弟子董慕节寄给我的。

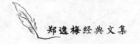

承名世的画艺考据

常州承名世潜心考据数十年，于丹青一道的流衍宗派，时代风格，具有深切的研究，撰文阐发，能道人所未道。他最突出的考据，一为唐代的孙位，一为清初的恽南田。孙位流传的作品，以《高逸图》为代表，这《高逸图》三字的署签，出于宋徽宗的御笔。望文生义，所谓高逸，画的是高蹈隐逸之流罢了，名世却从图中人的服饰容态及附带的器物上，确定这是《竹林七贤图》的残本。徽宗看到的，七贤仅留其四，这四人便是山涛、王戎、刘伶、阮籍，名世且能指出四人的左右位次，撰写了万余言的考据，令人叹服。恽南田也是常州人，他就追溯南田的生平事迹和艺术成就，翻遍了《恽氏家乘》《南田家传》《南田丛帖》《南田画跋》《南田花卉册》等，又目睹南田的许多手迹和书札，发现南田的别署很多，为《室名别号索引》所漏列。更考得南田的别署，都是有来历的，如"白云外史"及"云溪渔父"，那是指恽氏居所白云渡而言，白云渡在常州市中心区。"横山樵客"，横山为距常州市约四十里的芳茂山别称。至于"瓯香散人"，系指恽氏贫困时一度赁居蒋颖若临流小筑的瓯香馆，无非念旧而已。又对恽氏与王石谷的关系，

承名世作品

也作了较详的叙述，以释传说纷纭之疑。他又考出明代的孙隆，善画没骨花卉，也是常州人；另有一位孙隆，以画梅著名，是浙江瑞安人，当时康熙敕撰的《佩文斋书画谱》，误二人为一人，直至最近出版的《中国美术家人名辞典》，也延误未加纠正。

　　名世素擅书画，所作正楷，严整中可见清婉，别有一种风味。关于名世的六法，最近看到他的《括苍山色》卷，长若干丈，有实境，有虚构，两相映照，布局有疏淡空宕的，有密合繁茂的，真是能者无所不能。

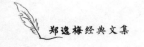

郑午昌《剡溪揽胜图》

　　嵊县群峰环抱，而剡溪曲折回互其间，极山水映发之妙。晋唐以来，名流逸士，如戴逵、许询、谢安、谢灵运辈，或寄游踪，或定居宅，加了李白、杜甫都有入剡诗篇，传诵后世。最近嵊县又发现了大书法家王羲之的墓地，更引起人们的注意。

　　凡山水佳胜，往往毓秀钟灵，当代画家商笙伯、郑午昌等，都是嵊县人。笙伯擅花鸟，午昌工山水，各有所长。一九八四年九月，为纪念午昌逝世三十周年，在上海美术馆举行遗作展览，参观的达万余人次，可谓裙屐联翩，极一时之盛。

　　日前午昌后人来访，谓浙江美协又拟举行午昌遗作展览，因出示他先君所绘的《剡溪揽胜图》卷，长丈余，写剡溪全景，为生前得意之作。午昌逝世，藏诸箧衍，向未公开于世，近以参加展览，才裱成长卷，由午昌生前至友吴铁声为撰跋语，记其始末。

　　午昌生于剡溪的长桥乡，山清水秀，濡染耳目者有年。及长治六法，即以山水驰誉大江南北，比诸大痴山人之与虞山，涉笔写其钓游旧地，自是淋漓逼真，且意境与实境相融合，或增或损，或密或疏，在依稀仿佛中，仍能辨出某峰某岫，某寺某桥，这种兼综条贯的艺术功力，非大手笔不办。这图经过"浩劫"，佚去首段，则更似富春山居图的神龙茫洋，不见其首，堪称无独有偶。午昌此作，全部不设色，而墨趣盎然。前人谓"画以墨笔为难，太枯则无气韵，太润则无文理"，午昌却能掌握分寸，恰到好处。我今对之益动人刬之思，奈年迈体衰，不胜杖展，只有眷怀神游，聊以慰情了。

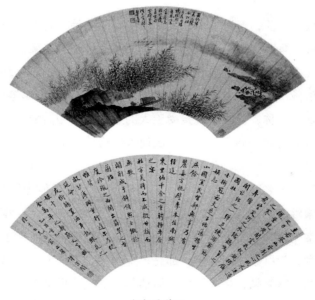

郑午昌作品

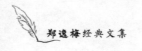
书联一万四千多件的唐驼

数十年前，上海市招，大都出于唐驼之手，尤以中华书局的招牌，华茂工稳，引人瞩目。凡书法家，都有些架子，自处于士大夫之间，不屑与工役为伍，唐驼却平易近人，写成市招，必先请做市招的工人审鉴，由工人提出，哪笔须肥，哪笔须瘦，务使配搭匀称，他很客观接受工人的意见，两相商酌，然后翻刻。因此所成，迥出凡众，一般商人纷纷请他书写，生涯也就鼎盛了。

他本不名驼，原名守衡，背部隆起，人们呼他为唐驼子，他就索性自称唐驼了。唐驼出了名，守衡的原名，反而隐没。他是常州古文家唐顺之的后裔，若干代传至他，已式微了。他在家乡，为巨家看守祠堂，那是很空闲的，为消遣计，每日临写《九成宫》帖，持之以恒，居然具有欧阳率更笔意，复上窥魏晋六朝，加以变化，书名满乡里。他毅然来沪卖字，以图发展。经人传扬，居然和汪渊若、高聋公、李梅庵、刘山农争一席。常州有唐安邦其人，为他的曾叔祖，《武进县志》列入《孝友传》，人称唐孝子。唐驼发愿，在家乡建立唐孝子祠堂，以垂不朽。建祠堂须有大量资金，这怎么办呢？他在报上大登广

告，减润写联，笺纸奉送，笺凡二十一种，任人选择。五尺联二元六角，六尺五元六角，金笺每幅四元，售去一万四千多件，建筑费绰绰有余。且在祠堂旁辟有暂园，栽花种菜，族人为之灌溉。

他写字过多，身体失健，患胃充血，经名医牛惠霖诊断，谓伏案窒及胃部所致，一方面由人代制一钢骨马甲，维持背驼不致加剧，借以护胃，疗养数十天始愈，但以后写件有所限制了。

陆康的书和刻

　　书画篆刻，属于我国传统的艺事，尤其书和刻，关系更为密切。倘没有书法修养，贸然奏刀，犹诸孤军作战，是难操必胜之券的。历来治印者，如西泠八大家，书法都有一手，延及民初，那吴苦铁、王冰铁、钱瘦铁、邓钝铁所谓"江南四铁"也是书刻并擅。

　　直至目前的青年新秀，亦不例外，姑以其中翘楚陆康来谈，他是学术耆宿又兼书法的陆澹安的文孙，渊源家学，先从欧阳率更的《九成宫》，打好楷书基础，复习《化度寺》《虞恭公碑》《麻姑仙坛记》《告身》墨迹。张墨女墓志、龙门二十品，以及各家篆隶行草，无不钻研探讨，深入堂奥，所以他的刻印，运刀如笔，施朱自有帖的意致，布白自有碑的气息，斌媚质朴，交相映发。他曾列陈巨来门墙十多年，又复请益于钱君匋、来楚生，沉浸醲饫，蹊径别开，比诸幽笙韶管，众乐遍陈，也就远轶凡响了。他有"汔可居印谱"，印凡三千方，苍茫端肃，瘦劲腴润，面目各个不同；而舒缓骤急，滞重飘逸，风格亦在在有异。

　　最妙的，录取郁达夫句"生怕多情累美人"朱文七字，带些倾斜势，初看似乎草率不够匀称，细瞩一下，反觉纯任自然，

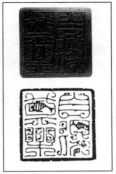

陆康篆刻作品

天然醑足。这是神化之笔，什么矩蒦范畴，表面上给他打破，实则内在上却被控制于潜默之中。这是谈何容易？无怪艺术大师刘海粟要称许他为"张一军于印域"了。

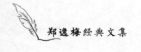

周碧初的油画

　　在我的朋友中，有很多负盛名的画家。其中有画国画的，有画西洋油画的，我很欣羡他们一支妙笔，具有造化功能，一经点染，什么都能涌现在人们的眼前，给人一种精神上的享受。

　　绘西洋油画的，我钦佩作家但杜宇，我和他同事有年，他所绘的人体，曲线之美，达到高峰，惜逝世九龙。始终绘油画不改弦易辙的，为颜文梁和周碧初。文梁和我幼年同学，作品的光线和色彩，精妙入微，今年已九十六岁了。碧初我认识较迟，记得赴某处的约会，同车都是熟人，关良先在座，继而接来了碧初，邵洛羊开玩笑说："关公和周仓，你们并坐吧！"我欣然和碧初握手，深叹相见之晚。此后一再晤叙，当然欣赏了他的油画，感觉到别有一种风格。原来他留学法国，受印象派画界权威约乃斯·罗隆的熏陶，又复辛勤钻研和库尔贝的写实手法，锲而不舍，精益求精。他又寓居印尼及新加坡，异域风光，尽收笔底。回国后，更把祖国的万千景色，扩大了他的题材，如《西湖之雨》《虞山道上》《南湖烟雨楼》《新安江水电站》《太湖工人疗养院》等，赋予艺术的新生命和新气象。这些画，着笔都是平平的，设色都是淡淡的，可是平淡之中自有刻削之势、鲜丽超逸之意，正是所谓"缘景会情，曲折善肖，灵心映照，藻采纷披"。这几句话，不啻为他而发。他为什么有这样的造诣，则是得力于国画。他潜心丹青，从中取得营养，所以有人称他的油画"似明代的龚半千、谢时臣和清代的石涛"，在这糅合交融中，成为国画中的异军，西画中的别派。他富于创造性，放开步子走他的路，不亦步亦趋跟随人们的后头，就产生了不可思议的魅力，引人入胜。这次他有感身逢盛世，愿把新旧所作，在上海艺术馆举行较大规模的展出，以笔杆代替了管弦来颂唱新中国和新社会，载歌载舞。我参观了也由衷地感到喜悦。

周碧初作品

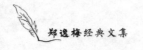

赵冷月旁艺通书

艺坛有两位冷月，都是卓有矩范，蜚声于海内外。一为画家陶冷月，年高耄耋，作山水清森幽渺，曩年蔡元培目之为"新中国画"。一为书家赵冷月，他生长嘉兴，毓育于十顷湖天，一楼烟雨，杨柳当年的环境中，书法的灵秀，当然是得天独厚的。他年届古稀，原名亮，已废弃不用，自号晦翁，别署缺圆斋主。他为孝廉公赵介甫的文孙，从徐墨农学书，先学率更和褚河南，在楷法上打好基础，然后学二王，学颜平原，上追汉隶北魏，气韵与骨力并重，由无我进入有我，自成一家，循序盈科，非一般支缀蹈借、躐等取巧者可比。

冷月于书法外，举凡音乐、体育、京剧等都很爱好。尤其对于京剧，熟知各种流派和唱腔，他认为《贵妃醉酒》，演的人多，为什么都喜欢看梅兰芳所演《追韩信》，也演的人多，为什么都喜欢看周信芳所演？无非梅兰芳和周信芳演来有独到处。那么书法，写的人多，也当向独到处下着功夫。原来剧艺和书艺，是息息相通的。且不仅如此，宇宙间的形形色色，都可以引绪旁通，无怪前人看了大娘舞剑，担夫争道，便启悟了书法。总之，吸取营养，是多方面的，倘书法仅仅临摹北碑南帖，那局限性未免太大了。

　　他每天临池，无论怎样忙，总得挤出半天时间来挥洒。他能用大笔写小字，用湿笔或枯笔写条幅，无不掌握如意。他又认为前人作书，质胜于文，今人作书，文胜于质，应当把两者扭成一起，使质中有文，文中有质，经常有变化，有变化才得进步，才得创新。他赴日本大阪，参加书法交流会，日本人就钦佩他书法的变化无穷，有似神龙茫洋于云端，令人不可捉摸。我看到他行书所写辛稼轩词，隶书所写的刘禹锡诗，深赞他雅韵欲流，挹之不尽，他却谦抑地说："书艺高比泰山，到了傲来峰，不能歇足，还得直上南天门，我正在加着劲攀登再攀登哩！"

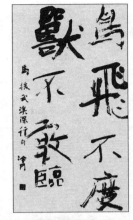

赵冷月书法作品

　　我历年来的作品，刊成单行本的，都四五十种，虽经"动乱"，失去了一部分，可是留存的尚有相当册数，乃敝帚自珍，特做了一木箱，把这些汇贮其中，箱面刻着"逸梅著述"四个字，糁上石灰，很为美观，这四个字，就是赵冷月的手笔。

陈征雁画梅

　　我爱梅成癖，曾集古今与梅有关的札记，成《梅花韵事》，凡数百则。又请朋好各录一梅花名句，为《百梅集》，亦成一册。对于疏影横斜的梅花，简直萦诸魂梦。所以有人刻了"梅痴"两字的印章送给我钤用。

　　梅是春阳初转时开放的，过了时节，也就绿叶成阴子满枝了。因此我对于画中之梅，搜罗较多，那就照眼生辉，四季可赏，不受时间的限制。近人的画梅，为我所藏的，如吴昌硕、吴待秋、吴湖帆、胡公寿、陆廉夫、胡石予、赵子云、高野侯、金心兰、陶冷月等，都先后下世，且在"浩劫"中，这些缣幅，遭到相当损失。幸而认识我友郑午昌的高足陈征雁，他专力画梅，不论红梅、绿梅、雪梅及打圈的墨梅，尤其圈梅，或深或淡，变化多端，更显露其立体感，接近于生活，为雅俗所共赏。总之，他的画梅，无不气韵生动，情趣盎然。充满创新精神。他对我说："所谓创新，不是粗犷怪诞，自诩为创为新，而是从传统的基础上发挥其独特的风格和高超的素抱，处处不离其实，亦处处不离其意，务使意不乖实，实不背意，两者浑为一体。"所以他的用笔，迥然不同凡响。去岁，他在无锡梅园举行画梅展，博得中西人士很高的评价。日本"梅研究团"团长松本绂齐率领团员来到梅园，看到征雁的画梅，大为赞叹。"梅研究团"有一月刊《梅家族》，即请他画十二帧姿态不同的梅花，作为该刊十二期的封面画。征雁今春又应梅园的邀请，再度举行画梅展，什九是更上一层的新作品。那真是花在人境里，人在花丛中，花光画面，交相映发。惜我年迈力衰，杜门不出，否则涉胜寻芳，闲情偶寄，定必能去俗尘万丈哩。

陈征雁作品

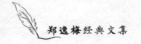

新秀汤兆基

画和书法，是相互联系的，而书法和篆刻的联系性更强。以往如金冬心、丁敬身、邓石如、赵次闲、赵扔叔等都是书法家，又都是篆刻家。近代缶庐吴昌硕、钝铁邓散木，矫然崛起，也把书法篆刻打成一片，既能运刀似笔，复能运笔似刀。原来书、画、篆三者，是息息相通的艺术。

后起之秀中，汤兆基便是三者综合的继承者，他初从申石伽、谢之光学画。石伽以秀逸胜，之光以疏宕胜，秀逸疏宕，既从学力中也是从天分中来。兆基两者得兼，所作寓秀逸于疏宕，复寓疏宕于秀逸，融而化之，神而明之，也就不同凡响了。此后他更从白蕉学书，从钱君匋学篆刻，益扩大艺术领域。他追随这两位负有盛名的老师，其中有一段小小的机缘。原先，兆基既不认识白蕉，也不识君匋，而事有凑巧，早在若干年前，在一次书法展览会上，白蕉看到兆基条幅，极为赏识，赞其写得有骨干，并询问兆基为何许人？经工作人员介绍，兆基即拜白蕉为师。而无独有偶，在另一次展览会上，君匋看到兆基的草书，体兼众妙，渊然有致，大为称许，乃收兆基列入门墙。

一九八〇年，兆基参加全国书法评比，获优秀奖。

一九八三年，参加全国篆刻评比，又获优秀奖，连获两个奖的，全国是少见的。兆基书法，既工四体，尤擅行草，极得孙过庭《书谱》笔意。又因对篆书富有研习，故其草书遒润恣肆、丰厚凝重，大有挥毫落纸似云烟之概。更以日本文字写成屏幅尺册，清森峭拔，趣致盎然，博得东邻人士称叹。兆基治印宗秦汉，工力深湛，复参吴昌硕法，以左手出之，浑成自然，益饶姿媚，为他人所莫及。兆基还擅翎毛花卉，写意墨竹。所作《松鹤图》，白羽丹冠，栖息于乔木枝间。苏长公所谓"清远闲放，超然于尘埃之外"，不难在这幅画中体会得之。他又擅装饰画和雕塑，冶古于今，化俗为雅。虽然如此，兆基却总谦虚曰："学海无涯，还须努力。"并取"初践"为斋名自勉。

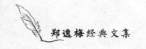

印　蜕

　　印章也是一种珍贵文物。自秦汉至清末民初，代有名人遗印，流传下来，得者视同圭璧。圭璧不易求，我就不得已而求其次，搜罗一些印蜕，聊以慰情。

　　我把收集到的印蜕，汇装数册，标之为"他山之石"，因为这些石章，都是他人之物，我不过借些光罢了。任何什么，只要有恒心，多少总有些收获，若干年来，其中竟有些较名贵的，也就沾沾自喜了。

　　在我所藏的印蜕中，名印以宋代欧阳修的"六一居士"白文印及苏东坡的"雪堂"二字白文印为最早，这是云间朱孔阳钤给我的。

　　又有画梅专家金俊明的"春草闲房"印。那"春草闲房"，为金氏吴中故居，后归画家吴湖帆，藏印者拟以这印交换湖帆一画而未果。明末具有艳名的柳如是、马湘兰、薛素素、顾横波、卞玉京等印文，无不婉媚取姿，对之犹觉脂香粉气，拂拂从遗蜕中出哩。

　　苏州王废基，为张士诚昔年所建宫闱处。在那儿掘出一印，印文"纵横天下"，这样大的口气，非张氏莫属，虽没有边款，

却信之无疑的了。清代距今较近，遗印也就较多，我所藏的印蜕，便有王虚舟自刻的"一床书"白文印，黄小松自刻的"烟云供养"朱文印，郑板桥自刻的"修竹吾庐"，那印是刻在竹根上的。翁方纲的"小神仙"，朱文极古拙。还有金冬心刻有"小小草堂"朱文小印。杨龙石的刻印，名动南北，自刻闲章"读书之乐乐何如，绿满窗前草不除"，为细朱文。又颐和园前身为清漪园，这个印，大约为内廷物，且为瓷质，那"清漪园"三个字疏散有致，非名手不办。

直至民初，吴昌硕为高聋公刻"高邕"印，吕硕为费龙丁刻"砚蕉轩"印，用顾若波所遗上品印泥钤得，色泽古艳，历久不变。王福庵刻"周达之印"，这是为邮票大王周今觉刻的。更特殊的，去年为抗战胜利四十周年，我却藏有两方纪念印蜕，印较大，一"曾受三百万倭军降君"，为朱文；一"兴义何应钦字敬之章"，为白文。原来园艺家黄岳渊，拟斥资办一学校，嘉惠贫寒子弟，时何应钦卜居淮海路高安路口，和岳渊的黄园相密迩，便请何写一校额。未几，时局变迁，校事辍止，那校额原书留着无用，拟付诸一炬。我见该书钤有此两印，认为有文献价值，乃商得岳渊同意，把它剪存下来，今已不易看到了。

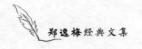

姚苏凤在电影界

姚苏凤，他和我是苏州同乡。记得我和他第一次见面，是在留园的涵碧庄，为星社雅集。这时他尚在工业专校肄业，和范烟桥的弟弟菊高同砚，便由烟桥之介参加星社。我们一起拍了照，这帧照片，我虽留存，但经过"浩劫"，已残损不堪了。他是名书家姚孟起的后裔，包天笑曾从姚孟起游，所以他和天笑有些世谊，他走上写作的道路，天笑、烟桥是带路人了。

苏凤写作很多，第一本刊物《心冢》，由我介绍给潮音出版社出版的。我进电影界，是由他受但杜宇的委托，邀我担承上海影戏公司编撰的。此后他主编《星报》《世界晨报》《辛报》，在重庆又编某报。他的编排拼版，别具一格，有"姚式"之称。最近出版的《编辑记者一百人》一书，苏凤就是一百人之一。岂知他对于电影的编导，也很有相当成绩，倘日后有人编《电影编导一百人》的话，那么苏凤也得列于百人之选哩。

上海明星影片公司，规模大，出片多，为电影界的权威。苏凤和夏衍，在该公司为同事，很为相稔。因此苏凤所编的《世界晨报》，多载夏衍的社论，具有新姿态，当时是颇受青年读者所欢迎。苏凤编导的第一片是《残春》，由徐来、郑小秋主演。

继之为《妇道》，主演者徐琴芳、宣景琳。三为《路柳墙花》，胡蝶、严月娴主演。四为《青春线》，赵丹、陈波儿主演。五为《夜合》，顾兰君、黄耐霜主演。不久，天一影片公司的第一部有声片《歌场春色》，即取苏凤的小说《女人女人》，由苏凤自己改编的，杨耐梅、徐琴芳、吴素馨合演，曾轰动一时。

某年，上海大夏大学，辟各种专题讲座，请但杜宇讲电影，杜宇仅一讲，觉得讲课须备教材，颇不耐烦，即转请苏凤续讲，苏凤既具口才，复有一套理论，妙绪环生，凡若干讲始止。

"十年浩劫"，苏凤备受冲击，致服安眠药片三瓶，以谋自尽，不意药片越年久，失其功效，服后昏迷四日，得以醒转，但虽保全生命，而体气大伤，不耐用心，废其写作。延数年，一病不治，恰为七十岁。

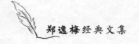

《春水情波》和潘伯鹰

《春水情波》这部爱情片，共十本，那是一九三三年，由上海明星公司拍制的。编导者郑正秋，摄影者颜鹤眠，主要演员为胡蝶、胡萍、严月娴、孙敏、王献斋。这时明星公司，在电影界占托拉斯地位，凡郑正秋编剧、张石川导演、胡蝶任主角的片子，卖座率高，拷贝远销东南亚一带，这是可操胜券的。当然这部影片，绝不例外。平常的片子，不是九本，便是十一本，很少为十本，因十本和折本谐音，折本不是生意经，这是一种迷信观念，好得靠着胡蝶牌子硬，一定能赚钱，也就打破这个忌讳了。

这个剧本是从哪儿来的？《中国电影发展史》上没有说明。据我所知，那是亡友潘伯鹰的作品。伯鹰乃安徽怀宁人，是著名的书法家。流寓津沪间，早年他在天津《大公报》的文学副刊上，用凫公笔名，定《塞安五记》，即《人海微澜》《隐刑》《强魂》《稚莹》《残羽》五中篇连载，其中尤以《人海微澜》最富戏剧性。资料是吴宓诗人供给他的。书中人名，有一个名海伦，那是伯鹰偶尔翻阅《北京女高师同学录》，觉得这个海伦名儿很新颖，便取之为书中人名。吴宓看了，欣然介绍海伦和他相晤，谈得够味。明星公司郑正秋找到了《人海微澜》这个本子（《蹇安五记》已刊为单行本），经过改编，易名《春水情波》，这个渊源，外间知道的很少。伯鹰其人很风趣，我在这儿连带叙述一二。他一度任杨永泰秘书，某次，张学良有机要事亲来访杨永泰，适杨公出，伯鹰贸然代见，杨知之，大不以伯鹰为然，伯鹰亦大不以杨为然，悻悻立卷铺盖，不辞而行。伯鹰寓沪很久，初居四川北路，后迁胶州路万国殡仪馆对面，后逝世于此，在万国殡仪馆举行大殓。说者谓："伯鹰设计周密，并打算到身后，省却运移遗体的手续。"

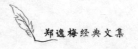

电影演员中的诗文篆刻家

　　编电影剧本，颇多著名的文人，至于现身银幕的，便不多见，且专于诗文篆刻的，更属凤毛麟角。我所认识的，却有两位，是值得一谈的。

　　汪切肤，他在上海影戏公司，充《还金记》《太真外传》中的要角，饰旧绅士，彬雅从容，具有风度。他是杭州西泠印社的社员，和吴昌硕、经亨颐、李叔同、费龙丁等俱为前辈典型。他原名厚昌，《西泠印社志稿》即有汪厚昌一则："汪厚昌，字吉门，号了翁，仁和诸生。精小学，工篆籀，学杨沂孙，若有神契。刻印必依许书，或枃古钱钵，朱文篆法高古，悉有本源。著有《说文引经汇考》《再续国朝先正事略》《后飞鸿堂印存》《中华民国史料稿》。癸未卒，年七十一。"他为我书扇，今尚存。

　　宋忏红，他本是上海明星公司秘书，兼任演员，如《可怜的闺女》《空谷兰》《早生贵子》《好男儿》《四月里底蔷薇处处开》《未婚妻》《她的痛苦》等等，都有他的一角。他和我同隶南社，又一同参加云社，是相当熟稔的。名一鸿，号痴萍，江苏无锡人。主编其故乡《苏民报》，较早客长沙，编《长沙日

报》，和宁太一、傅屯艮相往还，多唱和之作。晚年赋闲在家，邑人吴观蠡办《新无锡报》，聘之任辑政，每天自撰笔记数百言，言之有物，颇得读者欢迎。可是他疏狂成性，有句云："故山归去云千叠，老我犹堪一放狂。"又嫉恶如仇。某次，揭发上海某闻人贩土秘密，某闻人大怒，以恶势力压迫他，他不安于职，益形落拓，不久病死。诗文稿积累甚多，没有刊布。说部出版的有二种：《是非圈》《如此江湖》。

吴昌硕之画兰绝笔

越人诸贞壮之传缶庐先生吴昌硕，谓："初以篆刻名于世，晚复肆力于书画。书则篆法猎碣，而略参己意，虽隶真狂草，率以篆籀之法出之。画则以松梅，以兰石，以竹菊，及杂卉为最著，间或作山水，摹佛像，写人物，大都自辟町畦，独立门户。其所宗述，则归墟于八大山人、大涤子。若金冬心、黄小松、高且园、李复堂、吴让之、赵悲庵辈，犹骖靳耳！"昌硕之艺事，尽于贞壮一传之中。一昨予与昌硕哲嗣东迈谈及，东迈亦许贞壮为知言。东迈之日熹轩中供有昌硕之石膏像，霭然其容，温乎其貌，盖曩年扶桑人朝仓文夫塑像以铜，置杭州西泠印社，此由铜像加以翻制者，状极妙肖也。昌硕卜居海上北山西路之吉庆坊，即后易箦之地，时年八十有四。临死之前一日，体尚健适，词翁朱古微往访，留之晚餐，促膝举觞，间以笑谑，酒后，成一诗以贻古微，并抽毫为古微作一墨兰小幅，诗笺当晚由古微携去，画兰则暂留。讵意翌日，昌硕遽尔奄化，家人以画兰为最后绝笔，良堪纪念，靳不与古微，迄今尚珍藏于东迈处。当齐卢之战，东迈在塘栖为某局长，以海上多风鹤之警，乃迎养其父至塘栖，以避战氛。塘栖距超山不远，七里梅花，烂漫如锦。有宋梅一，挺崛饶古意，筑有宋梅亭。昌硕徘徊其间，顾而乐之，为撰一联以张之云："鸣鹤忽来耕，正香雪留春，玉妃舞夜；潜龙何处去，看萝猿挂月，石虎啼秋。"谓："如此佳地，得埋骨其间，亦为快事。"及昌硕死，东迈即为营葬于宋梅亭畔，所以成父志也。

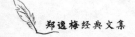

白龙山人泼墨画荷

或谓清季艺人，多剑拔弩张之作，如康南海之书，吴缶庐之画，皆乱世之征兆也。与缶庐齐名者，则为白龙山人。山人姓王，讳震，字一亭，为海上之耆绅。工书画，居大南门之芷园，数椽精筑，花木扶疏。山人昧爽即起，挥毫为乐。有夏某者，知山人习性，携一六尺素楮，于清晨诣芷园，请山人作画。山人案头有大墨盎，夏某注水磨之，山人进早餐毕，询夏某墨磨就否，夏某以未浓对，山人嘱略倾墨汁少许于别器中而再磨之。既而，曰："可矣。"展楮于案，案小不能容，乃铺于地上。山人右手持大墨盎，左手持墨汁较浓之别器，向素楮骤泼之，而或淡或浓，为之淋漓尽致。夏某大惊，以为山人之发怒也。岂知山人却莞尔曰："画成十之六七矣。"取而张之壁间，对这凝思有顷，执笔就盎中余墨而加以点染，泼墨最多处为大荷叶，且作迎风倾侧状，极饶意致；墨较少处为小荷叶，筋脉清疏，若露润而未干然。叶隙着花，芳姿净质，有似真妃出浴，别添苇茎二三，青溪景色，悉呈目前。乃题"浮香绕曲岸，圆影覆华池"十字，并加一款以与之。夏某大喜，取之而去，闻今犹保存未失也。山人画，迅笔立就。犹忆某岁黄园主人剞曲灌叟，以所植御黄袍名菊遗赠山人，为斋舍燕静之娱。园丁请于回单上加钤一印，山人嘱园丁略候片刻，乃伸纸拈毫，对花写照，既成小立幅一，交诸园丁，曰："尔可持此去以报主人，即以代回单可也。"灌叟获之，立装成轴。每逢菊有黄华，秋光大好时，辄悬挂之，纸上花与盆中花相映发，饮兴为之大豪也。山人茹素好佛，予尝于功德林素肴馆席间把晤之，贻予名刺一，今日检得，未免有人琴之恸矣。山人哲嗣季眉传家学，亦擅丹青。

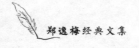

张善子之三虎图

晚近善画虎者，前有胡郯乡，后有张善子。善子，讳泽，蜀之内江人。因画虎，遂豢虎一。有为述虎之来历者，谓赣有一军官郭姓，猎于山中，生获乳虎，本拟赠何应钦将军，而善子慕之甚，乃索之归，载之汉上，由大江顺流而下，运抵白门。时善子居吴中网师园，自宁至苏，火车可达，奈车上可载牛马犬豕，却无载虎之例。无已特制一木柙，囚之以当犬，既抵苏，蓄虎园中。虎渐大，食量亦渐宏，每日啖鸡卵四十枚，又牛肉一二斤。善子为虎写照，成十二幅，颜为《十二金钗图》，请乃师曾农髯题之。髯曰："向不喜为闺阁作绮丽之辞。"善子曰："虎耳！"及展示，果十二虎，即持笔为题。师弟之情殊笃，农髯死，善子哀经恸哭，似丧考妣焉。善子不但能画虎，且能伏虎，使驯如柔羊。虎有笼，然常开放而任其活动。善子睡，虎乃蹲于榻畔；客至，虎随主而送迎如仪。一日，叶誉虎至，善子携虎同摄一影，称为三虎图，盖善子有虎痴之号也。善子好佛，时印光法师卓锡吴中之北寺，善子牵虎往，请印光为虎摩项而受戒。不意寺之门限，高逾寻常，虎临行一失足，足微伤，不良于行。不得已为雇人力车，而许以重酬，车役恐虎之

张善子作品

噬人也，不肯应，卒由善子坐车上，抱虎于怀，始得归园。从此虎病，奄奄半载死。未几，事变遽起，善子随政府西移焉。一昨予应马公愚之邀，与夏剑丞、方介堪、郑午昌、陈仲陶、谢啼红诸子，同尝其所制永嘉名肴。酒酣，公愚示照相二，一善子弄虎，一公愚跨虎，虎金睛荧荧，其文炳然。公愚悼善子之作古，对影而情不能已，作古风一首，书于其隙，有"我闻欧母传字获画地，不闻盘礴垂训丹青笘"云云。公愚谓善子之画，由母传授；其九弟大千，丹青享盛名，亦得母教为多也。四弟文俦，辟农场于郎溪，因奉母以居。及中日起衅，无可避氛，其母本信基督教者，其地无基督教堂，遂托庇于天主教，受弥撒而改奉天主，卒逝世于郎溪。善子闻之，兴风木之悲，以纪念其母夫人，亦入天主教为教徒。赖于斌教主绍介之力，作海外之游，以扬其艺术。画虎外，其他如山水人物，花卉虫鱼，无不工。及返国，即以捐馆闻，惜哉。

陈师曾之北京风俗画册

顷蒙俞子剑华见贻山水便面，翠崖丛树间，微露梵宇一角，而峦岫生云，卷舒有致，盖黄山佳景，而剑华得意之笔也。剑华曾从义宁陈师曾游。师曾，讳衡恪，散原之长子，散原写诗，東通州范当世称曰衡者是也。多才艺，擅篆刻，逼近秦汉。居北平清华街张棣生家，堂前有古槐一株，因自号槐堂，赋诗遣怀云："老槐相对净秋光，坐叹张侯用意长。着我斯堂元不负，因人成事竟何妨。栖迟孤枕三年梦，萧瑟西风八月凉。有客打门来问讯，余畦赢得种花忙。"其诗喜学谢灵运、惠连之作。尤挚于情，妇春绮卒，诗以哭之。既而续娶汪氏，就婚汉阳，感念前室，又怆然有作。近人某笔记述其绘事，谓："所作山水，多肖黄鹤山樵，花卉则视华新罗为乾劲，人物则变陈章侯之法，而以粗笔出之，竹石亦极简妙。民国六七年间，某省水灾，都人士聚议，各出金石书画展览助赈。师曾因作《读画图》，尽绘展览游客往来玩赏之状，几案缥缃外，人物可二十许，眉目衣服，各有所肖。某也瘠，某也顾，某也御厚衣，某也短髭伏案，谛者一望脱口呼其姓名，莫不拊掌叫绝。又为《妙峰山进香图》，绘同游形状及林壑扰扰之态，亦绝妙。又为北京风

俗画册三十四种，姚茫父各缀一词，艺林传宝，曾铸版登某画报。"石遗之夫人所居曰萧闲堂，夫人卒，石遗倩之作图以为纪念。又自作《溪居感旧图》，海内名流，题咏者不下数十人。早岁游扶桑，习博物学，归国后，任北京师范美术学校教习。平居喜集前人词为联，尤以姜白石词为多，成长短联语累累。癸亥秋，患腹疾卒，年四十有八。著有《文人画之研究》一书，遗诗番禺叶遐翁代刊之。其弟方恪，字彦通，亦工诗。

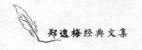

吴观岱善临石涛山水

世皆知大千居士提倡石涛画艺，从事临摹，为此中圣手。讵意在若干年前，梁溪吴观岱即有石涛再世之称。观岱，讳宗泰，字念康，号洁翁。幼贫窭，学业槽坊，为豉贾醴人一流。然性嗜丹青，绘人像能得其神似，丧家往往招之为死者留容，可博青铜钱二百文。观岱因弃槽坊而专事于画。其时有画家曹锦字昼堂者，善绘半身仕女，乡村间每逢新岁，例必悬仕女轴，于是曹锦生涯殊不恶。观岱羡之而师事焉。从师须致贽金，观岱以贫故，致贽只番佛二尊。既而曹锦发觉二尊中，一为铅质，嘱观岱更换以献，奈观岱囊涩无余钱，遂被拒诸门外。然观岱揣摩研究，卒获有成。作仕女娟秀绝伦，有出蓝之誉。适廉南湖创办文明书局于上海，以己之常居北京也，编辑所设于京畿，募邑中人之擅绘事者，为教科书作图。应募者，观岱外，一为许文熊，一为赵鸿雪，而文熊笔拙不为南湖所喜，寻返里。鸿雪颖慧，送之留学日本，而所倚重者，仅观岱一人。观岱日夕挥洒，不辞劳瘁，南湖大赏之，以小万柳堂所藏昔贤名幅，恣之钩抚，尤以石涛山水为最多。盖当时士大夫以石涛画之粗率欠工也，不之重视，值极低，南湖独具只眼，有所见，辄蓄之。

或谓："南湖利石涛画之值贱，故意使观岱为临本，又复以真迹制珂罗版画册，无非欲敛东瀛人之资钱而已。"则完全猜想且含有菲薄意，不足凭信也。观岱晚年画名震遐迩，人呼江南老画师。一度病腕，不克点染，乃以八法应。求作楹帖者户限为穿。家蓄一婢，与其弟子某有染，婢怀孕，诬说老主人与之有肌肤亲，观岱大为不怡。未几，又与人涉讼，败诉，气愤成疾而卒。予曾一度晤之。

吴观岱作品

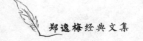

园艺权威黄岳渊

　　黄岳渊，凡是园艺界人，什九都知道他老人家的大名，当时任花树业工会会长，有权威之称。他好客如孔北海，我又性嗜花木，因之和他交往，凡数十年之久。熟知他生平的除我外，恐寥寥无几人了。

　　我和他第一次相识，即在黄氏园中，曾撰《黄园之菊》。雪泥鸿爪，文字因缘，是值得一录的："秋序虽过，晚菊犹芳，予承真如黄园主人黄岳渊及画家谢闲鸥之柬约，乃驱车往赏。岳老殷勤款洽，而精神矍铄，腰脚弥健，可见其怡情林木，适志亭泉，迥非我侪劳役尘俗中所可比侔也。菊满畦皆是，尤多盆供，而十丈珠帘之名种，自经雨润，瓣益垂垂而长，墨荷灿然呈目。实则所谓墨者，不过紫色之较深，夸辞也。金百合之瓣具微刺者，曰金毛刺，更为罕见。岳老为述艺菊之经验曰：'菊本野生之植物，而移栽于园庭。菊宜干亦宜湿，宜阳亦宜阴，宜肥亦宜瘠。霉时宜干，余均可湿。秋时宜阳，余均宜阴，故古人诗有"采菊东篱下"句。东得阳较多，于花之蓓蕾，自然适合也。含葩时宜肥，余均可瘠。当花定头之际，有特大不匀者，可俟露干时，以龙眼壳套覆其上，借以稍

遏其生气，则将来开放，无复有参差之弊。若加以人工之温
度，可先时而荣，否则寒锢之，虽迟至初春，尚及见碧叶金英
也（新园艺，能使四季之花同时并放，岳老实开其端）。'以
上所述，颇可师法，虽今之科学新法，不能越是范围。园菊
之名目，多至不可胜记，因随意题之，莫衷一是。岳老正护
谋名目之统一，提议如有新种发见，则送至会中，由公家题
名。既而涉园一周，芳菲盈眼。虎刺结实，累累似红豆，老少
年、鸡冠簇聚成锦，芙蓉花落，仅留空枝，劲节傲霜，端让黄
华专美也。槐柏亭亭如盖，阜石屹立，严独鹤爱其境，为摄一
影。日午，岳老备酒肴以款客，竹屋雅朴，殊饶野趣，肴皆园
中物，特鲜隽可口。我与黄寄萍、胡伯洲、丁君匋、姚吉光同
席，无不朵颐大快。是日，朱大可携眷偕来，作诗为赠。诗云：
'主人爱菊兼怜客，招我花时挈伴游。黄种要为天所贵，幽姿先
得气之秋。漫嗟风月成迟暮，风政宜霜与柏浮。乞取羲熙遗本
在，他年甲子好同修。'宾主相与赞赏。"下一年，黄园菊茂，
我又撰了一篇《冒雨看花记》："余嗜花成癖，花之所在，辄命
巾车访之，真如黄园主人岳渊，折柬邀赏，是日适霏微而雨，
余乃冒雨前往，同游者以园艺家及丹青家为多，如沈心海、谢
闲鸥、孙味薖、朱其石诸子，皆逸兴遄飞，挥毫留墨，而味薖
成善品评，谓：择菊有四字决，一为光，其哗然鲜艳，自开至
落不变也。二为生，其枝茎挺秀，始终不萎也。三为奇，其须
瓣泽采，矫然出众也。四为品，其标格天然，自有一种清韵也。"
其时雨已稍霁，乃由主人循径导游，然泥泞粘足，步履为蹇，
而芳芳菲菲，触目皆是，主人一一见告，孰醉杨妃，孰是大红袍，
孰是千里驹，孰是黄金台，别有白菊，似极寻常之物，味薖曰：
"此非梨香菊乎？"主人曰然，试以手掌轻覆片刻，嗅之，掌发

甜香，一若曾掬梨在手然者。据云，是菊出于大内，慈禧太后以赐宠臣张勋，张之园丁，分种出让，以博厚资，遂得流传于外。其他如绿荷，作浅碧色，巨大逾恒，亦殊可喜。主人曰："旧法艺菊，只知扦插，绝鲜变化，不若今之撒子栽植者，岁得一，二新颖佳种也。园中又多异竹，曰金镶碧玉嵌者，厥干一节青，一节黄，相间不紊，而青之反面为黄，黄之反面为青，成为罕见（我曾乞得一二节，满拟制一箫，奈日久，青黄俱失色彩，成为寻常之竹）。有佛肚竹，干之近地处，肥硕突出，仿佛弥勒之袒腹然。至若方竹，仅圆中稍具棱角而已，非真方形也。"看了上面的两篇小记，黄岳渊其人其园，已有个轮廓了。

　　岳渊生于浙江仁湖剡源乡，时为清季光绪庚辰（一八八〇年）。剡源世称九曲，风物绝胜，所以他晚年别署剡曲灌叟，名刻家陈巨来为治一印。岳渊偶事吟咏，有"韩康卖药我栽花"句，巨来又为刻七字闲章，巨来拓入他的印谱中，引为得意之作。他七岁读于其远戚赖姓之私塾，十一岁习制艺，赖师善八股文，兼擅拳术，课余且以武术相授。一日，赖师督他好好读书，可应县试、府试，入学之后，可应乡试、会试、殿试，平步青云，前程无量。他听得高兴，因问："再进一步，是否可考皇帝？"师愕然作色道："皇帝是世袭罔替的，他人怎能登此宝座，你休得胡言。"当洪杨之役后，清廷法令森严，一般读书人，大都安分守己，不敢有所越轨。赖师诉向岳渊的父亲："此儿意志不纯，将来恐有灭门之祸。"便辍学为牧童，其舅父怜之，挈至家。舅家在新昌，设一南北杂货铺，岳渊时年十四，佐铺务。这样过了数年，觉得太没出息，毅然参加王锡桐创设的"平洋会"，欲鼓民气以排外，锡桐父子仗义执言，得罪了倚靠西人作恶的教徒，教徒获得"平洋会"名册，潜告官府，锡桐父子

含冤死。会友纷纷奔避，岳渊也过着流浪生活。十八岁东渡日本，加入同盟会。辛亥革命，追随陈英士，规复上海，任职沪军都督府，复出长船捐税务诸局。这时他以职责关系，会见了当时赫赫有名的大流氓范高头。范高头恶贯满盈，被杀于苏州王废基，给我印象很深。毕倚虹主办《上海画报》，不知从哪里觅得范高头临刑前的照片，铸版印入《画报》中，那副倔强不驯的形态，迄今犹在目前。我知道岳渊会见过这个人，为了好奇，便询问岳渊才知他当时是负着使命，来晓喻范氏改邪归正的。那范高头撑驳船为生，其实他并不姓范，真姓名为赵阿宝。他撑船力气很大，为他人所莫及，这时一外国商轮，行驶过速，撞翻了我方的驳船，那商轮的驾驶者，仗势当作看不见，许多船夫一同前来拦住那商轮，但哪里拦得住，赵阿宝在旁瞧见了，就自告奋勇，一篙搭去，那商船便停了下来，于是许多船夫移船紧靠，一跃而登商轮，大办交涉，终于由商轮赔偿损失了事。这么一来，人人都称赞赵阿宝神力，说他的一篙胜过万篙，江湖上替他起一外号"万篙头"，后来以讹传讹，便成为音同字不同的范高头。地方上出名的恶棍大家拜他为师，声势很大，他就无法无天，犯了许多案子，罪恶难以计算。岳渊谓其人大耳，有些气概，不穿长衣，就是外出，也是短衣一袭。那短衣用很阔的滚条，纽扣特别多，外加一件披风，头戴大红结子的瓜皮帽，脚穿双梁快靴，这种神气，一望而知即非善类。他鸦片烟瘾头大，一副烟具，如烟杆、烟灯、烟盒，都是黄金所制，由徒弟们特地打成孝敬他。他经过晓喻，始终阳奉阴违，卒遭杀身之祸。

岳渊功成身退，因诵《管子》"富生于地"之说，且感求人不如求己，求己不如求土，便一意务农，从事园艺，自谓："昔年致力革命，为革除国家之蠹害，今日致力园艺，为革除花木

之蠹害，虽大小不同，而主旨则一。"闻者为之莞尔。

岳渊经营园艺，始在他的家乡松滨的桃溪，购地十余亩，这时田价每亩不逾二十元，犹力所能及，奈初具规模，即值辛亥革命，便舍之参加革命工作。既而仍归田园，从事扩充，渐至百亩，当时颇感经济拮据，由沈眉庭之介，为陈永清布置一庭园，得资借以挹注，而栽花种树，列石凿池，永清甚为惬意，又介绍为罗纬东设计庭园，所费不巨，而成绩佳胜。纬东大为喜悦，因对岳渊说："倘他日园事发展，或需资力，当效绵薄。"岳渊以盛情可感，逊谢之。不料兵乱骤起，又值岁欠，岳渊扩充园地，添购苗木，所费很多，至度岁时，不敷三千金，无以应付，不得已，走告纬东，纬东慨然，如数与之，岳渊认为管鲍之交见诸今日，为之铭感五中，无时或释。

"八一三"事变猝起，园址沦为战区。他的长子德邻读暨南大学农科，抱瓮执锄，佐着岳渊操作。次子德行，业律师于沪（后留学美国），星夜归省，坚请举家移沪以避难。园中房屋被毁，幸花木损失不多，正进退踌躇，忽遇到他的老友吴昆生。昆生为实业家，亦有花木癖的，即斥资购地十亩于沪西麦尼尼路（今高恩路），辟为新的黄园，劝把园中之珍贵花木，转植新地，复筑精舍三大间，作起居之所。屏榈外为客堂，居然瓶花妥贴，书画琳琅，每逢星期，宾客特别多。而岳渊、德邻父子秉数十年种花经验，写成《花经》一书，委我和周瘦鹃分任校订。瘦鹃的儿子周铮，南通农校毕业，在此实习，为之辑录，由王亢元编入《新纪元学术业书》中，于一九三八年春出版。我在黄园更为座上常客，每星期日的下午，岳渊坚约我为其孙儿承彦、承棣等补授文史，因此经常遇到熟友，如严独鹤、包天笑、叶恭绰、于右任、钱芥尘、任鸿隽、李释堪、黄君璧、陈祖康、陈夔龙、钱士青诸子，尤其相识士青，足资谈助。这次我和士青同就座品茗，士青忽对岳渊说："有一位郑逸梅，常在报刊谈及黄园花木，我很想有机会和他一谈。"岳渊便指着我说："这位就是逸梅先生。"士青欣然起立，和我握手，彼此一见如故，交谈了很久。此后他送了我很多的著作。原来士青名文选，安徽广德人，历任英国留学生监督。他和剑侠农劲孙很友善，常相酒叙。我和农劲孙也交接过，当时不知劲孙为何许人，后来阅看不肖生的《近代侠义英雄传》，才知他是霍元甲的领导者。又王一亭，一次应邀来黄园赏秋菊，很欣赏一盆既硕茂又清逸的菊栽，问主人："这花有否专列名称？"岳渊知道一亭对这花特加青睐，隔一天，岳渊即派一园丁，把这盆黄菊送至大南门王家芷园，一亭当然十分喜欢，兀是凝视着，园丁对他说："这里有本回单簿，请您老先生签个名，以便回报。"一亭点着头，嘱园丁坐一下，便对菊写生，飔飔地绘成一幅画，并题着款，盖了印章，给园丁带回去，说："这就是我的收条了。"

黄园中有一鹤，白羽丹顶，野逸可喜，原为王一亭的藏园所饲，后归某习艺所，习艺所略有泉石卉木，借以点缀，奈鹤粮所耗甚巨，该所不能负担。岳渊知之，斥二十担大米代价商购而归。鹤很驯服，不须栅栏，啄饮白石清泉间，嘉宾来，主人抚其羽毛，即翩翩起舞，习以为常。鹤睡且甚警惕，晚上，墙外有声，便发长唳，不啻守夜之犬。主人每日以鳝鱼供食，日尽二三斤。有一次，宜兴诗人徐半梦来观鹤舞，我接待之。半梦和我同隶南社，他书法王梦楼，乃以半梦为署，他自谓："学了王梦楼一辈子，功力仅及其半。"此后半梦返乡，致书犹询及是鹤，我即拾取鹤的蜕羽寄给他，他欣然赋一律诗为答，这诗写作俱佳，我什袭珍藏，不意失诸"浩劫"。鹤寿千年，可见无

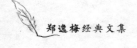

营无求，淡泊高逸，是克享遐龄的。奈这鹤遭逢不幸，被邻家顽童，以汽枪射击，受伤而死，埋于池水之畔，我建议主人，为立一碑，撰《新瘗鹤铭》刻于碑上。

相传蛇是怕鹤的，畜鹤处附近，蛇均匿迹。岳渊否认是说，谓："若干日前，园中发现蛇蜕，可见虽有鹤，蛇是照样活动的。蛇所怕的，却是凤仙花，因凤仙花叶的露滴，沾着蛇体，蛇体要溃烂的。"

园有假山，玲珑矗立，题之为"朵云"。当抗战时期，梅兰芳羁身孤岛，蓄须明志，誓不为伪政权有所演出。某天，敌伪方面，拟为梅氏设宴庆寿，梅氏趋避至黄园，和岳渊合摄一影于"朵云"下，欢叙竟日。隔了旬日，梅氏遣人送来红梅小立轴，疏枝瘦蕊，清芬几欲溢纸，那是梅氏手绘，赠给岳渊张壁的。此画失而复得，现存其嗣君德邻处。

沪郊有所谓黄泥墙的水蜜桃，肥硕甘芳，且复多汁，为果中上品，主人为卫介堂，岳渊早年曾去拜访过他，啖着这种名桃，觉得津津有味。临别，向介堂索取幼苗，介堂很慷慨给他一小枝，他携回去，把它种在他工作处花衣行的庭院间。有一年，他的友人某，在奉化办一农场，来沪采购各种果木，岳渊就笑指庭前的一株说："这棵矮矮的桃树，你不要小觑它，那是黄泥墙仅存的名种（这时黄泥墙已废圮，桃种已绝）。这儿阳光不足，不易蕃茂，不如送给了你吧！"这位同乡极珍护地带回去了。时过境迁，岳渊已忘掉了这回事。此后，在真如莳园艺场，注意各地的花木果品。而奉化的玉露水蜜桃正在上海畅销，就探询这玉露水蜜桃是哪儿来的种，才知玉露水蜜桃，即黄泥墙旧种，他便是中间的媒介呢。

黄园座上客很多，签名册累累若干册，不在周瘦鹃紫兰小筑留名簿之下，但瘦鹃的留名簿，归公家保存着，岳渊的签名册付诸散佚罢了。当年的座上客中有一奇人，这人姓乐，字焕之，河南固始人，掌教江南大学、震旦大学的文史，那么是一位文弱书生了，岂知大大的不然，他允文允武，在武的表演上，更名震南北。焕之认识岳渊，是由陈景韩（冷血）介绍的。焕之是从太极拳名师杨澄甫学习，杨于五十八岁逝世，他遵循师道，努力求进，有出蓝之誉。当时从之者众，恰巧黄园添辟新屋，有一空室，便在这儿为练功训徒之地。我经常看到他能空劲打人，诸徒弟向他扑去，近不得身，纷纷扑倒，练太极拳似乎毫不费力，可是徒弟们无不汗流浃背。他的徒弟功力较高的，有陈景韩的儿子陈练、女儿陈乐，岳渊的长子黄德邻，德邻从小即喜拳术，肄业暨南时，校长赵正平，聘王子平为国术教授，德邻即参加该国术班学习。所以具有相当基础。他十九岁，路过苏州河老垃圾桥，目睹一些流氓、强凶霸道，他出于义愤，把几个为首作恶者打倒在地。后从乐焕之，焕之教他练功："架子要大，腰背要挺，骨硬如钢，四肢轻松，每天练二三套，不求其快，到一定程度上，自然而然较常人为快，这种快，他人无从摹仿的，是真功夫了。"我友吴祖荫起初看到他空劲打人，认为这是假的。有一天，故意向焕之座头走去，不意相距二三尺，便觉得眼前似有一墙相隔，兀是走不过去，乃大信服，也拜他门下，始知这是有功夫者起的磁场作用，在这磁场范畴间，是不容越雷池半步的。吴祖荫曾亲睹一正在行走的时钟，置于隔室，焕之隔墙一指，钟立即停止。又闻窗帘启闭，只须用手遥遥一挥，无不如意。又某弟子为此中翘楚，深妒老师之胜己，谋有以阴损之。一日，某设宴邀师，焕之不知其以怨报德，欣然应邀，酒数巡，某忽离座，突在焕之背后，肆其诡技，未及身，

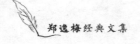

焕之已有所觉，立即向后一挥手，并说："不要开玩笑。"某顿时跃出丈许外，痛极不能动弹，旁客为之引咎，并请焕之挽救，经焕之按抚即愈，从此与某断绝师生关系。焕之能以气功为人治病，辄多奇效，彼运二指，离体数寸，病者觉有热流通过患处，甚为舒适，不啻电疗，数次，病竟霍然而愈。且耽禅悦，曾赴西藏学佛若干年，因此又通藏文。晚年遇拂逆事，所蓄被人骗去，君子可欺以其方，自古已然，于今为烈。他抑郁成病，又复自恃功力胜人，摒绝医药，竟致不起。年六十。

说得野了，还得归到岳渊本身，他在早年，即具爱花癖。记得他在花衣行服务时，有一天外出，路遇一花贩，担有数盆佳种花卉，他喜极问价，可是囊中空空，不克如值以付，不得已，和花贩相商，随之而行，至一小押店，即脱其衣服，质钱购花，引为乐事。他晚年意倦，花木给德邻专司其职，他老人家应亲友之邀，曾赴香港作寓公。又一度游台湾，不意宿疾遽发，于一九六四年春逝世，享年八十有四。他的遗著《花经》，分上下两编，章节甚多，如通论、土壤、四季作业、病害、虫害、果木、生利木、观赏木、宿根花卉等，凡一百多万言，刊行时以纸张供应紧张，印数寥寥，今已绝版。我介绍给上海书店，为之重版，惟原书题序，有陈夔龙、张季鸾、陈谱眉、虞和钦、陈陶遗、沈恩孚、蒋维乔、江觉斋、潘堃、甘元桢、郑昭时、袁希洛、王彦和、钱士青、俞寰澄、王亢元等，均被删去，仅留周瘦鹃和我二序，未免有些美中不足。

岳渊有五子一女，子德邻、德行、德明、德征、德润；女芟英。德明于抗日之役，战死昆仑关，为国捐躯成烈士。曾孙道齐，今年二十有三，留学美邦。最可惜的是岳渊所有园艺图片，都毁于"十年动乱"，令我讲述其人其艺时，竟无一对证了。

邓散木、邓国治父女

　　从前孔老夫子这样说："不得中行而与之，必也狂狷乎！"由此可见狂与狷，犹为宣圣所容许，不摈诸门墙之外。在我的朋侪中，狷者多而狂者少，狂的方面，如吴兴赵苕狂、吴中尤半狂，竟把狂字来标名，当然是狂的了。也有不标名狂而实际很狂的，邓散木便是其中之一。

　　邓散木于前清光绪二十四年（一八九八年）生在上海，乳名菊初，那是东篱菊秀的时节，呱呱坠地的。这个乳名，大家都不知道，连得他的正式学名，能举出的也罕有其人。直到散木逝世，他的女儿邓国治，撰写了一篇《我的父亲邓散木》，在该文中，提到他的学名邓士杰。《中国书法大辞典》编撰较早，时散木尚在人世，在世的例不列入，可是却收入另一个邓士杰，则云："清人，字贯伦，闽人，流寓嘉定，孚嘉弟，善刻竹。"可知是同姓名的邓士杰了。

　　他从常熟赵石农一署古泥的学篆刻，刻印用铁笔，且他秉性刚强，和铁差不多，便署名钝铁，后又觉得钝字和他的姓谐音，乃略去这个钝字，径称邓铁。邓铁成了名，有人把吴苦铁（昌硕的别署）、王冰铁、钱瘦铁，合称为江南四铁。他的邓铁署名，一直用到三十岁，才废之不用，改署粪翁。粪为秽

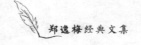

物，为一般人所不取，他却一反其道而乐取之。实则，粪字有扫除的意思。《左传》："小人粪除先人之敝庐"，《国语》："洁其粪除"，那是作动词用的。他认为旧社会太肮脏，非扫除一下不可。此外还有一个含义，他幼年读书上海华童公学，这是一所英国人办的教会学校，注重外文，听说毕业了可直升香港大学。有一次，英国校长康普，无端责备他，他不服气，康普在他头上敲了一下，他大为气愤，自动退学，不愿受这种奴化教育，这个粪翁取名，就带有佛头着粪的余愤。他的书法篆刻既高人一等，不久这粪翁之名，又为社会人士所习知了。

曾经有一个富商，愿出厚润，求他的书件，但请不署粪翁而署邓铁，他大不高兴，坚决拒绝。又有一贵人，请他撰写墓志，也同样提出不署粪翁的要求，他也置诸不理。其时报纸上，曾有一段小文记载其事，如云："中委某公钦其艺，斥巨资，托与翁之素稔者，求为其亡母著墓志，并书其碑，惟不喜翁之名粪，请更易之。与翁之素稔者，亦婉言劝其通融，翁怫然曰：'公厌我名耶？美名者滔滔天下皆是，奚取于我？我固贫，宁灶冷，易名非石难转也。'"实则他鄙视富贵，而尊敬蓄道德能文章的前辈先生。吴江金鹤望，著有《天放楼诗文集》及《孤根集》《皖志列传》，为散木所钦佩，而鹤望也很推重散木的草书，谓有清以来，作真篆隶者，大有其人，草书寥寥无几，粪翁乃一夫荷戟，万夫趑趄者，便请他作一草书联，亦要求他复用邓铁署名。散木竟从善若流，一开其例，毅然萃力写一草书楹联，署邓铁奉呈鹤望，鹤望诗以谢之。

散木以粪翁署名时，榜其斋为"厕间楼"，朋好来访，称之为登坑，且自刻小印："遗臭万年""逐臭之夫"。一次，假座宁波同乡会举行他个人书法篆刻展，请帖印在拭秽的草纸上，印刷所不接受，再三婉商，才得允许。付了印刷费，及印成，印刷所复提出要补偿油墨费，因草纸质松，吸收油墨特多，当时是出于意料之外的。我藏有这份草纸请帖，保存了多年，奈在"文革"的浩劫中，随其他文物书籍一同散失了。

他的署名，由邓钝铁而邓铁，由邓铁而粪翁，由粪翁而散木，由散木而一足。分成五个阶段，以时期言，用粪翁署名为最长，用一足署名为最短。他所以用散木代替粪翁，也有他的思想过程。一则接受了金鹤望的教益；一则粪翁署名太久了，有些厌烦；一则笺扇庄代收他的书件，有些商人请写市招，总觉得粪字不登大雅之堂，坐失了应有的润资；一则他傲气稍敛，取名散木，带有谦抑的意思。按《庄子》："匠石曰：'已矣，勿言之矣，散木也。'"乃是指无用之木而言。书件之多，收入之丰，以散木署名时为最高峰。至于取名一足，那是在一九五〇之后，他应教育出版社之请，写小学语文课本，及写铅字铜模，又参加中国书法研究社，主持书法讲座，又参加筹办第一届时人书法展览等等，做了许多工作。一九五七年，反右斗争开始，散木当时是中国民主同盟会的会员，他上书提了意见：一、对文化部不重视书法篆刻，且指斥书法篆刻不属于艺术范畴的错误，并撰了《书法篆刻是否孤儿》，又《救救书法篆刻艺术》。二、对于反右运动的不满，认为不应随便扣"右派"帽子和随便下结论，这是压制鸣放，自造宗派。同时，那张伯驹所主持、散木也参加的中国书法研究社，不知怎么被指为反动组织，伯驹、散木一同戴上"右派"帽子。这一下，散木大为气愤，抑郁寡欢，致成疾病，五年中，三次进医院，三次施行大手术，他还是很坚强的顶着，后来因血管阻塞，截去了左下肢，从这时起，便自署一足。又因《尚书》"夔一足"，便把所作的诗，名之为《爨言》，又刻了一方印章"白头唯有赤心存"。废残后，杜门不出，注释了《荀子》二十三章，数十万言，还诠释了《书谱》及《欧阳结体三十六法》等古代书法理论，又撰《中国书法演变简史》《怎样临帖》《草书写法》等书法普及读物。这些著述手稿都保存着，直至他逝世后十六年，才有部分问世。这些普及读物，大都是不署名的。他在病榻上，有人来请教书法篆刻，他就忘了病痛，口讲指画，一一解答。东鲁有一弟子某，积存散木关于篆刻的复信数十通，内容有篆刻技法的解答及各种印拓，并为某设计的印样，某订成一大册。这些东西倘影印出来，作为后学津梁，是很有价值的。他住在上海山海关路懋益里六十二号，我是常去的。现在他的内弟张轩君还住在这儿，承轩君告诉我许多散木的琐事，给我写这稿充实了内容，那是很可感谢的。记得某年，我自称"旧闻记者"，备了石章和润笔，请散木刻一印，恰巧散木招了个理发师在家理发，我便把这个小包塞给他，不多打扰即走了。不料过了一星期，他把刻好的印托人送来，润笔退给我。这方印是朱文的，很古雅，经过"浩劫"，保存未损，可谓历劫不磨的了。直至前年，上海电视台为我家摄取文化生活片，放映电视上，开头就是扩大放映了这方印章。我想经过"浩劫"，可能邓家已散失了所有的印拓，便把这个印拓寄给北京散木的女儿邓国治，但寄去杳无回音，一经探听，才知散木仅有的后嗣国治，竟无端自尽了。我和散木最后的一面，是在牯岭路的净土庵，这是峪云山人徐朗西请客吃素面，我和散木同席，谈得很愉快，这天所吃的面是绿的，但很可口，我讶异这种特殊的面条，散木告诉我，这是把菠菜切细，和入面粉中，然后搓成面条，配着麻菰香菌才煮成的，不意即此一面，竟为永别。

一自散木北上，和他很少通问。后来我们几位同文，每星期日的下午，例必在襄阳公园茗叙，余空我喜做打油诗，常和散木假邮筒以打油诗相酬唱，蒙空我出示散木所作，极滑稽可喜。我知道散木的诗兴不浅，乃写一信寄给他，并告以我近来搜集了朋好所作有关梅花的诗词图画，成《百梅集》，请他写一首与梅有关的诗，以备一格。没有几天，他便从北京寄来一首诗：

> 阔别多年郑逸翁，忽然千里刮梅风。
>
> 梅诗理合题梅画，老母相应配老公。
>
> 胡调诗成头竟触，谢媒酒罢例先春。

（原注：从前吃过谢媒酒后，往往被春媒酱，此酒盖不好吃也）

> 他年寿到千分十（千分之十，百也），
>
> 介寿堂前辟拍蓬（爆仗声也）。

识语："逸梅老兄，属撰梅花诗，谨遵台命，报以油腔诗，只八句而累寒斋连吃数日无油菜，孽哉！癸卯一足。"他尚有《一足印谱》，我没有看到。

散木颇多正规诗，生前未付梨枣，直至逝世后，由他的女儿国治编了一本《邓散木诗选》，归天津百花文艺出版社印行。前几个月，散木夫人张建权从北京来沪，枉顾我家，特地见赠了一册。这《诗选》由画家唐云写一篇序文，对散木的书法，略云："大约在一九三四年左右，他来杭州，为净慈佛殿写匾额，每字横竖几丈，他用拖把当笔，站在纸上奋力疾挥，写得刚辣淳秀，使围观者非常佩服。"对散木的为人，略云："散木人品很高，可以用古诗两句来概括：'立身卓尔苍松操，挺志坚然白璧姿'。"对散木的诗，略云："他的诗汪洋恣肆，兼有李白的洒脱，杜甫的浑厚，白居易的通俗，苏轼的豪迈和陆游的闲适。而这些长处，都是以自己独特的风格表现出来。"散木喜游历，故诗以纪游为多，如方岩、括苍江、兰溪、双龙洞、龙湫、石门潭、鹰窠顶、宋六陵、禹庙、基隆、阿里山、日月潭、天坛等。次为与师友酬答，如赵古泥、金鹤望、沈禹钟、白蕉、施叔范、章行严、汪大铁、王个簃、若瓢、火雪明等。又《论书绝句》，推重伊秉绶、杨见山、李梅庵、高邕之、沈曾植、郑太夷、肖蜕庵、吴吕硕。散木榜其室为"三长两短之斋"。三长，指刻、诗、书；两短，指绘画和填词。实则他擅画竹，《诗选》中有自题所绘墨竹、朱竹、绿竹。有时绘墨荷，亦极有清致。词则少作，仅见其《少丽》一阕，咏绿化运动，可见他对于此道，非不能也。

　　散木的别署，有天祸且渠子、楚狂人、郁青道人。又含有对高蹈自命之流的讽刺，称居士山人、山人居士、无外居士，都刻了印，但不常用。在这小小的行径上，透露出他的狂诞来。又他的书斋里，挂着一纸"款客约言"云："去不送，来不迎，烟自备，茶自斟，寒暄款曲非其伦。去！去！幸勿污吾茵！"那就狂诞率直兼而有之了。最令人发笑的，当一九二二年，他在上海主编《市场公报》。这年三月，《公报》刊登了邓钝铁的哀挽号，并记述他暴病而死的情况，朋好们买了一串串的纸锭，到他家里去吊唁，不料他好好地坐在书室中，使得人家大窘而特窘。这纸锭一串留在他家里既不妥，带回去，触自己的霉头，更要不得，只好丢在垃圾桶里了事。其他生活琐事，足资谈助的，他喜素食，鱼肉登盘，极少下箸。备炒素一簋，朵颐大快。花生酱，亦视为美味。有人说："豆腐浆最富营养"，他就用豆腐浆淘饭。他睡得很迟，天未明即起身，或书或刻，忙劳不停，而

口里总是咕着："来不及了！来不及了！"一度喜锻炼身体，举
铁哑铃，或掼沙袋。一度棋兴很浓，曾与棋王谢侠逊对弈。谢
故意让一子，他竟得胜利，引为快事。一度与沈轶骊、顾青瑶、
火雪明，结诗钟社，大家都喜读汉寿易实甫的诗，实甫抑郁不
得志，以诗当哭，取名哭庵，因此便把这诗钟社称为哭社，时
常在沪南豫园举行集会。不料，当局对此组织大为注意，认为
既称哭社，又有不经见姓火的人，有赤化嫌疑，警卒突然搜捕，
遭了许多麻烦。这时，我编《金钢钻报》登载这个消息，称为《哭
祸》，散木有《哭祸诗》记其事。凡生活困难的，把衣物质诸长
生库，这是不体面的事，大都隐讳不言。散木不善治生，金钱
到手辄尽，质库是他常临之地，且把质票贴在墙壁上，作为点
缀品。朋友有急难，他往往把质来仅有的钱，倾囊相助，自己
明天瓶粟告罄，不加考虑。当时有一位经商而颇风雅的蔡晨笙，
对于书画，研究有素，任何人的手笔，他一目了然，散木写一联
赠给他，联语为："郑人能知邓析子，徐公字似萧梁碑"，又在
报上，发表了一篇小文，叙及此事，其文云："偶为《中报》题眉，
戏效爨宝子法，吾友志功好事，隐名征射，应者纷至，独晨笙
先生一发中的，喜集定公诗为楹帖以报，对仗切实，不可移转，
真有天造地设之妙。"联语中的邓析子，乃散木自称，萧梁碑，
即爨宝子。恰巧晨笙也住在懋益里，和散木为近邻，彼此不相识。
经过这个联语的介绍，乃成为友好，相互往来，晨笙所藏的书
画，颇多散木的题签。他愤世嫉俗，凡不入眼的，便作灌夫骂座。
即朋好有过，他当面呵责，毫不留情。某人做了一件不正当的事，
他知道了，及某来访，他立斥拒之门外。隔了几天，某再踵门，
引咎自责，即彼此和好如初，谓："其人能知过，知过能改，无
害友谊。"他和张建权结婚，不雇车轿，不点龙凤花烛，女家

伴有喜娘，被他辞去。只给知己的朋友发了一张明信片，云：
"我们现在定于中华民国十五年（一九二六年）四月十八日，
星期日下午三点钟，在南离公学举行结婚仪式（按南离公学，
乃散木所主办，在海宁路，张建权执教该校），所有繁文俗礼，
一概取消，只备茶点，不设酒筵。到那时请驾临参观指教，并
请不要照那可笑而无谓的俗例送什么贺礼。倘蒙先生发表些意
见，和指导我们如何向社会的进取途径上前趋，那便是我们比
较贺礼要感谢到千百万倍的。你的朋友邓铁、张建权鞠躬。"
结婚后伉俪甚笃，有时建权偶有些小意见向散木提出。散木方
饮，说是不要扫我的酒兴，临睡再提出，散木又说，不要妨碍
我的安眠，明天再说。也就一笑了之。散木对他母亲，孝思不
匮。原来他是盘脐生，难产很痛苦。父亲邓慕儒，留学日本，
归国后，不治家人生产，母亲支撑门户，劳瘁备至，加之姑婆
虐待，抑郁而死。因此散木回忆及母，辄饮泣不止。有一次，
至吴淞，望海大哭而归。大家都知道散木学书于肖蜕庵，但他
从肖之前，尚有李肃之其人。李和慕儒同事会审公廨。李擅书
法，为慕儒写了屏条四幅，张挂在客堂中，散木天天对着屏条
临摹，练习了半年光景，有些像样了。慕儒便带领了他去拜见
李肃之，获得李的指导。及李逝世，散木遂入会审公廨继承其
职位（公廨在浙江路七浦路口），这个职务，是鉴别罪犯的笔迹，
借以定案。但笔迹往往有近似而实非者，不易捉摸，偶失检，
加重被系者的罪状，于心有所不安，因此不久辞去，入华安人
寿保险公司。公司董事某，徇私舞弊，他大不以为然，力揭其
隐，致不欢，又复弃职。他自知不谐于世，从此在家，专事书篆，
博微润以糊口。他曾经这样说："艺术必先供我自己欣赏，倘自
己觉得不够欣赏，怎能供人欣赏？那位非努力加工不可。且我

行我素，不媚俗，不趋时的兀傲性，是我的一贯作风。"

　　散木对于书法篆刻孜孜不倦，从他的《日记》和《自课》上可以窥见。如一九四五年二月下旬至四月初，计临《兰亭》四十五通。一九四六年五月三十日至六月十八日，手写全部《篆韵补》。八月二十一日至年底，手写全部《说文解字》六大本。一九四八年一月七日至三月六日，手写《说文谐声孳生述》八大本。《自课》有云："上午六时临池，九时治印，十一时读书。下午一时治印，三时著述，七时进酒，九时读书。星期六、星期日下午闲散会客。工作时间，恕不见客。"他自称他的篆刻在书法之上。这部《篆刻学》，本是一本课徒讲义，一再修改，于一九七九年影印问世，且由日本译为日文。散木于一九六三年十月病故北京，已不及目睹了。这书分上下编，上编有述篆、述印。述印，分官印、私印、印式、印纽。下编有篆法、章法、刀法、杂识，面面俱到，大大地嘉惠了后学。他涉及到有关印章的常识，很足使人取法，如云："磨下之石粉，宜积贮一器，遇刻刀伤指时，取粉一撮，置于创口，用布条紧缚，旋即止血止痛，且可不致溃烂。""印之平正者，钤时垫纸不宜过厚，大寸许者十数层，次之五六层，最小者一二层足矣。如代以吸水纸，则一二层便可。大抵印大则钤时用力宜重，印小用力宜轻。白文宜轻，朱文宜重。""市售晶印，多以玻璃代之。试晶印之真伪有二法，一察其本质，水晶内多呈绵絮状物，玻璃则无之。二试其温度，以晶印紧压面颊，虽盛暑亦冷于冰块，玻璃则不然。又印泥遇金属，久必变黑，故钤金印，须别备较次之泥用之。印盒只宜用瓷器，若金银铜锡之类，贮泥其内，不数日即败坏。市购新瓷，性多燥裂，宜先入沸水中煮之，去其火气，拭干冷却，然后可用。""拓款之墨，以重胶为佳，如普通之'五百斤油'即可，以胶重则易使拓面光亮，

如用佳墨或松烟为之，反晦滞无光。"都为经验有得之谈。

他所制的印谱较多，有《豹皮室印存》《粪翁治印》《三长两短斋印存》《厕间楼编年印稿》《高士传印稿》《旅京鍥迹》《癸卯以后鍥迹》《摹两汉官印》，凡五十七本，三千三百方。最近他的得意高足毕茂霖（民望）为编《厕间楼印存》，由华东师范大学出版社影印。字帖方面，有《钢笔字写法》《钢笔字范》《简体汉字钢笔字帖》《三体简化字帖》《简化隶范》《四体简化字谱》《五体书正气歌》《篆声母千字文》《分书大招》《散木书老子》《散木书三都赋》《散木书陶诗》《篆石鼓文》《篆诗经》《写字练习本》《行书练习本》《草书练习本》《从音查字本》《正书百家姓》《简化字楷体字帖》《汉字写字本》《简化汉字大楷字帖》《绘图注音小字典》《简化汉字小楷字帖》《正书耕畜管理饲养三字经》等，亦洋洋大观。散木固擅英文，英文用毛笔书写，作美术体，亦极可喜。

散木的女儿国治，任职北京中国新闻总社。她生而颖慧，和散木生而迟钝，恰属相反。在散木心目中，认为小时了了，大未必佳。实则前人所言，不足凭信。国治三岁时，听散木谈徐悲鸿和蒋碧薇离婚，她已懂得人事，呆了一下，忽大哭起来，说："相依为命的两个人，怎能离开，离开了，日后如何生活啊？"她长大了，出笔甚快，能诗，又擅书法，日本拟邀国治赴日举行散木父女书展，国治不之措意，未果。她不喜观剧，无论京剧院、电影场，都不涉足，散木也是如此，但散木晚年忽破例欣赏西皮二簧。一次，购了两张戏券，拉国治同观，国治坚决不去，扫了散木的兴，把戏券丢掉了。国治有个怪脾气，抱独身主义，母亲一再劝她，她始终拒绝，又经常作厌世语，结果于一九八三年，自服某种药片而死。

吴湖帆藏画轶事

　　吴湖帆是几十年来在国画界具有代表性的人物。他当时与赵叔孺、吴待秋、冯超然为海上四大家；又与吴待秋、吴子深、冯超然为"三吴一冯"。岁月流逝，这五位老画家，都先后去世了。

　　吴湖帆，江苏吴县人，因为诞生在燕北，所以取名燕翼。更名万，字乔骏，又字东庄，作书画则署湖帆。这些名号，知道的人恐怕不多了。他是金石大家吴大澂的文孙。大澂为清显臣，擅山水篆籀，著述丰富，如《愙斋诗文集》《愙斋集古录》《古籀补》《古玉图考》《权衡度量考》《恒轩吉金录》等，当时嘉惠士林，而复延泽后代，影响是很大的。大澂兄弟三人，兄大根、弟大衡，自己原名大淳，为避清同治帝载淳讳，改为大澂。大根号澹人，子本善，字讷士，为湖帆的本生父。大澂子早死，以湖帆为继承，因此成为大澂的直系。他的本生父讷士，写得一手极好的行书，主持吴中草桥学舍，造就人才很多。某岁，出重金购得一顾亭林亲笔加注的《天下郡国利病书》稿本，视为瑰宝。既而晤昆山名士方唯一，他就想到顾亭林是昆山人，这部稿本，是昆山的文献，当归昆山人保存，便将这部书送给

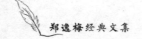

方唯一，唯一不欲据为私有，便转入了昆山图书馆。

　　吴湖帆生于一八九四年（光绪甲午）七月初二日。幼就读于长元和第四高等小学，及草桥学舍。当地环境绝胜，绕着玉带河，两岸垂柳，毵毵飘拂，附近一龙池禅院。这时，同学有叶绍钧、顾颉刚、颜文梁、王伯祥、江小鹣、蒋吟秋，范烟桥、江红蕉、华吟水、陈子清和笔者，风雨芸窗，相互切磋。吴湖帆学名吴万，颇喜绘事。崇明罗树敏、樊浩霖任图画教师，胡石予任国文教师。石予擅画墨梅，这对湖帆都有一定的影响和鼓励。湖帆喜临池，初学董香光，中年仿瘦金体，晚年得米襄阳《多景楼诗》手迹，朝夕浸淫海岳，挥洒自然，作擘窠大字，益见魄力。又学篆刻，摹吴让之、黄牧甫，但不多作。陈巨来尚藏有吴湖帆刻"吴万宝藏"朱文印，范烟桥藏有"愁城侠客"闲章，烟桥在"浩劫"中含冤死，此印不知去向。

　　吴湖帆和陈巨来具有特殊的交情。原来巨来学刻印于嘉兴陶惕若（善乾），一九二四年拜赵叔孺为师，经叔孺指点，巨来渐渐懂得了刻印的章法和刀法。有一天，巨来访叔孺师，见座上有人出示隋代《常丑奴墓志》请叔孺审定，巨来始知这人是吴湖帆。叔孺见墓志的卷首钤有"丑簃"二字白文印，刚柔兼施，颇有功力，问是谁所刻？吴湖帆答以自刻。巨来对之，暗自钦佩。这时叔孺即为二人作一介绍。湖帆对巨来说："您的印神似汪尹子，我有《汪尹子印存》十二册，可供您参考。"当时巨来对汪尹子其人，尚无所知，叔孺告诉他："汪尹子为清初皖派大名家，和程穆倩、巴慰祖齐名。现在湖帆既有此珍藏，你可假之一观，以扩眼界。"湖帆告辞时，便邀巨来同到其家，一观汪氏印谱。巨来看后，爱不忍释。巨来此后治印，炉火纯青，白文又极工稳老当，主要得力于此。湖帆所用印一百数十方，其中多半为巨来所刻。湖帆得宋黄山谷手书《太白诗草》卷，卷首句为"迢迢访仙城"；又得宋米襄阳书《多景楼诗》，有句云："迢迢深海大鳌愁"；请张大千画"迢迢阁图"，后出明代青田佳石，请巨来刻"迢迢阁"三字印，巨来立即奏刀，为一精心瘁力之作。湖帆家藏《十钟山房印举》大本凡三部，每部九十九本。盖山东潍县陈簠斋（介祺）藏有三代秦汉魏晋古玺九千余方，夸称为"万印楼"，拓辑《十钟山房印举》，乃小型本，拟重拓十部大本，而资力有所未逮。这时，吴大澂方任湖南巡抚，即汇银三百两，资助其事。簠斋拓成十部大本后，以三部答酬大澂，并附拓小本，又专拓两面印十二册、玉印一册。壬戌年（一九二二年），湖帆以大本一部售与上海商务印书馆，代价八百元。商务印书馆印《十钟山房印举》，每部售二十元，即湖帆家物。又一部被张鲁庵以银一千两购去。那专拓两面印十二册，便赠给巨来。又湖帆家传古玺印四十余方、官印五十余方、将军印二十八方，大澂生前特别珍爱，装在乾隆紫檀匣内，湖帆全部请巨来精拓，朱墨灿然，很是夺目。湖帆画扇，巨来藏有四十五柄之多，有山水、花卉、翎毛，那翎毛尤为难得。

湖帆多旁艺，雅擅填词，尝请益于当代词家朱古微、吴瞿庵，与廖恩焘、冒鹤亭、夏敬观、金兆蕃、仇述庵、吕贞白、林子有、吴眉孙、郑午昌、夏瞿禅、林半樱、龙榆生、何之硕辈结"午社"，刊有《午社词集》传布海内，和"春音社""着涒社"相声应。湖帆集宋人词为《联珠集》，复影印《佞宋词痕》五卷，附补遗及外篇，均湖帆亲自录写成一大帙，异常古雅。湖帆藏有四部欧帖，称"四欧堂"，这四部欧帖中，除《虞恭公碑》为大澂家旧物外，其余《化度寺》《九成宫》《皇甫诞》

原为湖帆夫人潘静淑家藏。湖帆拥此四帖，即名其长子为孟欧，次子为述欧，长女为思欧，次女为惠欧。不久，湖帆便将这四部欧帖让归公家了。静淑逝世时，年仅四十有八。所作词稿，名《绿草词》，湖帆因丧偶取奉倩伤神之意，更自名为倩，号倩庵，并请陈巨来为静淑刻名章及藏印十多方，钤在遗物上，以示悼念。此后又和顾抱真结婚。抱真于《绿草词》后，题《一点春》词云："避难离乡日，已经十八年。当时未晓寄身处，花满河阳烂漫天。绿遍池塘草，艳称如眼前。瑶琴一曲听天上，料理夫人断续弦。"湖帆为抱真作有《凤栖梧》一阕云："患难夫妻余十载，情性相融，不是能求买。危处同忧安共快，精神饥渴如连带。坦离心肠无挂碍，辛苦家常，顺逆多深耐。裙布荆钗风未改，从经离乱存仪态。"足见伉俪是很相得的。可惜经过"浩劫"，湖帆冤屈谢世，连及抱真，强劳过度，致疲惫仆地，又复失于医治，也含冤而死。

潘静淑较湖帆长两岁，生于一八九二年。一九二一年，静淑虚岁三十，是年岁次辛酉，正与宋景安刻《梅花喜神谱》干支相合，该谱亦为潘氏家藏，静淑父仲午于当时赠送湖帆夫妇，湖帆即榜其室为"梅景书屋"。"梅景书屋"的收藏，海内闻名者，有唐高宗临虞永兴《千字文》，南宋杨皇后《樱桃黄鹂图》小横幅，宋梁楷《睡猿图》，宋王晋卿《巫峡清秋图》，宋高宗《千字文》，刘松年《商山四皓图》，赵松雪《杨妃簪花图》及山水三幅，继得管仲姬画竹一幅，称为赵管合璧。又有松雪书《急就章册》，怀素草书《千字文》，郑所南画《无根兰》，吴仲圭《渔父图》，王叔明《松窗读易图》，宋人画竹，宋人《汉宫春色图》，黄大痴《富春山居图》残卷，杨补之《梅花卷》，倪云林《秋浦渔村图》，鲜于伯机所书《张彦享行状稿卷》，伯颜不花旧藏《朱元晦送张南轩诗卷》，沈石田《竹堂寺探梅图》，唐子畏《弄玉吹箫图》和《幽人燕坐图》，李竹懒《溪山入梦图》，马湘兰和薛素素所绘的兰，合之为《美人香草卷》，又薛素素自画的《吹箫小影》，董香光的《画禅小景册》，金红鹅的《美人秋思图》，恽南田的《雨洗桃花图》，王石谷的《六如诗意图》，吴梅村、杨龙友等《画中九友册》，柳遇的《兰雪堂图卷》，钱叔美《碧浪春晓图》，改七芗《天女散花图》，吴冰仙的《水墨花草卷》等。拓本方面，除四欧帖及《梅花喜神谱》外，尚有全拓蜀《先主庙碑》，隋《常丑奴墓志》，隋《董美人墓志》，汉《沙南侯获碑》六行本，怀素书《圣母帖》宋拓本。苏东坡书《西楼帖大江东去词》宋拓本，魏永平《石门铭》，魏丘俭《纪功刻石》。明拓孤本《七姬权厝志》《砖塔铭》，明拓四汇本《攀古楼汉石纪存》，以及孙吴大泉五千泉，宋刻《淮海长短句》，纳兰容若珊瑚阁藏《玉台新咏》等等，都是珍稀之品。其中郑所南所绘的无根兰，为仅有孤本。其时吴兴庞莱臣的《虚斋藏画》，印有若厂集，以有郑虔而无郑所南为憾。见湖帆所藏，一再请其割爱，卒归于庞氏，庞氏赠其他名画，作为交换。过了几年，湖帆弟子王季迁赴美，在美某富豪家，看到郑所南这幅画，函告湖帆，湖帆为之懊伤累日。某次，我到他家里，他谈及此画，谓："虽寥寥数笔，足以传神。"那《常丑奴墓志》，乃金冬心旧藏，被湖帆的外祖沈韵初所得，后归大澂，大澂授给湖帆，湖帆因号"丑簃"。及得《董美人墓志》，他携带随身，晚间入衾，说是"与美人同梦"，特镌刻"既丑且美"一印。

湖帆的吴中故居，为金俊明的旧宅。俊明字孝章，号耿庵，明诸生，参加复社，画竹石萧疏有致，墨梅最工，载《吴县志》。这所旧宅，名"春草闲房"，距今已三四百年。梁溪孙伯亮，偶于冷摊购得一玉印，镌刻高古，赫然为"春草闲房"四白文，闻伯亮今尚珍藏。吴湖帆在上海嵩山路的寓所，为两幢三层楼的西式屋子，画室和卧房都在楼上，楼下空着，便赁给他的稔友许窥豹居住。这样直到他逝世，没有迁移过。斜对门便是冯超然的画寓，称为"嵩山草堂"，两人都精于画艺，桃李门墙，蔚然称盛。湖帆的外甥朱梅村，擅画人物仕女，也住在附近。

湖帆交游甚广，对冒鹤亭、叶遐庵尤为崇敬。叶遐庵在沪

吴湖帆绘画作品

时，经常来吴家，遐庵以书名，有时也画松，往往请湖帆添加数笔，以求苍润。看到湖帆用的书画笔，什九不开足，遐庵辄把它濡化开来，对湖帆说："笔毫必须放开，着纸才得酣畅，宁可大才小用，切莫小才大用。"有人赠茅龙笔一支寄遐庵，遐庵不能掌握，便转送了湖帆。抗战胜利，湖帆无端被军人汤恩伯软禁于锦江饭店数日，苦闷得很，幸由遐庵为之设法，才恢复自由。

湖帆的画艺，为有目所共赏。我曾为他作一小传，谈及其画，如云："挥洒任意，入化造微，绛莲翠竹，如宛洛少年，风流自赏。山水或叠嶂崇峦，而不觉其滞重；或遥岑荒汀，而不觉其寥简。烟云缥缈，虚实均饶笔墨。托兴作金碧楼台，错采镂华，极其缜丽，却一洗俗氛仾气，而别含古趣。偶临内府走兽，虬髯胡儿，控一骥足，雄迈超越，比诸韩干之照夜白与玉花骢，毋多让焉。……"湖帆画以山水为多，花卉次之，画走兽较少。一次，作《五牛图》，或仰或俯，或正或侧，线条刚柔兼施，非能手不能办。后赠其弟子黄秋甸。湖帆画翎毛，也是少见的，陈巨来所藏湖帆扇中，一柄以朱砂加西洋红画一绶带鸟，栖于双勾翠竹上，精丽无匹。又有《荷花翠鸟》幅，为方幼庵所藏。幼庵尚藏有湖帆旧物，如董香光所临李北海《大照禅师碑》、柳诚悬《清净经》，仿欧阳询、褚河南书哀册，仿薛稷、怀素、米南宫、赵松雪、苏长公、蔡端明等各家书卷。湖帆有跋云："是卷初藏裴伯谦，后归吴渔川，渔翁专收董书，集其精华数以百计，余先后获观，亦二三十品，几无一非精品。是卷归慎庵方兄秘笈，方兄以金针医术负盛名，而其长君幼庵，不但能传其术，癖好书画甚于乃翁，方兄遂授幼庵藏之。"凡此琐琐，都足以见湖帆的生平交谊。又湖帆与潘永瞻相熟稔，潘藏有湖帆所作《辋川诗意》扇裱成册页，请黄秋甸为题，秋甸迟迟未着笔，而"十年内乱"中，潘家被钞，文物荡然，这扇在秋甸处，却得留存，永瞻对此益加珍视。湖帆精品，有摹《画中九友》笔法而成的小册页，自谓生平得意之作，后归"安持精舍"的陈巨来。又为王季迁作八尺长五寸高两手卷：一仿元四家，一仿明四家，联翩着笔，一气贯之，而自成各种笔法。如仿元四家，第二段崇山峻岭，为黄鹤山樵，将及第四段时，笔乃渐疏而为平原远坡，居然云林了。季迁远渡重洋，挟之而去。湖帆颇喜为人作图，如为钱镜塘画《小方壶图》，为冼玉清画《琅玕馆修史书》，为周炼霞画《螺川诗屋图》，为尤墨君画《塔西掷笔图》，为许窥豹画《今雨楼图》，为吴小钝画《慧因绮梦图》，为陆颂尧画《陇梅图》，为俞子才画《石湖秋泛图》，为孙鸿士画《双山游屐图》，为关颖人画《梅花香里两诗人图》，为汪旭初画《碧双栖论词图》，为冒鹤亭画《水绘园图》，为叶遐庵画《梦忆图》，为沈寐叟画《海日楼图》，为王栩缘画《小孤山图》，为吴瞿庵画《霜厓填词图》，为蔡巽堪画《梅花草堂填词图》，为杨铁夫画《桐荫勘书图》，为陆蔚亭画《秋夜读书图》，为我画《纸帐铜瓶室图》。以上许多作品，经过"内乱"，有的毁失了。某年夏暑，笔者持一章太炎篆书扇往访湖帆，湖帆看到这扇一面尚属空白，便就扇头绘一绿萼梅。又有一次，他绘一红梅横幅，上题《折红梅》词一首，问我"折红梅"之"折"字，您觉得有否忌讳？我答以什么都不忌讳，他就把这幅画脱手见赠。实则他也是百无禁忌的。一度木刻书画润例单，刻成扁宋字，他问我是不是类于讣告。在抗战和胜利时期，物价不稳定，经常上涨，所以润例逢到节日，往往盖上印章，节日后照例增加若干。许多笺扇庄投机取巧，动辄在节前预定单款数百件，先付润资。等到他润例增加，笺扇庄便保住利润而比较低于润例者出让，生涯大好。湖帆乃定单款倍润，借以抵制。

湖帆画山水，以云气胜，往往展纸挥毫，先以大笔泼墨，稍干，用普通笔蘸淡墨略加渲染，寥寥数笔，已神定气足。一经裱托，精神倍出，耐人寻味。他这种奇妙熟练的画技，他人学之什九不成。

湖帆作画，临摹较多，他曾经这样说："学古人画，至不易，如倪云林笔法最简，寥寥数百笔，可成一帧，但摹临者，虽一二千笔，仍觉有未到处。黄鹤山樵笔法繁复，一画之成，假定为万笔，学之者不到四千笔，已觉其多。"这是临摹有得之言。湖帆的画，以山水为主，苍茫雄隽，漫涉各家流派，花卉腴润秀丽，仿佛南田。原因在于陆廉夫是学南田的，曾在大澂处为幕客，湖帆早年作画，未免受些熏陶，湖帆见有破损古画，以廉价购之，他在破损处能添补得毫无痕迹，交刘定之加以精裱。有一次，人以残损的唐六如仕女，交换湖帆一幅山水，湖帆精心补添，唐画居然完好如初。

湖帆善于鉴赏文物。他生长于状元渊薮的苏州，曾动了脑筋，搜罗清代的状元写扇。他的祖父大澂已蓄着状元扇若干柄，他在这基础上再事扩展。清代每一科的新状元，照例须写些扇面赠送亲朋。在新科状元方面，一纸人情，只须略事挥洒，不费什么；在亲朋方面，一扇在握，却以为奇宠殊荣，视同至宝。因为如此，状元写扇，流传较多，湖帆拟搜罗有清一代的状元扇，以为年代近不难成为全璧，岂知实际殊不容易，往往有许多可遇而不可求的。也有些状元的后人，和吴家有世谊，湖帆认为向他后人商量，一定有把握，不料后人对于先人手泽，并不重视，鼠啮虫蚀，寸缣无存。加之扇面是写给人家的，不可能写了自留，这样按图索骥，大失所望。但湖帆具有信心和毅力，还是千方百计地搜求。有的出高价收买，有的用极珍贵的藏品与人交换，历二十年之久，才获得七十余柄。顺治间的，有孙承恩、徐元文；康熙间的，有缪彤、韩菼、彭定求、归允肃、陆肯堂、汪绎、王世琛、徐陶璋、汪应铨等；雍正年间的，只有彭启丰一人；乾隆间的，有张书勋、陈初哲、钱棨、石韫玉、潘世恩凡五人；嘉庆间的，有吴廷琛、吴信中等；道光间的，有吴钟骏。其他如咸丰间的翁同龢，同治间的翁曾源、洪钧、陆润庠等。至于末代状元，那是肃宁刘春霖了。春霖字润琴，于光绪三十年甲辰科取得一甲一名，比任何人都晚，直至抗战时期才下世。当时湖帆加倍送了润笔，请春霖在扇面上作跋语。湖帆更用蜡纸油印《清代状元名次表》。详列年份及干支，以便检查。小说家范烟桥和湖帆是老同学，而且是甲午同庚，交谊很深。这时苏州拙政园的一部分，辟为苏州博物馆，由烟桥主持其事。烟桥为了充实该馆，到处搜罗文物。他想起了湖帆的状元扇，特地到湖帆家商谈，湖帆慨然将七十余柄状元扇，全部送给苏州博物馆。湖帆其他的收藏，有铭文累累的周代邢钟和克鼎，那是大澂遗传下来的，名其室为"邢克山房"。金石拓片，装成二十余巨册。案头常置着虎齿笔架，那是大澂出猎所获的。丁卯岁，湖帆在杂件中发现约重三钱的黄金一块，上有阳文"秦爰"二字，湖帆不知为何物。一日，陈巨来见了，告其曾在袁寒云家获睹类似的金块三丸，其一上有"楚爰"二字，寒云对陈说："这是战国时代的罚锾。"寒云且以"三爰庵"为斋名，可见这金块是很宝贵的。某岁，许姬传出示一昌化石章，红莹似山楂糕，湖帆见之爱不释手。后来姬传求湖帆作一小幅画，即以红昌化石赠之。湖帆又藏有两油画像，不知何人所绘。一绘其祖父吴大澂，一绘邓世昌，两人皆为甲午战役参加者，神情毕肖，动人心目。湖帆又藏有二楹联，联语一用简笔字，简至无可再简，一用繁笔字，繁至无可再繁，相形之下，格外有趣，惜我失忆书者姓名。又海上书家沈尹默高度近视，人以为他不能擘窠书，但是沈却写赠湖帆一丈二尺的大对联，在沈书中为仅见。湖帆收藏五花八门，琳琅满目，家中简直像个长期文物展览会。

湖帆的鉴赏力高人一等，古今绘画，均能立判真伪，且能说明年代，又能指出某画是谁画的山头，谁补的云树小汀，某明人画是清人所伪作，某元人画是明人所伪作。所下断语，百无一失。那年赴伦敦国际艺展的故宫旧藏，先在上海预展，后运往伦敦，聘湖帆为审查委员。经他鉴定，才知大内之物，真伪参半。全国美术展览会、上海苏州文献展览会，都请他审定，结论精确，令人佩服。我曾问："鉴定真伪是否根据笔墨、纸缣、题款、印章？"他说："这些方面，当然是不可忽视的要点，但善作伪者，都有混淆之法，一经幻弄，往往碔砆乱玉。我的着眼点，偏在人们不注意的细小处，因为作伪能手，轮廓布局，运笔设色，都能摹仿得一模一样，惟有细小处，如点苔布草，分条缀叶，以及坡斜水曲等，作伪者势必不能面面俱到，笔笔注意，我便从此打开缺口，找出岔子，真伪便不难辨别了。"

湖帆刊印了若干种书册，除上面提及的《联珠集》《佞宋词痕》《绿遍池塘草图》《梅景书屋画集》外，又印《梅景画笈第二册》《梅景书屋印选》，还为其先伯祖大根，刊《澹人自怡草》，为其先祖大澂，刊《愙斋诗存》及《吴氏书画集》，这是他和夫人潘静淑共同校订的。又共同鉴定所蓄金石书画，共一千四百件，都有志录，睿叟王佩诤誉之为"合归来堂鸥波馆

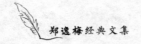

寒山千尺雪于一冶"。大澂，别署愙斋，是因藏有宋微子鼎，下有"为周愙之文"，便作《愙斋歌》。该鼎不幸于板荡离乱中失掉，经过数十年，出现在天津柯氏家，抗战时期，湖帆花了高价向柯氏赎回，拓了鼎文，贻送戚好。后归苏南文管会。

湖帆五十周岁时，和梅兰芳、周信芳、汪亚尘、秦清尊、郑午昌、李祖夔、范烟桥、杨汪磬等同龄二十人，结成"甲午同庚会"宴于沪市魏家园，共饮千岁酒，制有纪念章，图纹为千里马，甲午年是属马的。午昌生日最早，称为马头，汪磬生日最迟，称为马尾，当时大家兴高采烈，欢聚一堂。现在这二十位寿翁，恐已没有几人在世了。

湖帆中风了两次，由金针家方幼庵诊治得愈，继患胆石症，在华东医院施行手术，取出胆石一块。湖帆晚年，忽而喉道梗塞，不能饮啖，又复施手术，从此喑不能言，偃蹇小榻。我慰问他，他屈着大拇指以示向我鞠躬。接着，"十年浩劫"开始，所有书画文物并家具被钞一空，他愤极，拔去导管而饿死，时为一九六八年七月十八日，年七十有四。一代画宗吴湖帆就这样离开了人世。

陶冷月赠画趣闻

　　在我既往的画友中，有两位可作代表，一是轻视其画的，一是珍惜其画的，各趋极端。

　　轻视其画的，为吴兴钱病鹤，他刊有《病鹤丛画》，又为最早的漫画家，可是他对画不感兴趣，从不参观任何画展，并对自己的精品，也随意酬应，毫不吝惜。

　　那珍视其画备至的，为陶冷月，他是名画家陶诒孙的后人，渊源家业，在数年前辞世了。他不单珍视其手笔，而于自己的丹青，更以琬琰视之不轻赠人，原来冷月传统观念很强，逢到春节元旦。弟子们向他拜年，这是他很欢迎的。他往往在前数天预绘数帧画幅，题了识语，凡是元旦第一个拜年且允许在数画中任择一帧你最惬意的，次来者及再来者，三名为限，均有得画的权利。我孙女郑有慧，是从冷月画梅的，她为了争取拜年第一名，甲寅元旦，竟如愿以偿，获得老师所赠的《岁朝图》，挟之以归，为之欣喜欲狂。这年恰值冷月八十大寿，他很高兴，这幅《岁朝图》，绘的是天竺水仙，极一浓一淡之致。

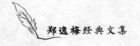

（编者按：陶冷月作画，编有记录册，某年某月某日，为某人画扇面或条幅，编为某号。编者曾得其画山水扇面，转赠者为文友陈念云兄，告予如此）

画佛数十年的钱化佛

　　我流寓海上数十年，所交朋友很多，因此通讯录备了好多册，以姓氏笔画为次序，否则如大海捞针，那就不易找到了。这许多朋好，十之八九是文艺方面的人物，钱化佛当然是其中之一。他饱经沧桑，行径又复奇哉怪也，给我的印象特别深，我就把我追忆所及的，拉拉杂杂写些出来，以供谈助吧。

　　化佛字玉斋，江苏常州人。常州作画的人较多，如以花卉驰誉的恽南田，便是常州人。那汤雨生和他的后人绶名、禄名、嘉名，直至画松的汤定之，一脉相传，流衍不替。当代画龙的房虎卿，画金鱼的汪亚尘，大师刘海粟、吴青霞，及承名世、吕学端、邓春澍，都是生长于常州。画风扇荡，从事丹青的大有人在。钱化佛为谈俊的学生，后来到上海，认识了吴昌硕、王一亭、程瑶笙、俞语霜等一班画家，在六法技巧上，获得了很大的濡染。又参加了海上题襟馆、美术茶会，切磋琢磨，画艺更臻上乘。他喜画佛，画中的佛大都闭着双目，人们问他："这是什么意思？"他说："我佛慧眼，不要看人间的牛鬼蛇神。"画佛有巨幅、有小帧，小帧的佛随意赠人，说是"结结佛缘"。

巨幅常请人加题，如于右任、吴稚晖、张溥泉、林子超、袁寒云、袁希濂、骆亮公、杨皙子、吴昌硕、章太炎、徐朗西、天虚我生、太虚法师，都为他挥毫，益增美茂。他绘赠我的，在"十年浩劫"中，付诸荡然。此后，偶在卖旧书画的铺子里，发现一幅化佛的画佛，上面还有太虚法师的题识，我立即买了回来，借此作为对故人的留念。他的画居然也有人伪造，当时南京路有一家笺扇店，公然出售化佛的伪画，被化佛发觉，化佛探囊斥资把伪画买下，并请该店出一发票，他拿了回去，把伪画和发票向法院控诉。到了开庭审判，法官认为书画作伪，自古有之，既为习惯，概不惩罚。结果化佛只得把伪画领回去，为之嗒然丧气。此后开个人画展，把这伪画加着说明，和自己的画，一同悬挂展出，俾购画者有所鉴别。他有一愿望，拟把鬻画所得，建万佛楼于西子湖头，为息隐之所。然备材拓地，谈何容易，结果徒成虚愿。他一度和梁鼎芬的儿子松垞邂逅沪上，一见如故。松垞知化佛擅画，便把所藏乾隆时晚笑堂周竹庄所绘的名人画像一大叠，慨然见赠，希望他临摹一过，印成画册，以广流传。化佛欣喜涉笔，如项羽、虞姬、司马迁、班婕好、曹大家、陶渊明、郭子仪、颜平原、王摩诘、柳子厚、刘禹锡、孟浩然、欧阳修、黄庭坚、苏东坡，直至明代的杨椒山、常遇春等，举凡文士武将、才女高僧，以及忠臣侠客，无不兼收并蓄。每一画像，辄列一传，请袁寒云、任堇叔、张冥飞、钱瘦铁、范君博、许啸天、戚饭牛、奚燕子、吴我尊、冯小隐、孙雪泥、陈刚叔、刘公鲁等分着书写，王一亭书签，里封面出于吴藏龛手笔。题辞的更极一时之选，有孙中山、章太炎、叶楚伧、张祖冀、李瑞清、杨了公、钱病鹤、吴昌硕、汪渊若、周瘦鹃、严独鹤等，天虚我生题了《金缕曲》，柳亚子有二绝句：

优孟衣冠见性真，便挥妙笔替传神。

近来独抱苍茫感，不拜英雄拜美人。

邻笛山阳涕满胸，葫芦长柄断江东。

知君不薄今人者，倘许拈毫写士龙。

该书由戏剧文艺社印行，名《中国名人画史》，时隔数十年，早已绝版了。在他临卒前数年，绘有《大禹治水图》，长若干丈，为一横幅，人物之多，气势之壮，兼以神话出之，益见陆离光怪。这个巨制，现尚留存在他的后人海光处。原来化佛有三个儿子，一小佛，二文华，都在域外，海光是最小的一位，居沪西进贤路凤德里，为化佛的旧居。

化佛开过多次的画展，博得好评。当一九二七年，曾应日本东京美术某组织的邀请，他和张善子、季守正、曾渐逵一同乘上海丸东渡，由水野梅晓、正本直彦招待，假一适合地点，举行四人画展览会，很早在中日文化交流上作出了贡献。认识了彼邦小说家村松梢风、帝国剧场主人山本专一郎、名画家和田遥峰等，游览了日比谷公园、上野公园、羯鼓林、三松关、白字溪、双眸丘、龙王池、望岳台、摄月坡、千光城、古砧坛、御衣亭等名胜，逗留了四十多天，载誉而归。四人照片，历劫犹存，可是人往风微，作为鸿雪罢了。

钱化佛的革命工作也值得一谈。当辛亥革命，他意气风发，热血填膺，毅然参加联军先锋队，开往南京。他担任司务长，随军出发，攻天保城，正是月黑风高，又复下雨，挟着武器，爬行上山，满人铁良统辖的机关枪队、炮队，猛烈扫荡，大肆威力。先锋队在枪林弹雨中奋勇当先，什么都不怕，对方丧胆泄气，狼狈逃跑，才占领了紫金山。到了天明，既饥且渴，加之劳累不堪，几致面无人色。冲进了敌营，敌方留有吃剩的白粥，饥不择食，也就饱啖了一顿，精神顿时恢复，才知道此身尚在人世。营中有敌方的红底黑字小令旗，化佛奉为至宝，把它收藏起来。这时，上海的《民立报》起号角作用，大张了革命军的声势，化佛曾剪下贴在簿子上，且有夜攻天保城的名单，颇具历史意义。那《民立报》一度遭着祝融之灾，可是对于起喉舌作用的舆论，不甘辍止，当晚即在附近旅馆开一房间，由钱病鹤、汪绮云画师把新闻作为画材，立刻付诸石印，明晨照样出版。画中且有《民立报》被火情况，化佛珍藏这张临时性报纸，名之为《民立劫火图》。经过若干年，从故纸堆中翻检出来，请当时民立同人加以题识。钱病鹤题云："此画当时余与汪绮云老友合作。回首前情，恍如隔世，不胜今昔之感矣。化佛道兄，今于故纸堆中，检得裱背，属题以留纪念。廿六年五月一日，钱病鹤重客海上"。张聿光题云："化佛兄属题此图，因忆昔年诸社友合作精神，领导民众，今与诸君举杯相庆，然各鬓发苍苍老矣。"其他如汪绮云、杨千里等都有跋语。今尚存在他的小儿子海光处。

化佛又是商团的团员，上海光复，仗着商团辅佐之力。当陈英士攻制造局，化佛负着使命，在制造局附近纵火，扰乱敌方。这是制造局装置子弹的板箱工场，剩下的木花木屑很多，易于燃烧，顷刻间便烟焰弥漫了。化佛又参加红十字会救伤队，在前线工作，亦带着些危险性，果然有一次，一个流弹，适中他的胸部，幸而他胸口有一插袋，置着银币一枚，流弹恰巧打在银币上，银币被打去了半爿，人却没有受伤，这个半爿银币，他曾给我阅览，为他的集藏之一。

李叔同和马绛士、吴我尊、欧阳予倩等，在日本组织一个

话剧集团"春柳社",开风气之先,起着社会教育的作用。后来这个集团移到上海,化佛为演员之一。他善于化装,扮什么活像什么,曾摄拍了百像图,在《游戏杂志》上登载。他又参加笑舞台,和顾无为、凌怜影、郑鹧鸪等同演《宗社党》及《风流都督》。复和汪优游、李悲世、查天影、徐半梅等演《空谷兰》。又在某剧场客串,唱滑稽小曲。又夏令配克剧场,莫悟奇、钱香如等魔术家演《空中钓鱼》《火烧美人》,化佛也凑着一角。他又参加"盛世元音""天籁集""韵天集"等票房,和盖叫天、赵如泉等经常晤面,由这路子,他从新剧转到京剧,演丑角是他的拿手好戏。我友沈苇窗幼年,曾在上海大舞台,看小达子(李少春之父、李宝春之祖父)演《狸猫换太子》,小达子演包公,钱化佛演包兴。他从京剧又转到电影,那亚细亚影戏公司全体合影,这帧照片,登载在《中国电影发展史》上,影中凡二三十人,都没有标着姓名,但我却认出两位,一是钱病鹤,其一即是钱化佛。化佛在该公司演过《难夫难妻》《五福临门》《打城隍》等剧。最后又应邵醉翁之邀,在天一影片公司充任演员。

戏剧工作结束,什么都不做,一意在丹青上,组织艺乘书画社,先在劳合路莫悟奇的松石山房楼上。我登楼,时常遇到刘公鲁、王陶民、蒙树培,可见他们也是入幕之宾。既而,迁移到三马路云南路口,前半间陈列书画古玩,后半间附设米家船装池,楼上给袁希濂做律师事务所。袁希濂也是位书法家,一般书画家常在这儿歇足,如杨了公、骆亮公、杨皙子来得更勤。原来皙子自洪宪帝制失败,无聊得很,便在这儿写写字,画画梅花,随意送人。有一次,永安公司秋季大减价,凡买满十块钱的货物,得抽签领着奖品。这天我获奖黄菊一盆,这使我非常为难,带回去太累赘,放弃又太可惜,既而灵机一动,就近送给艺乘书画社,说是借花献佛。化佛不善经营，开支大，收入小，不久把艺乘收歇。既而抗战军兴，大家拥到租界上来，房屋大为紧张，化佛在淡水路租赁一间小屋子，五个儿子局居一处，简直无回旋余地。我去访他，他苦着脸对我说："这真是所谓五子登科（窠）了！"

总算幸运，他再三再四的请托，结果给他找到了进贤路凤德里一号的屋子，楼面较宽敞。他什么都收藏，这些当初不稀罕，如今却有些是具文献价值了。他把戏单汇装成一长手卷，梨园沧桑，于此可见一斑。照相方面，有龙虎山的张天师；红极一时、当时称之为文艳亲王的女伶张文艳；冒着矢石参加革命的潘月樵；辫帅张勋；闽县二百五十岁的李青云①；皇二子袁克文等。一帧为鬼照相，隐隐约约，不很清晰，我是无鬼论的主张者，总认为摄影者洗片时所产生的幻影，犹诸烧瓷的"窑变"罢了。又有和张善子、季守正合摄的，和马相伯、江小鹣、梅兰芳合摄的，又和国民党林森、张继、吴稚晖等合摄的，实则他生平不涉政治，和这些人仅是朋好而已。其他名人名片数百纸，有的在片上印着照相，有的自己书写制为锌版的，有的突起好像浮雕般的，有的具着怪头衔，有的出于名人所书而附有名人款的，有的名片上印有鞠躬式的铜版像作为贺年的。凡此有下世者，则人亡片在，他就更形珍宝，作为纪念。又各刊物对化佛或毁或誉的文字，剪存粘贴成册，布面烫金，标《蕴玉藏珠》四字，其中有一幅沈泊尘所绘化佛演《珠砂痣》，神气妙到毫巅，尤为特出。其他杂件，五花八门，如时轮金刚法会班禅大师神咒灵符签诀、茶舞券、大香槟票、妓院所发的轿饭票、财政局的宰牛证、最早的电车票、冥国银行票、防空宣传传单、黑龙

---

① 民间传说，李青云在世共二百五十六岁。

江义勇救国军抗日殉国官佐遗眷遣散证，以及种种喜帖和讣闻，他是抱人弃我取主义，有似拾荒者，样样都要，日久汇为大观。他和我同癖的为搜罗书札，如戈公振、柳亚子、蒋维乔，周瘦鹃、严慎予、胡适之、袁寒云、梅兰芳、欧阳予倩、金碧艳、谢介子、谢公展、沈淇泉、廉南湖、陈大悲、郑正秋、曹亚伯，吴稚晖、胡朴安、李健、黄尧、徐枕亚、张春帆、邓散木（粪翁）、黄蔼农、袁希濂、朱庆澜、蒋剑侯、陈刚叔、杨了公、杨皙子、谢复园、戚饭牛、王一亭、蔡元培、陈树人、钮永建、于右任、薛笃弼、曾农髯、程白葭、叶柏皋、刘湘、顾品珍、印光、太虚等，这些信都是写给他的，和我搜罗的不同，我是有写给我的，也有写给他人的，一股拢儿，都兼收并蓄，所以我比他藏品更多。他又藏了十把紫砂茶壶，造型有覆斗、圆珠、茄瓢、合欢、金罍、周盘、桐叶、边鼓、梅花、葵方，配着十只鼻烟壶，式样也极古雅，一度陈列在艺乘书画社，称之为"十壶春"。他认为，骆驼任重致远，又搜罗了许多驼型的东西，有木的、铜的、瓷的、陶的、石膏的、锑的、橡皮的，以及骆驼明信片、骆驼邮票、骆驼牌香烟、庐施福所摄的骆驼照片、周慕桥所绘的文姬归汉图，驼伏墓旁，自有一种萧瑟荒寒之象，袁寒云精楷所录的柳宗元的《种树郭橐驼传》等等，总数为百件。他不吸烟，却搜罗了许多香烟盒壳，有万件之多，某次曾在上海大新公司画厅中举行烟盒展览会，他把古钱牌和欢喜佛牌合在一起，作为自己的招牌象征。天虚我生为题："中国人应该吸中国烟，以挽外溢利权。"陈其采题云："烟之为物，有害人群，耗我金钱，损我精神。大而亡国，小亦丧身。寄语同胞，急起猛省。"他把烟盒，粘存若干册，标为《烟乘》。他又搜罗火柴盒，凡三十余年，计十万多种，火柴盒称之为火花，他在国内是玩火花的第

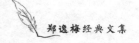

一人，因此他把香烟壳和火柴盒，合称之为"香火因缘"。他有最早的龙头牌，龙头牌火柴销行的时期很短，甚为难得。日本的火柴盒，品种特别多，花样特别美观。凡酒馆、剧院、旅社、理发馆、跳舞场等，都具有广告性的火柴盒，随客携取，所以他的日本火柴盒，约占所藏的三分之一。有一次，梅兰芳赴美演出，化佛和几位同道为之饯行，临散席，梅兰芳问他："我到美国去，您要些什么？可以给您带来。"他说："什么都不要，只请您带些彼邦的火柴盒，比任何都珍贵。"果然，梅兰芳载誉归来，送给他火柴盒数百种，化佛对这次的大丰收，引为无上快慰。他又集藏扇子，共六百余柄，每柄都备着古锦扇袋，往往玩出花样，有生肖扇十二柄，有梅花扇十柄，有十二金钗扇，有革命扇，有叛徒扇，一面艺术叛徒刘海粟画，一面文学叛徒胡适之书。有五伦扇，父子的，王一亭书，王季眉画。兄弟的，谢介子书，谢公展画。夫妇的，何庐书，顾青瑶画。朋友的，二十余人签名题识。只有君臣扇难以配合，不得已请杨皙子书，袁寒云画，寒云为"皇二子"，总算搭着些御气宸风。有老少扇，李芳孝一百十三岁，庄翔声子祖怡十二岁。有合写的，共一千二百二十一岁。又古钱集藏，亦有相当数量，最可喜的，南北宋的制钱，完全无缺，装着两大玻璃锦框。又河南当局所铸当二十文的铜元，当时没有铜，把寺庙所有的铜佛像、铜罗汉一起熔化，才得铸成铜元，有好事的，把这铜元送一枚给化佛说："您是钱化佛，这是佛化钱，钱化佛是不能没有佛化钱的。"

化佛做了一件任何人都不敢冒着险干的事。抗战时，日寇进了上海租界，用敌伪名义，到处张贴告示，直到胜利为止，这个时期，告示为数不少。他日间看到了，到了晚上，瞒着家人，悄悄地去揭下，先用湿抹布加以濡润，揭时可以完整无损，

逢到雨天，他认为是揭取告示的最好机会。积年累月，不辞风霜雨雪，而又须力避军警的耳目，终于获得了一整套敌伪告示，为抗战时期的重要文献。

此后，他应聘文史馆，生活较安定。不料一次外出购物，被汽车撞伤，折断了胫骨，不能行动，僵卧榻上。他是喜欢四处徜徉，闲不住的，这样感到非常苦闷，他欢迎朋友们去聊天，尤其对于我去，更有知音同道喜相逢之感，所以我隔了一个时期不去，他就要嘱儿子海光来找我，约我前去。一九六四年，有一天，我正在主持学校六十周年校庆，海光打一电话给我，说他的父亲病情严重，要我去作最后一面，我答应明天去看他，海光告诉了化佛，他还点点头。明天我一早到他家里，岂知化佛已在昨晚去世。最后一面，没有见到，引为遗憾。

当抗战胜利后，他约我写一个回忆录，他口述，我执笔，拟在《新夜报》《夜明珠》版面上发表，可是他文化水准不怎样高，口述散漫，没有中心，他又不解行文的步骤，往往很需要的地方，反太简略，材料不够，好得我也知道一些，有些由我补充，日子久了，几如金圣叹与王斫辨山竞说"不亦快哉"，几不辨哪些是圣叹语，哪些是辨山语了。同时，吴农花主编《今报》，也要这些玩意儿，约化佛和我做双档，登完后，印成单行本，取名《拈花微笑录》，《今报》所载的，取名《花雨缤纷录》作为续编。当时友人黄希阁为刊单行本，印数寥寥，早已绝迹。今由刘华庭持去，归上海书店复印出书，名《三十年来之上海》，香港《大成杂志》转载，加入插图，尤饶趣味。

经过"浩劫"，化佛许多遗物，幸由海光善为掩护，大半保存。化佛画佛数十幅，都有名人题识，均安然无恙。化佛后人在海外的，亦可以告慰了。

银色夫妻但杜宇与殷明珠

　　但杜宇是电影界的老前辈，程季华所编的《中国电影发展史》把但杜宇导演、殷明珠任主角的《海誓》片，列为中国最早的三部故事长片之一。时为一九二〇年，距今超过六十余年，可算是开风气之先的了。

　　谈到但杜宇，书香世系，贵州广顺但明伦（云湖）的文孙。明伦为前清嘉庆己卯翰林，官两淮盐运使。著有《治谋随笔》《聊斋志异新评》等书。商务印书馆刊行的《贵州名贤传》，即有明伦的传记和图像，状态雍容，光彩照眼，对之令人肃然起敬。哲嗣钟良，也是一位太史公。弟培良，字幼湖，官江西榷关。擅诗文，编存《鹤征前后录》，惜未刊布，寒斋却存其手稿本。杜宇为幼湖晚年所得子，继室周氏所生，清光绪丁酉九月十九日为其诞辰。原名祖龄，字绳武，后来作画，始署杜宇，杜宇即杜鹃鸟，常熟徐天啸为刻一印章"不如归去"，常于画隙钤用。他十三岁父亲故世，幼湖为官廉洁，一尘不染，故世后家无余蓄。时杜宇已能绘画，秾英芳丽，信手挥毫，都成妙品。尤喜画仕女，有粉黛生香、罗绮绝俗之概。他觉得在家混不过去，不如挟着一技之长，到上海别谋出路，便毅然侍着母亲，携着侄儿子久、侄孙淦亭来为洋场十里客。这时上海各公司都备月份牌，各杂志须用美女封

面，杜宇也就在这方面努力，博得各公司及各杂志主持者的欢迎，居然被他出路打开，生涯很盛。刊有《但杜宇百美图》，和沈泊尘、丁慕琴竞胜。又出版了《美人世界》，其中有一裸体画，曲线之美，无以复加，用三色铜版精印。这时三色铜版，制版费特别昂贵，一般印刷品是很少用的，因此这书轰动一时。其他又为各刊物作漫画，讽刺日寇的侵略，军阀的横行，极辛辣尖锐的能事。一度和钱病鹤合辑《国耻画报》，其中更多杜宇的作品。北京漫画家毕克官很钦佩杜宇，拟编《漫画史》，特来见访，探询杜宇的资料，预备在《漫画史》上写上若干页。

杜宇喜摄影，由摄影进而想拍活动的电影片，恰巧这时有个外国人，准备回国，卖掉一架爱拿门牌的电影摄影机，杜宇与朱瘦菊、周国骥等集资一千元把它买下。三人都是门外汉，不知道怎样拍摄，但杜宇是不惜工夫，硬干、苦干、巧干到底的，瘦菊、国骥知难而退，让杜宇独干着。这时，国人对于此道都莫名其妙，无从请教。杜宇大有拿破仑的精神，字典中没有这个"难"字，悉心静气，把这一架摄影机，拆了再装，装了再拆，探索其中的奥秘，装拆了数十次，终于给他探索到了。试拍新闻短片，居然有了成效，他这一喜，好比沙漠中获得了甘泉，认为今后任重致远，不成问题了。他大胆作风，办起上海影戏公司来，自编自导自摄自洗，演员都是自己家中人，侄儿但子久，侄孙但淦亭，淦亭已生了孩子但二春，以及外甥贺佩之，外甥女贺佩蓉、贺佩瑛，都能演戏，充当基本演员，进行很为顺利。可是有一点却使杜宇非常纳闷，就是所拍内景，比了外国片的明晰度，相差很远，这是什么缘故呢？兀是在脑中盘旋着。有一天，偶然在外国片的特写镜头中，看到主角眼睛闪了一下白光，观众对此毫不留意，杜宇却恍然大悟，知道是用一个有光的物体照

射的。杜宇经这启发，便把银色纸糊在薄板上，对着太阳照射到室内，内景也就拍得明晰了。这种反光板，现在说来不稀奇，可是在数十年前自行摸索出来，是很不简单的了。

但杜宇和殷明珠结合成为一对银色夫妻，是怎么一回事？也得把殷明珠的出身介绍一下。明珠生于一九〇四年，吴江黎里人。她的曾祖殷兆镛，为道光翰林，祖父殷梦琴，清季官乌镇，辑有《乌镇志》。父殷星环，擅丹青，可称簪缨世系，书香门第。明珠读书黎里女子中学，吴江发生兵变，为避氛计，移居上海，肄业中西女学。该校是西人办的，她就沾染了欧风，穿着西装，舞蹈、歌唱、打球、游泳，以及骑马、驾自行车等，样样都来得，同学们因他洋气十足，呼之为 Foreign Fashion，社会上就把 FF 小姐传播开来，各杂志报刊，竞载她的照片，袁寒云赋诗赞美她，成为时髦人物。但杜宇羡慕她的风范，颇想和她见见面。事情很巧，杜宇有一侄女，也在中西女学读书，和明珠同班，便同侄女介绍，得识明珠。明珠知道杜宇拍摄电影，这新奇玩意儿，她颇想尝试一下，经过几次往还，杜宇就请她加入上海影戏公司，特编一爱情片《海誓》，即由明珠担任女主角。拍成，放映于静安寺路的夏令配克电影院，这影院是专映西方第一流名片的，放映国产片是破例第一遭，况明珠又为我国演爱情片第一个女主角，博得报刊的好评。

明珠的母亲张慕莲，抱着诗礼传家的旧观点，认为拍电影示人色相，有伤门风，便禁止明珠和杜宇交往。这样过了三年，由于明珠再三向母亲做说服工作，总算打通了母亲思想，许她自由行动，重弹旧调。又拍摄了《重返故乡》和《传家宝》，杜宇、明珠双方感情到了成熟阶段，就由管际安做现成媒人，遂于一九二六年二月一日，赴杭州结婚，证婚人叶楚伧，在证婚

席上致辞。在西湖度过了蜜月，回到上海，友人们讨喜酒喝，杜宇夫妇即在摄影场宴客，张光宇、周剑云、周瘦鹃、丁慕琴、潘毅华、任矜苹、凤昔醉及媒人管际安等，热闹了一番。

　　此后，殷明珠又为上海影戏公司主演了《还金记》《金钢钻》《飞行大盗》《媚眼侠》《画室奇案》《豆腐西施》《古屋怪人》《东方夜谭》《桃花梦》《盘丝洞》等，其中尤以《盘丝洞》卖掉了很多拷贝，赚了数万元。杜宇有了基础，因此花了大本钱，拍摄古装片《杨贵妃》，适明珠怀了孕，不能担任主角，由贺蓉珠饰杨玉环，号召力较差，加之南洋一带，喜观时装片，《杨贵妃》拷贝卖不出去，各影院的卖座率也不高，致使杜宇大蚀其本，公司难以维持，明珠把所有的贵重饰物尽行典质，支撑危局，一无怨言，这一点是难能做到的。后又经过"一·二八"事变，在沪北的摄影场，付诸劫灰。杜宇仗着毅力，东山再起，租赁福生路俭德储蓄会的健身房，作为临时摄影场。且拍有声片，挂起上海有声影片公司的招牌，拍摄了《国色天香》《石破天惊》《富春江上》《人间仙子》等影片，都靠着明珠的内助，杜宇才得透一口气。不料厄运频来，"八一三"战争又爆发，江浙沦陷，杜宇、明珠夫妇俩难以立足，辗转逃难，前往桂林、贵阳、重庆，最后到了香港，过着艰苦生活。杜宇由于心境不佳，致常发脾气，明珠总是耐着性子劝导慰藉他。如此贤妻，在凉薄的世俗中，是很少见到的。杜宇晚年体健失常，卒患肠癌，于一九七二年五月六日在九龙逝世，距今已二十多年了。

　　杜宇为人有正义感。当一九二七年，洪深在上海大光明影院看了罗克侮辱华人的《不怕死》影片，甚为愤懑，激起群众纷纷向大光明退票，一时秩序大乱。影院认为洪深捣蛋，把他揪打，且由巡捕房解往法院。杜宇得讯，立向电影界及报界呼吁，支持洪深。他自己先斥巨资，为请辩护律师，第二天开庭，律师自告奋勇，竟有十位之多，报上登着很大篇幅的新闻记载，结果洪深获得胜诉，影院赔偿洪深损失，并销毁该片，罗克向我国人民道歉。

杜宇平素喜和人开玩笑，然能寓劝惩于诙谐之中。当时有徐维翰其人，有烟霞癖，一日来上海影戏公司访友道故，忽烟瘾大发，私下托一工友设法购些鸦片来，躲入小室中，偷偷地吸着。原来这时鸦片已干禁例，违者拘罚，不能公开吞吐。杜宇知道了，特嘱二三演员，穿起警察服装，佩着枪支（这些都是公司中的现成道具），闯进小室来，徐正吸得起劲，忽见警察来查，大吃一惊，急忙掷去烟具，脱身欲逃，饰警察的演员，不觉笑出声来，徐才知道是假扮的，惊魂始定，然已浑身汗出，渍透衣襟。从此，徐立志戒烟，脱离黑籍。公司中有一职员小丁，喜拈花惹草，行径不检，追慕女演员某，纠缠不已，女演员某很为厌恶，诉诸杜宇。杜宇说："不妨将计就计"。择一星期天，女演员某，靓装艳服，特赴小丁家，和小丁有说有笑，故作昵态，这样一来，小丁老婆见了，醋海兴波，和小丁大闹一场，小丁在阃令森严下，只得循规蹈矩，虽有天鹅，不敢作癞蛤蟆想了。

杜宇又很机智，善于分析事理。有一次，公司大门上，被人用粉笔画上一个大白圈，杜宇不以为意。过了一天，邮局送来一匿名信，索诈五千元。明珠引以为忧，杜宇慰之，说："不要慌张，社会上绑票，都是大富翁、大商人，我是不够资格的，这分明是公司中的坏蛋弄些小名堂，我有方法对付。"杜宇静静测度，其中某某具有嫌疑，奈不能确定。他表面上若无其事，故意和嫌疑对象聊天，觉得这对象神色有些殊常，便断定这弄玄虚的就是他了。在一个深夜，秘密叮嘱一工友，也在这对象门上，依样画葫芦，

画一大白圈，彼此心照不宣，这事也就偃旗息鼓了。

　　杜宇拍电影，很是艰苦，能从没有条件下想出条件来。有一次，摄《飞行大盗》，当大盗如列子御风般在空中飞行，这个镜头，可以弄虚作假，容易办到。所难解决的，却是仰头观看空中飞盗的群众。这许多群众，雇临时演员，须花好多钱，且镜头很少，花钱太不上算。杜宇等待机会，留着这一场，最后拍摄。事情巧得很，公司后面，有一旷地，靠边有一小土墩，一天，不知从何处传来的谣言，说这儿要做临时刑场，枪决罪犯，于是来看热闹的愈聚愈多。杜宇笑着说："这个大好机会给我等到了！"但电影中所需要的群众，是抬头仰望的，这些群众怎能叫他们仰望？杜宇再一思索，想出法儿来，立遣职工，持着电烛，立在土墩上点燃，灿然作光，这些群众不期然而然都仰起头来，目注土墩上的电烛。杜宇亲挟一小型摄影机，把他摄入镜头，这些群众做了他的义务演员。又一次，摄《杨贵妃》一片中渔阳鼙鼓，翠华西幸一幕，这场外景，是到苏州去拍的。至于车骑纷驰，幢幡侍卫，这些都不成问题，所难的衬托许多颠沛流离的难民群，那要花多少钱招临时演员，且难民的古代服装怎么办，大大地成为问题。杜宇灵机一动，等待旧历七月十八日，善男信女，到上方山烧香，香火是很盛的。杜宇利用这个时机，运用远镜头，把漫山遍野的烧香信徒，权充难民，在远镜头中，服装的今昔，是分辨不出的，回到上海，补些近镜头，若干人穿着古代服装，足以代表了。又一次，拍一舞蹈场面，需要打蜡地板，可是杜宇的摄影场，因陋就简，没有这设备。杜宇不加思索，把原有地板打湿了，乘着半干半湿时，在上面跳着舞着，摄成的影片，地板亮晶晶地发着光，也就和打蜡的差不多了。凡此种种，杜宇的苦干精神，于此可见一斑。

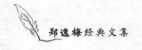

大画家李毅士的一生

在三十年代，我见到中华书局出版的李毅士所绘的《长恨歌画意》三十幅，用水墨画法，把白居易的《长恨歌》，形象化又复系统化全部渲染在素纸上，什么《春寒赐浴华清池》《骊宫高处入青云》，以及《金屋妆成》《玉楼宴罢》《渔阳鼙鼓》《惊破霓裳》《花钿委地》《君王掩面》《行宫见月》《夜雨闻铃》《鸳鸯瓦冷》《翡翠衾寒》《仙袂风吹》《含情凝睇》等等情节，应有尽有，把史诗成为史画，以照相玻璃版，印在宣纸上。我展阅之余，如游贾胡之肆，光怪瑰玮，为之目炫神醉。初不知李毅士为何许人，直至和陈昌钊同执教于某校，始悉昌钊为李毅士的女婿，既而又从昌钊得识李宗真，那便是李毅士的爱女，在多次晤谈中，这位融汇中西绘画的先驱者，跃然涌现在我头脑间，成为我写人物传略的资料。

李毅士名祖鸿，清光绪丙戌七月初六日生于江苏武进的书香世家。其父李宝璋，字毅宜，同治十二年举人，曾任浙江候补道，擅丹青，又工诗，著有《待庵题画诗》《毗陵画征录》，毅士为宝璋继室汪氏所生。那位著《官场现形记》的李伯元，为清末四大谴责小说家之一。伯元不是名宝嘉吗？宝嘉即宝璋之弟，以辈分来谈，李毅士当然是李伯元的侄子了。李伯元的几笔花鸟，清妍疏秀，载于魏绍昌所辑的《李伯元研究资料》中，为有目所共赏，李毅士的画名更震及海内外，都是受到李宝璋的影响，可谓家学渊源了。

毅士幼年即喜绘画，一般孩子，跳荡玩弄，他却躲在父亲的书斋中，执笔乱涂，飘花坠叶，残水剩山，居然有些意致，继而勾勒衣带，也就具人物的雏形。他的父亲瞧到了大为嘉许，加以熏陶，所以他的私塾同学呼之为"小画师"。他听到这个称号，更为兴奋。此后阅览稗史小说，书中的英雄美女、雅士高僧，一经他的点染，无不栩栩如生，每有所作，同学竞相夺取。

毅士不仅耽于绘事，而且胸怀大志。十四岁，肄业浙江求是书院和丁文江（后为地质学家）、庄文亚（后为经济学家）相切磋。有鉴于清廷政治的腐败，民族的衰亡，颇思学习些西方的科学文化，以图复兴中华，挽回危局。十七岁即东渡日本，学政治法律，时丁、庄二同学亦在东瀛，觉政法非所爱好，相约同去英国，半工半读。时日俄战争爆发，日船均作军用，停止载客，不得已，买德国船票，票价之昂，倍蓰于日船，但为了偿其志愿，致倾囊以购。途经新加坡，同船某留学生上船就医，不期遇到了孙中山，道及他的志愿和困境，中山先生即加以资助，并写一介绍信给他们带往英国晤见吴稚晖。到了英国，为了读书，不得不半工半读。他在北爱尔兰的格拉斯哥城一家木工作坊，学习木工技术，为木匠送货打杂。由于他干活尽心竭力，博得木匠的欢心，同时他又在木器造型上，加以美化，既有实用价值，又饶艺术意味，为雇主所乐购。他进的是格拉斯哥的美术学院，专习西画，受到严格的基本训练，系统地学习美术理论和美术史。他经常去博物馆参观绘画展览，在木工场劳动之余，不废笔墨，临摹创作，几忘寝食，成为该校的唯一中国留学生中的高材生。他还到过法、意、

比及荷兰等国美术馆，遍观古典画幅，以广其眼界，高其造诣，这是他生平最得力处。他毕业名列前茅，再进大学物理系，打通科学和艺术的一条致用大道。回国后，被聘任主持理工学院。翌年，北大成立书画研究会，他和徐悲鸿、陈师曾同任黑白画导师。既而，北京美专成立，陈师曾任国画教授，毅士任西画教授，并兼北京高等师范西画教授。那位编《中国画家大辞典》和《中国美术家人名辞典》的俞剑华，即是陈师曾和李毅士的高足，桃李菁莪，门墙称盛，剑华仅此中之一而已。

北京创办《绘学杂志》，载李毅士的口述文章《西画略说》，陈师曾口述文章《绘画源于实用说》，徐悲鸿复撰了一篇《中国画改良论》，都是有创见的。

李毅士三十五岁时，与留日台湾籍画家王悦之、留法河南籍画家吴法鼎等二十多人组织阿普罗学会，传播西画艺术，举行二次画展，参观者络绎不绝。

上海的美专，是刘海粟办的。海粟的确称得起"少年老成"，十七岁即任美专校长，难怪康有为认为主持校政的，一定是位硕德耆宿，通信称他为"海翁"，及至相见，始哑然失笑。当时，海粟请毅士来沪任美专教务长，并教透视学，使学生用观测实物的法则施之于绘画，在当时是很新颖的。他有感社会美术工艺的贫乏，乃向戚友等筹措资金，在南京路开设上海美术供应社，销售各种美术用品，附设美术服务部，如广告、幻灯片、画人像及装潢设计等，并在家开培训班，培养美工，这些都是开风气之先的。

李毅士一生从事美术教育。他兼任南京高等师范工艺科技法理论教授，仆仆奔波于沪宁道上。既而南京中央大学校长张乃燕，礼聘他为该校教育学院艺术科西画教授兼主任；大约过了二年，又兼该校工学院建筑系西画教授。当时，教育部举办全国美展于上海，这是第一次。他被聘为总务委员和作品选检委员，与何香凝、江小鹣、叶恭绰等通力合作。他的三十幅《长恨歌画意》，即在这次展出，和世人相见，蔡元培、于右任都题了词（此图经中华书局影印出版、香港至善斋翻印，原稿由毅士子女捐赠上海文化局，后来转归中国美术馆收藏）。张乃燕校长原为建设委员会副主任，出任比利时公使，特请毅士绘《万国衣冠拜冕旒》《岳飞与牛皋》《霓裳羽衣舞》三帧巨幅油画携带出国，作为礼品，赠给比国当轴，深得国际人士赞誉。未几，毅士被聘任建设委员会委员，拟派赴欧美考察，并在欧举行个人画展，但毅士谦抑为怀，认为会中济济多士，我不当谬列一席，谢未成行，这样退让贤路，也足风世。

他一度因车祸伤腿，医疗年余，始得策杖而行。及"八一三"抗战军兴，他安排了妻子，单身随中央大学迁往重庆。他步履不便，又患鼻病，还多次患疟疾，且常遭敌机轰炸，生活非常艰苦。而中大情况复杂，他辞谢教授职务，移居华岩塔院，与老僧为伴，开始作卖画生涯。他在家信中写道："每夜独坐孤灯下，思念家人之心更切，然心颇泰然，只要一笔在手，即可为抗战出力，我不必求人，可以卖画为生。"又云："山河光复之日，便是全家团聚之时。"爱国思想溢于字里行间，可惜这些家信，没有保留下来。

他始终没有回来，所谓全家团聚，成为泡影。他是逝世于桂林的，能不使家人布奠倾伤哭望天涯啊！谈到他赴桂林，有些小曲折。有一天，一位北大老友秦汾来访毅士，知道他生活拮据，此后时常介绍友人来购画。某次，又介绍白崇禧秘书来购画若干幅，白氏见到毅士的画极为欣赏，专函约请赴桂。毅士犹豫不决，在秦汾及其他亲友劝导敦促下，始应允并携带了自己的许多作品前往桂林。这是一九四二年，他年五十六岁。

到了桂林，由当局殷勤接待，他很高兴，便去阳朔等名胜处写生。他在家信中写道："饱览祖国锦绣山川的风光，心怀极畅适。我真想多作画，但深感体力不支。"不久，果然因病住进医院。这时，敌机频频空袭，虽缠绵床笫的病人，也须担架躲进防空洞。他在这样劳顿之下，病情转恶，竟于五月二十四日遽而离世。可以这样说，毅士的死，死于病，也死于敌。桂林曾举办了他的遗作展览，但他的噩耗，隔了两个多月，才为上海家人获悉。他的遗物，直至抗战胜利后，转到家人手里的仅有几件未完成的画稿。至于《长恨歌画意》，幸存上海，免于劫数。他的后人李宗真、李宗善、李宗美，追溯先人的往迹，撰了一个年表，以留鸿雪。

他一生注力于绘事，当然作品很多，奈什九失于兵荒马乱中。据可忆的，他画过许多人像，其中有徐悲鸿像、秦汾像、张季直像、王梦石像、陈师曾像等，都是惟妙惟肖的。那幅汪东像，也是阿堵传神之作。汪东，字旭初，号寄庵，著有《寄庵随笔》，都是些文坛掌故，在《新闻报》上连载，脍炙人口，兹由上海书店谋刊单行本。旭初和毅士有戚谊，为毅士的表姐丈。当年毅士掌教南京中央大学，旭初是中大的文学院院长，且和毅士同住中大第九宿舍，关系极好。旭初无后，毅士女宗善认旭初为寄父（词家吕贞白和毅士也有戚谊，贞白无后，毅士女宗真为贞白的甥女，亦为寄女）。此外那位民国大总统徐菊人世昌，慕他的名，托毅士的好友张君转请他画像。既成，甚为惬意，致酬不受，徐氏为了酬报他，介绍他画像主顾，他都婉谢，徐氏乃亲书一对联，俾作毅士画室的点缀。

毅士和丁文江在海外共度艰苦生活，回国后，丁氏曾在云南、贵州工作，常和少数民族苗家接触。毅士凭着想象，画了

《丁文江与苗家告别》大帧，那是画像中的创例。一九三六年，丁氏在湘南因煤气中毒死，有人建议，为丁氏画一单独遗像，且附来照片，毅士对之，潜然流涕，一再搁笔，终未完成。

他的作品，有油画，有水彩画，也间作国画。国画融合中西，于阴阳向背，甚为注意。那用宣纸作西画，是近代美术史上一种新风格。他的杰构，除《长恨歌画意》外，《粥少僧多图》也是他的力作。深惜这画失诸"十年浩劫"中，幸而当时摄拍了部分照片，蒙宗真出示，得以瞻观其轮廓。这画是个横幅，用水墨淡彩画成的，照片较小，虽用扩大镜，也不很看得清楚，宗真边指边讲给我听。画的是一个佛堂，大小六十个和尚在抢粥吃，居中一个胖和尚，不仅有粥，案头还有两碟菜肴，而且两旁有人扶持，那扶持的，各得一碗粥吃，成为特殊阶层。其他和尚，有的抢，有的求，有的乘人不备吃别人的粥，有的跌倒在地，打破了粥碗，有的抢得一碗粥，生怕人抢走，用手端着，有的已经无力再抢，坐以待毙，种种状态，描绘得活龙活现。这画是有用意的，他不满现实社会，面对当权者作威作福，附势者狐假虎威，又复相互倾轧，民不聊生，是一幅绝妙的讽刺现实的漫画。他对着家人叹息地说："那个抢得一碗，生怕被人抢走的和尚，就是我呀！"还有一幅《百子图》，也值得一谈。《百子图》，那是民间流行的通俗画，凡丹青名手，是不屑为的，他却坚持研究年画的特色，又吸收中国传统的《婴嬉图》，进一步突破它的老框框，而有所创新。画中整整一百个孩子，有的在舞蹈，有的在抛球，以及跳绳、玩泥偶、捉迷藏等等，容貌不同，动态不同，且各有各的表情，真属化工之笔。画成后，张挂壁间，来观者发现戚友邻家的孩子，均已入画。由于他强于记忆和平时仔细观察，把许多熟悉的孩子，不期然而然的都活现在尺幅之中了。画中别有一个孩子，把手指放在小嘴里，瞪着大眼睛望着，他告诉人："这是我自己小时候的样子。"又有一幅油画，名《科学与艺术》，整个画面是在山洞中，画的下面，绘着开凿山洞的劳动者，画的上端，立着一个散发裸体的女像，纤手指着洞外的蓝天和白云。此画人物造型极美，劳动者强健的肌体与火光相映，寓意为科学是艰辛的劳动，艺术可以鼓励科学走上前进的道路，这说明该画寓有深刻的哲理。其他有取材白居易的《宫怨》，绘《斜倚熏笼坐到明》，又《江州司马青衫湿》及《鹦鹉前头不敢言》《画眉深浅入时无》，都是借古讽今的。取材于《红楼梦》的，绘的《司棋殉情》《晴雯撕扇》《龄官画蔷》；取材于《水浒传》的，绘有《黑旋风李逵》《鲁智深醉打山门》等。他平素一再称赞鲁智深是水泊梁山唯一的英雄，帮助别人，忘记了自己，胸怀磊落，是值得崇拜的。

一九八六年八月五日，是毅士诞辰一百周年，是足以纪念的。关于他的艺术的成就，已有安敦礼、陈泊萍两位先生作了较为详赡的记录，我所需要介绍的，是他的生活细节，和家庭琐屑，似乎在这方面，多少具有些情趣。又承宗真经过回忆，见告了一些，我不惮辞费，权充了记录员，——笔之于书，至于漏列或记错，也就置诸不顾了。

毅士平素沉默寡言，但好友来访，得意弟子问业，他开了话匣子滔滔不绝，娓娓不倦。他更欢迎弟子们提出问题，大家来争辩，往往争辩到深夜。当在南京教书时，夏夜乘凉，侄儿、外甥和女儿们杂坐庭院，这些小辈常联合起来和他争辩，争辩到了高峰，甚至对他指手画脚，忘却称呼，他也不以为意，自称为"舌战群儒"，笑逐颜开，大为高兴。辩论结束，小辈往往更敬重他，又都觉得自己增长了不少知识。他一生崇尚诚实，谓："诚实是最高的品德。"凡对他说谎，被他觉察，他立即沉着脸，严辞斥责，因此得罪了一些人。当他问子女话时，子女不愿讲，他从不追问，总是很和悦地嘱子女想想再谈。他说："硬逼着子女讲，会养成子女编造谎言的恶习。"他因此为子女三个取名：宗真、宗善、宗美。他说："有了真，才会有善和美。"他家有一个深绿色用银丝镶嵌花纹极精致的驼鸟蛋瓶儿，摆在案头，作为陈设品，这是张季直夫人赠送给毅士夫人莫淑昭的。淑昭，贵州独山人，那著名书法家莫友芝，为淑昭的叔祖父；莫楚生，为淑昭的父亲，楚生又为张季直弟子，张莫两家一直很密切。那么老长辈送来的东西，淑昭很为重视。这时，宗善年才六岁，喜欢玩猫，她抱了小猫上案，猫一翻身，掀倒了这个瓶儿，驼鸟蛋碎裂了。这一下，宗善惊得发呆了，一面想，瓶镶着银丝，不注意尚看不出裂痕，可暂时隐瞒；一面又想，隐瞒装糊涂是不应该的，当天晚上，凑巧母亲外出，父亲伏案写信，她终于哭着把这件祸事告诉了父亲。出于意外，父亲非但不责怪，反把她抱起来，夸奖她的诚实，并对她说："答应爸爸，一直要做诚实的人。"当时她不禁大哭起来。直到如今，宗善还常常说："这是父亲对我品德教育最深的一课。"

毅士的侄子宗津，喜爱绘画，肄业苏州美专，成绩斐然，每逢寒暑假，必到南京，要求毅士指导，更求深造。一九三六年，全国第二届美展时，宗津以自画像应征，五位检查委员，评审这幅画，三位赞成，二位否定，结果入选。宗津显得很得意，毅士不加赞美，反把检查委员指出的缺点，谈得很详细，宗津大为扫兴。事后，淑昭责怪毅士："您为什么在宗津面前泼冷水？"毅士说："画既入选，宗津更需要的，是知道他的欠缺处，在这方面加把劲；一味赞许，助长他的骄矜，是不适

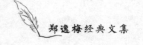

当的。"宗津后任北京中央美术学院教授，一九七八年逝世。

毅士记忆力极强，读了狄更斯的小说《双城记》和莎士比亚诸作，部分能够背诵。他最敬仰民族英雄岳飞，岳飞的《满江红》词，背得滚瓜烂熟。他常常领全家看京剧《风波亭》，那位大鼓书名演员刘宝全，那岳飞的唱段，他一听再听，百听不厌，且赞扬道："刘宝全唱出了岳飞的英雄气概，是出色的艺术家。"

上面不是谈到毅士是那位著《官场现形记》李伯元（宝嘉）的侄子吗？毅士的父亲宝璋和宝嘉是堂兄弟，因宝嘉自幼丧父，由宝璋的父亲抚养成人，所以宝嘉和宝璋亲如手足。宝璋为人忠厚耿直，多子女负担，家道日衰。宝嘉娶武进庄氏，无子女，宝璋即以其幼子祖佺过继给宝嘉为子。宝嘉生活艰困，死后，庄氏由祖佺奉养，尽其孝道。

李家和陆家也有亲戚关系。陆小曼是毅士表姐之女，常来李家，呼毅士夫妇为舅父舅母。小曼和徐志摩结婚，仍不断往来。毅士虽对志摩的玄想诗很欣赏，但在艺术观点上有所分歧。当徐悲鸿和徐志摩展开西方形式主义的论战，毅士撰了一篇《我不惑》，矛头是对着徐志摩的。此后，毅士离开上海，小曼夫妇音问罕通。及抗战军兴，宗真姐妹孤苦地在上海生活，时志摩因飞机失事而死，小曼尤邀宗真姐妹到她家去，热忱招待。宗真对人说："小曼人极好，毫不势利，有些侠义气。"

最后，我来谈谈毅士后人的情况。大女儿宗真，曾任上海市枫林中学、茶陵中学校长，现已退休。女婿陈昌钊，现在市教育局编写《教育史》。二女儿宗善，任教哈尔滨军事工程学院、中国船舶工程学院。女婿顾懋祥，留美，学流体力学，任教交通大学。幼子宗美，任气象工程师。媳妇孟丽芳，任机关会计工作。情况都很好，毅士有知，定必含笑九泉。

马万里的艺坛生涯

自马万里粤西逝世，各地报刊纷纷刊登悼念文章。我与万里相交逾半世纪，于其逝世也深为痛惜，爰记往事以悼之。

一九三〇年万里寓上海白克路。我主编《金刚钻报》，馆内附设"艺海回澜社"，这是万里、谢玉岑、朱其石等切磋艺事、文酒之会的组织，四壁书画琳琅，灿然照眼。万里隔数日必携新作来相与评论，一时俊彦云集，如张善孖泽，符铁年铸等。我亦参与其间，不觉乐甚，惜一九三四年万里远走西南，遂疏音问。直到抗战胜利，才得互通函札。这时，他画兴飙举，画的都是花卉，成束地寄我转送友好。其画浓艳中有清气，清丽中又具有苍劲，得者无不欣喜若狂，赞赏不已。解放后，他取名涤甦，以示新生。作画之外，诗兴很浓，歌颂新社会，赞美新人物，蕴藉出之，颇为得体。不幸于"十年浩劫"中陡失联系。及拨雾见天，探听消息，有人说万里被害而死，不觉为之震悼。又三年，于其高足何成鑫处始悉万里乃遭受严重打击，频死者屡，幸一息尚存，现已平反。我欣然为写《海外东坡的马万里》在报上发表，又致函道我契阔，大有一部《十七史》不知从何说起之慨。通信不到半年，噩耗传来，他于一九七九

年十月二十六日竟尔病逝。艺星殒落，画坛同悲！

万里原名瑞图，字允甫，别署曼庐，晚号大年。斋名有拿云阁、紫雪仙馆、曼福堂、百花村长、去住随缘室、九百石印精舍等等。光绪甲辰正月十一日（一九〇四年）出生于江苏常州孟河镇，乃十九世纪我国医学史上异军突出的中医界孟河派代表人物马文植（培之）的曾孙。万里三岁父亡故，依母张氏归常州舅家成长。常州是画家白云外史恽南田的故乡。南田开一代画风，其花卉禽鱼，斟酌古今，以徐崇为嗣师，天机物趣，毕集笔端，别开生面，形成了常州画派，钟毓所及，垂苕千代。万里生长其间，也就耳濡目染，成为突出的继起者。

万里自幼即聪颖殊常，拜江南三大儒之一钱振锽为师。振锽所著的《名山集》为士林所重。谢玉岑是振锽女婿，与万里友善。玉岑工诗文能书，造诣极深，万里每有所作玉岑辄为题咏。壬申年（一九三二年）谢曾为万里撰小传，此为万里在世第一篇传。

万里十七八岁，考入南京美术专科学校，攻习国画，深得校长沈溪桥的赏识。当时，任课的老师如萧俊贤（厔泉）、梁公约（燊）均一时名宿。公约工花鸟，有陈白阳、李复堂韵味，画芍药更有名，人称"梁芍药"。又善辞翰，所著《端虚堂稿》，为陈散原、张啬公、康更生、梁任公所击节赞赏。而梁公约更重视品德修养。万里的诗和画以及为人处世，受公约的熏陶最深。梁曾贻万里精品数十帧，为万里所作题画诗更不计其数。有诗云："马生作画冠时辈，处处春风绕笔吹。池馆新阴微醉后，与君细细数花时。"这诗既称赞万里的落笔不凡，又抒发了师徒间的真挚情谊。他教育万里读书、作画、尚友，首在立志，期之尤切。尝云："当如独登百尺楼，应以天地为怀，常

感不足,以期大成。"万里终身服膺,易箦前犹恨满腔画稿,未能画出,以求天下识者明教,而抱憾终天。

在金陵时,学友如常书鸿、闻钧天、周桢、王霞宙、王野萍、黄学明等,风雨同窗,乐数晨夕,曾结"旭社"钻究文艺。万里白发盈颠,还常吟哦野萍诗句:"往来结社共言欢,未许寻常画师看。同辈纷纷矜怪技,此身珍重挽狂澜。"这也就是后来(一九三六年)徐悲鸿赠序所提到的"在此末世,凡其颓废与所因循苟且而同流合污,腼然苟全于人世之文艺,允宜悬为厉禁,孤诣独往,冀其高远,乃吾党之事。马君必当与不佞共勉且不计世人之接受与否者也"。悲鸿还说:"他日与文艺复兴之业者,微斯人其谁与归乎!"不是梁师的谆谆教诲,南美同学的期许,万里的写实践履,岂能受到悲鸿如此的器重!

一九二四年,万里以"一马当先"的美誉毕业,而留校任教。年逾古稀的南京老画师李味青看了他的遗作展,犹津津乐道当时万里的循循善诱,盖李乃亲沐教诲者之一。那时仇述庵(埰)主持校政,仇的书法有骨秀神怡之誉,又工诗词,著有《鞠宴阁词》,脍炙人口。乙亥年赠万里《鹧鸪天》二首。跋云:"万里仁兄,十年前同事钟山精舍,扆泉公展昕夕相与,谈艺之盛,冠绝一时,及门弟子,多已成材,眷念师门,至今不置,瞻望风仪,真买丝欲绣也。"(这是题在一帧万里画像上的)

而早在一九二五年春天,万里曾假南京中央饭店举行盛极一时的个人画展。这年夏天万里又与舅氏张仲青举行扇页联展于常州。去年(一九八一年)九十二岁高龄的董庵还能回忆出当时主持扇展的是先进人物庄思缄(蕴宽)。庄赠诗是:"游倦归来识马周,清才几欲冠吾州。百年琴隐余韵在,继起应争第一流。""老去维摩病里身,挥毫无复旧时神。看君点染湖山

马万里作品

色，乱落天花丈室春。"振锽老人的高兴，更不待言，即将袁枚的名句"秋月气清千处好，化工才大百花生"书赠之，并加跋注："允甫的画绚烂峥嵘，得未曾有，其才之大，见者莫不知之，而其气之清，则人未必知之。气不清则为粗才。允甫之才，大而不粗，吾无间然。"前辈对万里的奖掖，坚定了他终身探讨艺术的信心和决心。"十年动乱"，万里备受折磨，但他不过韬晦一时，并未放下画笔。拨乱反正后，为庆祝建国三十周年，他绘了《松柏长春图》，为纪念敬爱的周恩来总理绘了《高风亮节图》。这图画的是一幅墨竹，他的竹向为张大千所欣赏。六十年代，万里与邓粪翁同客北京时，邓散木也最爱他的竹，有"竹奇佳"的赞语。这幅纪念周总理的墨竹，虽寥寥几笔，却是他晚年的杰作。

上海为书画家云集之地，形成我国近代绘画的一大主流。执画坛牛耳的是安吉吴昌硕。万里到沪也就很虚心地将二十四画屏就教于缶老。缶老极为激赏，挥笔写了"活色生香"四字，这就是画屏印行成册时的扉页题字。与李梅庵（清道人）齐名的曾农髯，书法得黑女神髓，在海上有曾、李同门会组织；门弟子都一时俊才，张大千亦曾之门生。农髯看到万里的作品，喜出望外，欣然为题："万里贤棣以妙龄所为书画，其骨韵之清丽，当压倒一切，老髯亦当引为畏友。"因此万里亦尊髯为师。石门吴待秋亦当时尊宿，为万里画屏题道："马君笔墨超逸，所作花卉娟秀绝伦，有飘飘欲仙之致。"

一九三四年，万里与老画师黄宾虹联翩赴广西举行联展于南宁，受到热烈欢迎，获得"马君以其艺倾倒南中名流"的美誉。

万里与大千颇多翰墨缘。早岁玉岑为介绍订交，同客上海时，过从更频。万里西行后，大千、悲鸿亦先后到南宁，曾多次合作。其中《岁寒三友图》，大千写松、悲鸿画梅、万里补竹，就是此时所作。它标志着他们之间的情谊，成为艺林佳话。其后在桂林三人又两次同登独秀峰。大千签署的《曼庐大千合写桂林独秀峰》手卷，即第二次下山后所作。悲鸿为写引首，并有诗记其事，一时名流，多有题咏。万里且将悲鸿在南宁为他个展赠序之手迹，一并装裱成一长卷。现广西博物馆已作为文献珍品收藏。其后两年，万里、大千又相聚于蜀。是年大千四十二岁，曾自画像一帧，题曰："奉贻万里老友，时同在春城山中，庚辰六月十日也。"又刻白文三字印"不犹人"赠之，此印边款"大千为万里刻"。俗话说，有来必有往，何况万里是个多产画家，他画了精品赠给大千，一定不少；至于为大千治的印，现在看到的已有六七枚之多。

马万里作品

万里的书法功力很深，童年学柳，中年加米的纵肆，笔力极健。兼行、楷、篆、隶之胜。以隶参入篆意，他自称他的隶书是"篆之孙，隶之祖"。抗战时曾书一篆联："忍令上国衣冠，沦于夷狄；相率中原豪杰，还我河山。"用陈联表达作者的爱国热情，激起读者共鸣。"十年动乱"中，他又以隶字写了"醴泉无源，芝草无根，人贵自立；流水不腐，户枢不蠹，民生在勤"以寄意。这些对联，笔力刚劲雄壮而组织严谨，在展出中受到好评。

万里的篆刻更是独辟蹊径，卓然成家。他从小勤奋练字刻石，家中悬挂书画，潜用小刀把印章挖出，集辑临摹。一九三八年张大千为作《九百石印精舍图》，万里手拓一百六十八印于其后，大千复将其首印"陶铸吉金乐石"朱文印写成"引首"冠于图前。著名学者马一浮先生赠长题，一时名流，竞相跋识，遂成长卷。己卯立夏前三日，日寇轰炸渝城，廛市焚荡，万里所居，适丁其厄，平生所作画印尽毁，而此卷幸存。

万里在上海曾刻一朱文大印："吉金寿石藏书绘画校碑补帖珍玩弄玉击剑抚琴吟诗谱曲均为曼公平生所好"，累累三十二字一气呵成，识者赏之。

万里治印初得祝子祥指授，其后取法于邓石如、吴让之、赵之谦、吴昌硕诸家。解放后，寓京中十年，所见益广，钻研更勤，所诣愈深。曾撰《小中见大说治印》刊于报端。

万里不但治印功夫极深，用印及印泥尤为讲究，认为中国画就是要诗书画印面面俱到，既发挥各自特色，方可相得益彰。一九八一年其遗作在南京博物院展出，江苏国画院院长钱松喦亲临观看，对万里的笔墨、用水、用色、构图、字、画、印赞不绝口。对一幅《事事如意图》，尤致倾倒之忱，认为两个鲜红的柿子，几片蒂和一支古色古香的如意，用了浓淡适宜的墨色，画在仿古宣纸上，色彩似乎很简单，柿和如意在幅式的下半部，左侧长题，其余全是空白，右侧顶端却钤了一个小圆形朱文印。整个画面有很大部分是空白，读来却是十分丰富灿烂，美感无穷，这样的布局、敷彩，既合古法又别具匠心，真是高手，遂即席赠二绝句。

一九七九年夏秋间，万里已重病在身，其妹想为他写一小传。他说："你又不是搞这一行，写不好的。'并世未应无巨眼'

（现已查悉这是其舅氏毗陵诗人吴镜予的赠诗），我有作品在，会有人给我评价的。"

其实，早在三十年代，悲鸿赠序时已作过评价："马君画格清丽，才思俊逸，有所创作，恒若行所无事，书法似明人，得其倜傥纵横之致，而治印尤高古绝伦，余昔所未知也。"书法家潘伯鹰读后又得出徐序"陈义甚高，洵是笃论"的结语。

万里有女名慧先，花卉能承父业，尤工仕女，据她说是取法大千伯伯的。

万里作品散见国内外，有《万里画集》《万里墨妙》《马万里写杨千里诗意册》《万里印存》《曼福堂篆刻》等先后行世。

他把自己的印与杨天骥的印汇装一匣，以天骥别署千里，匣面标签"千里万里之印"，亦怪有趣。

万里逝世后，其同窗好友闻钧天（尊）为补荷花巨幅并赋诗悼之："秦淮梦雨漓江月，旭社风华念故人。留补残伤填砚海，出泥无滓此亭亭。"诗后并附长跋。

一九八〇年，广西为他举办遗作展，故宫博物院鉴赏家徐邦达公出差过邕，亲临观看，留言写下四个字："万古长存。"又作《鹧鸪天·题万里马兄遗作独秀峰》，词中有"悔我行程此日迟，西州肠断马和之"，闻者酸鼻。商承祚为遗作展赠句云："书画篆刻皆精湛，妙手长留天地间。"钱松嵒的二绝句之一是："万里奋飞我自迂，多君笔健墨花腴。吉光片羽传千载，不见故人见旧图。"

万里遗作在他的故乡展出时，名山先生的哲嗣小山先生赋诗倡导："奇骥能为万里行，气清才大笔纵横。良工心苦昌真迹，不负平生受重名。"笔者闻之，就把龚定庵的名句"东南绝学在毗陵"写了一横幅以寄，聊以点缀。

陶冷月与新中国画

　　周瘦鹃、陶冷月和我，都是生于前清光绪二十一年乙未（即一八九五年），未年生肖属羊，因此有人称我们为"三羊开泰"，且我们三人，又是苏州同乡，同隶星社，同在上海谋生，甚为巧合。三人中，瘦鹃的诞辰，是闰五月初二日，较长；我为九月初二日，居中；冷月的生日，最容易记得，恰为南海观音大士的生日，九月十九。尚记得我们六十花甲，诸友好为我们称觞祝寿，设宴于淡水路的冷月画室，觥筹交错，谈笑风生。严独鹤即席赋了一首七律，我们三人交换了礼品，也算是缩纻联欢了。当我们七十岁那年，诸友好又为我们祝嘏，假沪市南京路新雅酒家举行。宴毕，合摄一影，共二十二人，直至深宵始散。及我们八十岁，可是瘦鹃丧命"浩劫"中，成为三缺一，不毋黄垆邻笛之感，不再庆叙，仅仅冷月为我绘了一幅《纸帐铜瓶室图》，我为冷月撰了一篇《东风时雨之楼记》，聊以点缀而已。当我九十那年，冷月病废卧床，艰于行动，我更觉踽踽孤寂，难以遣怀。不意再隔一年，乙丑之冬，冷月便赴玉楼，我在他灵前，撰一联语：

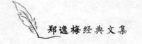

劭德在乡邦，遽尔仙踪竟杳；

纪筹同岁月，凄然我遭其孤！

苏州分长洲县、元和县、吴县，办有长元吴公立高等小学，分着地区设立，我虽没有和他同一地区，当时有位罗树敏老师，兼教图画，那么我们又是同师了。他作画七十年，我写稿也是七十寒暑，这一点又复相同，那是多么难得啊！他在苏州居蔡汇河头，即画名昭著。此后我饥驱海上，他却应聘湖南雅礼大学，这大学是西人创办的，西校长看到他所绘的夜景山水，素魄流辉，境绝幽渺，大为赞赏，连呼 Coldmoon。他原名陶镛，便改署冷月。既而他娶了湘籍夫人，来到上海，我们过从甚密。那位夫人擅治肴馔，邀我吃饭，为之朵颐大快。他被谬列右派，在反右斗争中，失去自由，与外界难通音讯，我偷偷地去慰问他，并介绍他的画件。他的幼子为淦，对英文很感兴趣，我领着他请益于翻译家裘柱常，得窥门径，进步很快，即柱常亦以为可造之材。奈找不到工作，很是苦闷。某次，因细事，被里弄组织故意讥讽，他一愤之余，不别而行，致生死莫卜，这是冷月非常伤感悬系的。从此体力日衰，视觉和听觉渐失功能，郁郁而死。一代画家，晚境如此，能不为之潸然涕下！

冷月渊源家学，他是词章家陶苣孙（然）之文孙，画家陶诒孙（焘）之侄孙。髫龄即习丹青，诒孙和恽派画家陆廉夫友善，常相往还，廉夫见冷月涂抹，谓其"下笔有清逸气，善导之，将来可以成家"，称赏有如此。读书长元吴公立高等小学，名善镛，旋改单名为镛，字咏韶，成名后，始署冷月。至于宏斋、柯梦道人，这是他晚年所取的别号。小学毕业，入两浙师范第一届本科，成绩高出侪辈。某次考试，一同学请冷月代画一帧，谋得优等分数，冷月不愿捉刀，拒绝之，同学忿然作色说："不要自以为了不起，看你将来靠此为生！"岂料日后冷月果为名画家，卖画以博润资。

姚全兴在《美术史论》杂志上，撰文专谈冷月，称之为"推陈出新的老画家"，这是根据北大校长蔡元培为《冷月画评》撰写的赠言而发。蔡校长这样说："陶冷月先生本长国画，继而练习西法，最后乃基于国画，而以西法补充之，创作新中国画数十帧，一切布景取神，以及题词盖印，悉用国画成式，惟于远近平突之别，光影空气之变，则采用西法。町畦悉化，体

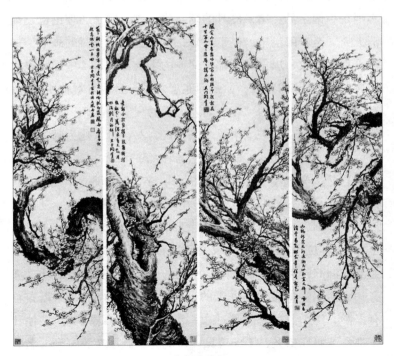

陶冷月作品

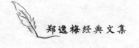

势转遒,泊所谓取之左右逢其源者,他日见闻愈博,工力更深,因而造成一新派,诚意中事。"这是一九二四年所谈的,冷月的新中国画,还是初发于硎。蔡校长又写了一副对联赠给冷月:

尽善尽美武韶异,此心此理中西同。

这联迄今犹保留着,真所谓历劫不磨的了。当时颇有人反对他,尤其是美学家宗白华更见之于文字,如云:"有人欲融合中西画法于一张画面上,结果无不失败,因为没有注意这宇宙立场的不同。清代的郎世宁,现代的陶冷月,就是个例子。"实则是一偏之见,结果冷月的画站住了脚,白华的理论也就烟消火灭。至于郎世宁,供奉内廷,且入画院,当时的画家,如焦秉贞、冷枚、唐岱等,都受到他的影响,载入《中国画家大辞典》,那么郎陶并列,欲贬而实褒之了。且冷月对他所作画,有他的主张,他认为"作画当以客观的现实为基础,而以主观的理想完成之。与宋范华源之以古人为友,以造化为师,而以吾心为法,不谋而合。"因此他的作品,不背古,亦不泥古,不违自然,又超乎自然,自有精密、宁静、浑厚、幽雅之感。他喜画月景,曾对我说:"日光是动的,月光是静的,动即有杀机,静则一片和平景象。画月无非提创世界和平,化干戈为玉帛,借以造福人类。"他又喜画瀑布,白浪奔腾,顺流而下,如淙淙汩汩,声溢纸素之间。所画的,有瀑下累积着石块,亦有一无所阻,似银河落九天的,他对这个也有说法:"瀑布自有瀑龄,瀑龄长的,累石冲去,瀑龄短的,石露其骨。"他什么都肯下研究工夫,于此可见一斑。为了画瀑布,每到一名胜处,凡有瀑流的,他必留驻数天,对景写生,来琢磨造化之奇。

他任教湖南雅礼大学、四川大学、河南大学，到过的地方很多，几乎踪迹半中国。他喜读《徐霞客游记》，那还珠楼主的《蜀山剑侠传》，亦时常展阅，说该小说涉及各地风光，其中颇多他游踪所至，阅之倍觉亲切有味，不啻重温旧梦。

他寓居上海较久，据我所知，一度在北河路小桃源弄，这是和医学博士尤彭熙同居，我认识尤彭熙，即由冷月介绍。彭熙也参加星社，他遍游欧美诸国，我还记得他有一夸语，说："地球并不大，我到处都遇到熟人。"后来冷月和彭熙不投契，便搬至淡水路丰裕里九十八号二楼，那儿和钱君匋、陆抑非诸画家为近邻，以画会友，颇得切磋之益。这时时局不靖，他榜其斋名为"风雨楼"，以寓风雨飘摇之意，且"风雨"又和"丰裕"为谐声，的确很为适当。一自时局变迁，有所好转，乃改为"东风时雨之楼"。这时我八十寿辰，承他绘《纸帐铜瓶室图》见赠。那么，来而不往非礼也，我就写了一篇文言体的《东方时雨之楼记》，其中涉及冷月的生活环境，和画艺的经历，兹不惮辞费，录在下面：

"陶子冷月，居沪埭之南，近市而不嚣，毗园（复兴公园）而足息，是亦堪称佳境者矣。榜之曰'东风时雨之楼'。陶子秉铎上庠，优游退老，益以丹青自娱，胸中逸气，往往溢之于缣素。方其冥想兀坐，彼孩提扰扰其前，有若未睹也，邻户喧喧其侧，有若未闻也。迈往熔今，兼综脉贯，有不期然而然者。平生足迹多涉乔巨浸之胜，巅崖崛漭，大渊澄深，顾盼骋怀，吐纳万有。迨夫拂楮濡颖之顷，遂构形兴象于灵府，振笔所至，奇诡不可名状。渴而润泽之，湿而苍化之，斯艺毕矣，夫何慊焉。尤进而拓樊昌绪，别辟霭澹滇岿云瀚水涌之月景，即潜曜韬采，而曜采自隐现于静穆幽渺之中，使人对之悠然而意远，悄然而神凝。曩北雍祭酒蔡孑民先生赏之，以其独见逞臆，异标别徽，目之为新中国画，侪辈为之敛手慑服也。陶子志洁情芳，又复癖耽香草，摘华散藻，晕碧渲红。其画梅也，必错绣成堆；其画荷也，必缀珠盈盖。不以残菀零落，妄希入古，乃所以寓时代之精神，符世风之好尚。至若松也、菊也、芍药也、凌霄也、离离之枸杞也、灼灼之夭桃也，泊乎空谷之兰，小山之桂，南天之竹，西府之棠，靡不勾勒点染，极暗葩露叶，掩冉葳蕤之致，合黄筌富缛徐熙清妍于一炉而冶之。每一画竟，辄张之粉壁，骤视之，几疑锦屏翠帱黼黻螭凤之昭宣炳焕也。是故疏林绕郭，崇堞依岩，东风时雨之楼，忽为山水之窟；垂柳栖禽，柔条止蝶，东风时雨之楼，顿成花鸟之乡。盎然而春煦，萧然而秋爽，霞举飙发，更忘其扰扰喧喧之在其前在其侧。则此东风时雨之楼，能不称为佳境也哉！陶子盘桓其间，克家有子，颐青无涯，庶足以藐蔑矜诩，轩眉啸傲者矣，因乐而为之记。"

冷月所绘的这幅《纸帐铜瓶室图》，长约三尺，浅绛出之。我自己所作《纸帐铜瓶室记》，其中谈及该图，有那么几句话："陶子冷月为作图，茅屋三间，梅竹绕之，乔松亏蔽，一鹤梳翎而立，陂汪突阜，交相映带，厥境俦如而饶清致。此冷月臆之所造，却为余心之所向而未之能践实也。"这是"浩劫"以后之作，所以迄今保存，没有失去。

冷月很重视他的作品，每一画出，必摄影以留痕迹，且记在簿册上，这画的尺寸怎样，题款又怎样，画归什么人，都录存以便他日的追检。他能诗，每画有题，有时事冗，间请他的表叔王佩诤代笔。佩诤为吴中名士金鹤望高足，才思敏捷，顷刻立就。记得某次我和他闲谈，谈及联语的嵌名，他不加思索，即席撰成"逸梅"嵌名联十副，我大为惊叹，可惜这十联都付劫灰。既而，冷月觉得题画与其作品评式的自负或自谦，反不如直接录昔人佳句之为得，因发愿多读昔人诗词集，择其入画的，或录全首，或摘一二句，有合于山水人物的，有切于花卉翎毛的，穷数年之力，分门别类，加以编次，成书数十册。

他画花卉，以梅花为最多，为了画梅，一再至梁溪的梅园，邓尉的香雪海，又赏沧浪亭对宇可园的铁骨红，就地写生，得其神态。他又喜杨补之、王元章、金俊明、金冬心的梅幅，吸取其精华，融入西法，而自成一格。赵叔孺见之，谓："陶冷月的画梅，无一败笔。"吴昌硕尤以冷月的画梅迥异寻常，乃以自己画梅所钤的印章"明月前身"赠给他。他的画，注意透视，说："凡画圈梅，都认为必须圈得浑圆，为画梅的基本功。实则不能一概如此，有时也须圈得带有扁形，从下上窥，那就非扁不可。"他的斋舍中，悬有巨幅梅花，有低枝，有高枝，花一千几百朵。他又讲给我听："低枝近，高枝远，近大而远小，所以着笔要有分别，否则高低一致，那又违反透视原理了。"有时画雪梅，对之森然有寒意，画复瓣梅，又复妍冶入骨。画月梅，则"月明林下美人来"，符合着诗的韵味，那是以西法出之了。那位姚全兴说得好："冷月画月，有四季的区别，春月是明媚的，夏月是爽朗的，秋月是高亢的，冬月是清寒的。"

有一次，我的同学夏石庵，家里有盆昙花，昙花是晚上开放的，我就邀了冷月同去欣赏。冷月便备了一大叠画纸，对花凝视着，从蓓蕾而初坼，从初坼而开放，从开放而大盛，从大盛而渐萎，足足有二三小时，所谓"昙花一现"，就是指它花时之短。冷月在二三小时内，勾稿六七十幅之多。冷月是对什么都要研究一番的，他看到莲叶承露，如珠转玉盘，而叶上绝不沾濡水迹，他断为莲叶丛生细毛，细毛中含有多量空气，水分因以被拒，其理与鹅鸭入水，不濡羽毛相同，鹅鸭的羽毛，外被特殊的油质，起抗拒作用。但其主要原因，亦以其羽毛浓密，含蓄空气之故。

他很注意身体锻炼，曾从拳术名家乐焕之游。又善用气功。饮食上，讲究营养，如枸杞子能明目，赤豆能治脚肿，他都注意到。其他副食品，或作食用，或作药用，或两者兼用，他谈起来，头头是道。他是吴人，吴人不大吃辛辣的菜肴，他却例外，因为他夫人娄新华是湘人，湘人十九嗜辣，夫妇共同生活，也就成为习惯了。自他注意身体健康，知道辛辣味刺激性太厉害，便毅然戒绝不吃了。他有一新发明，说："嗓音失润，以松花皮蛋蘸糖霜啖之，音自响亮。"娄新华也擅丹青，夫妇合作，俨然赵松雪与管夫人，惜早卒。续娶薛昌文，善治家，鸿案相庄，白头到老，今尚健在。

冷月被谬列右派，无事可做，生活又很艰困，不知他从哪里获得一块细致的石片，花了几个月的工夫，琢成一砚，砚石中间，天然有绿阴阴的影痕，就在砚侧，镌刻"绿萍砚"三字，并加题识，含意为"乐贫"。我和他开玩笑说："人苦贫，而君能乐贫，胸襟自胜人一筹，但我认为乐贫，心中尚有一贫字在，最好能更进一步，不如忘贫吧！"他又喜搜罗印章，散佚后，犹存五百方，一匣一匣装着，很为齐整，有些自制印套，那是较珍贵的了。作画不论春岚秋壑，翠竹绛莲，夕曛朝曦，风偃雨润，他都有适合的闲章配钤着，有相得益彰之妙。他自己也能奏刀，某次，陈巨来刻一印，深憾章法不惬意，冷月磨去，代为位置，巨来喜其古朴，出于意外。钤印亦须轻重得体，巨来谓当代擅于钤印的凡四人，即吴昌硕、张大千、唐云、陶冷月。他和黄宾虹友谊很深，一度同事暨南大学，又一度和宾虹相偕入蜀，原来宾虹应某新创大学之聘，不料该大学以费绌未能成立，致宾虹进退维谷，彷徨无计。而冷月开画展，颇资润，因此宾虹得济涸辙。有邓只淳其人，赠冷月一金丝竹杖，宾虹为刻"益友"二字。又赠冷月"心迹双清"印章，印有黄小松（易）边款，但是印却同样有两方，一藏博物馆，一即赠冷月者，宾虹谓：他所赠者为真，博物馆所藏者为伪品。而博物馆则谓博物馆者为真，宾虹者为伪。真真伪伪，无从得知了。

他的画幅，所裱的绫子，都是定织的，粗看是一朵朵的团花，细看却为"冷月"二字组成的图案。他的画扇，也是定制的，表面上看不出什么，可是向日光或灯光一照，夹层有"冷月"二字的水印。他间或画五色牡丹，荧煌炫转，缛采缤纷，几如集西施、南威、昭君、飞燕、太真于一堂，而翩翩起舞哩。又画猫尤推能手，我曾见他画猫杰作，一猫蹲于牡丹丛中的石磴上，猫双目炯然有光，我是爱猫成癖的，不自觉地伸手抚之，及触纸素，才悟此非真实猫，无非丹青点染的，于是益叹冷月笔墨的出神入化。

我的孙女有慧，从他画梅，历若干年，窥其门径，不论红梅、绿梅、墨梅、雪梅都有一手，完全出于冷月的指导。有慧为谈冷月训徒有方，凡从他学画的，他往往出纸，命其徒随意画上几笔，乃因材施教。范本很多，由浅入深，由深入古，由古入今，说是这样的画，才有生活气息，才有时代精神，所以临摹和写生，必须相辅而行。有慧临摹到相当程度，他就别出机杼，把一幅示范梅画，花枝自右而左的，命改作自左而右，花枝自下而上的，命改作自上而下，经过多次练习，便能自己创稿，不被临摹所拘。他教山水画，也是如此，临摹到相当程度，他拿出几幅画幅命之移动位置，疏者密之，密者疏之，也无非循循善诱，使学徒走上创作的道路。所以从他学的，无不成绩斐然。

他丹青余暇，喜饮酒，谓："酒可以浇愁，酒可以助兴。"因此他乐则饮，不乐也饮。独坐则饮，群处亦饮，但能自制，从不醉倒，守着先哲"惟酒无量不及乱"的意旨。他喜甜食，又常以花生酱，调入糖霜，冲饮为食，称之为"素牛奶"。

他子女较多，有娄新华所产的，有薛昌文所产的，都已成家立业。据我所知，有为治、为渝、为沣、为衍、为浤、为俊、为淦。女则为梅玲、正玲。能继画艺，有声社会，则推为浤，不仅能画花卉山水，且能画月景，月景在画坛上，是稀如麟凤的。

冷月晚年多病，偃卧于床，耳失聪，目失明，神志有时不清，经常由王正公医师为之治疗，得少好转。一度上海文史馆为开冷月师生画展，特备一特制车辆，俾冷月亲临会场，摄了多幅照片。一九八五年冬，苏州市博物馆，又为开冷月师生画展，那时冷月已不能起床，由浤赴苏照料，岂知画展开幕之日，即冷月逝世之期，为浤奔丧返沪，已不及见最后一面了。遗画一百数十件，油画则仅二幅。他历年用珂罗版精印的画册若干种，也有活页成套的，这些什九散失了。

写到这儿，陶为浤来谈，他的父亲冷月所用的印，石质都很精究。曾得一对瓦钮石章，亲加琢磨，然后请金石家吴仲偕镌刻，仲偕名载和，擅书画，治印更具功力，为莫友芝拓《郘亭印存》传世。冷月请刻的，一为"冷月私印"，一为生肖章。冷月属羊，即作羊的图形。不料仲偕尚未奏刀，便一病逝世。他的后嗣，非此道中人，把所有书画印章，悉数售给朵云轩书画铺，并冷月请刻的一对石章都在内。同时，上海有两位冷月，陶冷月之外，别有一个赵冷月，那是书法家，也颇有名的。不知赵冷月怎样得到这个消息，便向书画铺买了回来，请来楚生镌刻，以偿陶冷月的宿愿。这事有些传奇式，作为小小补文吧！

杨无恙留画扶桑

当代耆旧之擅诗者，常熟杨无恙让渔其一也。著有《无恙吟稿》，陈散原以"隐文谲谏，义归翰藻，摆脱陈法，自出手眼"亟称之。吟稿予未之得诵，顷蒙无恙以续稿油印本一册见惠，且亲笔加以增损修正，尤为可喜。新建夏剑丞序之，谓："无恙于古，嗜渊明、嗣宗、叔夜、太白、东野、长吉、玉溪，思融冶之以为一家言，而卒成为无恙之诗。"

抗战前，无恙曾东渡扶桑，所至赋诗，纪厥闻见，颇有足资考镜者，如《静嘉堂文库》，乃皕宋楼旧藏，钤有汲古阁印，无恙往访之，有诗云："骆驼桥下水汤汤，清浅蓬莱一苇杭。皕宋千元非我有，追寻脉望到扶桑。"又高野山灵宾馆，藏唐人手写本，长崎福济寺有杨贵妃供佛，我国文献流入异域，无恙为之流连嗟惜者久之。平野屋主人信子，精烹庖，善制鱼羹、东坡肉。无恙至，信子方病，乃负病入厨，无恙酬以诗云："海山不枉滞行程，琼脯珍鲜为疾烹。绝似西湖宋五嫂，红炉揎袖煮鱼羹。"

又东京贾人平尾，赠无恙铸钱一枚索诗，无恙应之云："鸡林大贾要新篇，汉币秦金四十年。毕竟先生诗句好，算来还值

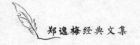

杨无恙作品

一文钱。"无恙善画花卉，清趣有逸致，见扶桑人以河豚皮作灯，栩栩欲活，爱之甚，常于灯下作画，以赠彼邦人士，于是无恙画名，大噪彼邦，所至名胜，辄有人索画。无恙诗中亦涉及之，如云："获古称名访晚钟，略存画迹记吟踪。"又云："坐到日斜留画去，海村强饭记蒲烧。"

有英兰女士者，能画菊，邀无恙赴新花町，共调丹青，无恙有诗云："寒夜正当炉火旺，一灯对影写秋花。"韵事流播，不一而足。但自经战敌，时异境迁，不知尚有人留存而追念之者乎？

沈泊尘画无师承

　　西方艺术中有所谓漫画者，其题材或纯出想象，或撷拾时事，或描写片断人生，不拘形式，以简单之笔法，而饶盎然之趣味，盖似易而实难者也。我国人之作漫画，当以沈泊尘为巨擘。泊尘乌镇人，早孤，叔抚之。叔为前清孝廉公，以读书贫困，雅不愿其子侄再为食字之鱼。遣泊尘入某钱肆为学徒，青钱万选，白镪双南，人固乐羡其业，泊尘对之却无兴趣之可言。斥资备楮墨，日事涂抹为漫画，而天赋奇才，出笔即能妙肖，以所作投各报，无不欢迎，遂辞钱肆职而专力于斯焉。

　　既而又绘仕女，不拘囿于晓楼、玉壶，别创新路。时汤国梨女士生于吴兴而侨居乌镇，与泊尘有戚谊，能诗词，有声闾里，泊尘所作，自视以为惬意者，必持以示国梨而请题焉。谓己之画无所师承，国梨之诗，亦素无传授之者，无所师承之画，不可无素无传授之诗者以题之，如此天造地设，最为允当。

　　厥后曾刊《百美图》行世，间作山水，亦别具意致，惜不中寿而卒，夺此艺人而去，造物抑何不仁乃尔耶！国梨藏其遗画颇多，悉于事变中失之。

文公达力捧梅兰芳

　　萍乡文永誉，字公达，别署天倪，庐江陈鹤柴有《天倪宝遗集》序，可作公达之小传读焉。如云："萍乡文公达大令，树臣观察之孙，芸阁学士之子也。夙承家学，舞象游庠，敏慧轶群，博闻强记。余识君于沪，君方弱冠，藻思绮发，挥翰若流，时出隽言，亦骈亦散。以贫故，遨游粤、皖、吉林、奉天、燕京，返棹沪渎，几三十年，疗愁无术，赴召玉楼，以癸酉二月晦日中风遽卒，年五十有二。遗二女，无子。余凤有苔岑之契，寻览遗文，恧焉伤怀，辑缀付刊，弥深山阳闻笛之感已！"公达一度入《新闻报》主笔政，又为《时报》辑副刊，捧梅兰芳不遗余力。梅演期满，北上燕京，公达特向报主狄平子乞假，亲送梅至江宁，及渡江，津浦车开行，始惘然而归，较诸珍重阁主每日为梅作起居注，刊载《申报》上，有过之无不及也。公达诗不多作，偶为之，殊俊逸可喜。予曾见其邓尉探梅云："十年水国寒生袂，着眼繁花意自殊。未有文章侪宋赋，且携脂盝拜吴姝。如闻唳鹤增退感，乍喜蟠螭涉胜途。便欲乞祠从邓尉，落英长与荐氍毹"。按蟠螭，山名也。

吴子鼎之《竹洲泪点图》

休宁老画师吴子鼎，讳瑞汾，晚号颐叟，又称颐道人，慕吴中水土清嘉，买宅阊邱坊，以书画曲蘖遣兴。与予殊友善，每晤，辄相偕上酒家楼，畅饮倾谈为乐。予固蕉叶量，往往不胜杯勺也。子鼎设衣肆于海上，苏沪往还，岁必四五次，故颇多良觌。今日回忆，其蔼然之容，温如之态，犹历历似在目前，讵知故人墓木已拱耶！子鼎幼孤，由其母苦节抚之，而孝思不匮，绘成《竹洲泪点图》凡十有二帧，当时蒙以见示：一、焚香吁天；二、矢声励节；三、寒夜刺绣；四、炎日灌园；五、洁膳承欢；六、折萸督课；七、冒雨采茶；八、落叶拾薪；九、助邻举火；十、克己济贫；十一、萱草留芳；十二、金石永寿。盖子鼎素擅人物画，余天遂师赠诗，有"吴道子，画中仙，梦中神物笔能传"之句，予尚藏有彼之人物扇册也。吴东园尝为之谱《竹洲泪点图传奇》。曩时予主辑《金钢钻报》，乃假得全文披露之，赓续月余始已。其女佩瑜，渊源家学，又师事香溪袁雪庵，山水得幽淡疏秀之趣，予曾代高吹万丐画《风雨勘诗图》，高丈甚称赏也。后嫁《时报》名记者刘襄亭之哲嗣。子鼎早参陈尚书庸庵幕，为庸庵绘《水流云在图》数十帧。鼎

革后，治醭秦晋，游踪达于蒙古国及西北边陲，与赵半跛结异姓兄弟。半跛画得青藤、雪箇遗意，却与子鼎之画院作风迥乎不同也。

吴子鼎作品

270

扬州八怪考

　　凡谈清代艺术，辄数及扬州八怪，而《辞源》《辞海》均不列八怪之名。据予所知，一为金冬心，名农，字寿门，别号甚多，如吉金、稽留山民、昔邪民士、出家庵粥饭僧。嗜奇好古，收金石文字千卷，工书，分隶尤妙，擅写梅竹及马，涉笔高古，山水点缀闲冷，皆以意为之，著有《冬心题画》《冬心画记》等。二罗两峰，名聘，字遯夫，夙耽禅悦，自称花之寺僧，冬心弟子也。工诗善画，笔情古逸，思致渊雅，墨梅兰竹，均极超妙。尤著名者，则为《鬼趣图》。说者谓其生有异禀，双睛碧色，白昼能睹鬼魅，生平所睹不一，故所作亦不止一本。三郑板桥，名燮，字克柔，画擅花卉木石，尤妙兰竹，其兰叶以焦墨挥毫，多不乱，少不疏，脱尽时习。书亦有别致，隶楷参半，自称六分半书，间以画法行之，故蒋心余有诗云："板桥作字如写兰，波磔奇古形翩翩。桥板写兰如作字，秀叶疏花见姿致。"书画印章甚多，多出高西园、沈凡民之手，著有《郑板桥集》。四高西园，名凤翰，号南邨，晚号南阜老人。病痹，右臂不仁，感前人郑元祐故事，号尚左生。山水纵逸不拘于法，纯以气胜。说者谓其笔端兼擅北宋雄浑之神，元人静逸之气，虽不规之于法，而实不离乎法也。花卉亦奇逸得天趣。嗜砚，收藏千余，皆自铭。五李复堂，名鱓，字宗扬。花鸟学林良，纵横驰骋，不拘绳墨。六汪东湖，名士通，字宇亨，私谥文洁先生。工诗文，精篆隶，善铁笔，山水秀逸苍老，直入董巨，兼诸家之胜，为时所重。七黄瘿瓢，名慎，字恭懋，山水宗倪黄，出入吴仲圭之间，兼工人物及仙佛。善草书，诗亦佳胜，有三绝之誉。幼寄萧寺，夜无所得烛，就佛光明灯下读书。既以画名，奉母居扬州，板桥诗曰："爱看古庙破苔痕，惯写荒崖乱树根。画到精神飘忽处，更无真相有真魂。"即谓此也。八闵正斋，名贞，山水魄力沉雄，得巨然神趣，人物笔墨奇纵，衣纹随意转折，豪迈绝伦，兼精写真。幼失怙恃，岁时伏腊，见人悬父母遗像列祭，辄流涕，人称闵孝子。所谓八怪者，大都为康乾时人，有扬州产，亦有非扬州人而流寓其地者，若能集八怪之小品，装成一册，晴窗展玩，其乐也何如哉！

伶工王虎辰之笑话

　　若干年前，梨园子弟中，有王虎辰者，以《周瑜归天》一剧负盛名，每演必满座。于《红羊豪侠传》中饰韦昌辉，扮相英俊，神采奕奕，令人对之如诵龙门《游侠传》也。有时演红生，仪态威壮，具当年三麻子（为王洪寿之艺名）典型，亦殊可喜。出演海上共舞台，为时最久，舞后王小妹排日往观，缱绻情深，卒随之为妇。追求舞后者綦众，至时乃深羡虎辰之艳福不置。虎辰曾一度出演某地，打泡戏十分卖力，用博彩声，奈四座寂然，无叫好者，虎辰大愤，即于唱句中夹入"再不叫好，操你的祖宗"两句，运腔使调，高遏行云，某地人士不辨其所唱为何，第觉其声容并茂，果为之叫好不绝。既而虎辰又演剧于南昌，期满，偕其母及妇，乘民船赴九江，不料行至鸡龙山畔，船机忽告损坏，乃停泊修葺。虎辰固善游泳，以气候郁蒸，遂约其同行鼓手杜石亭，跃入戏水，岂知河水湍急，虎辰、石亭二人身不由主，即沉溺不起，经舟子捞救，已无及矣。虎辰与予有数面缘，闻其噩耗，亦不觉为之扼腕。

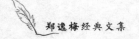

新罗山人之观音像

有清一代之画家，新罗山人华秋岳，尤为巨擘，或谓其为闽人，亦有谓为仁和人者，实则原籍闽之临汀，后客维扬，晚家西湖，卒于杭。其孙绳武，始于乾隆时，入仁和籍也。人物山水，花鸟草虫，无不兼擅，评者称其标新领异，机趣天然，直可并驾南田，超越流辈，以往之丁宝书，及现存之大石居士唐云，皆善抚新罗者也。新罗间亦绘观音像，却有不可思议之事迹，足资谈助。日前，赴倪高风之汤饼宴，高风与吴女士结缡凡十七载，颇以嗣胤为忧，直至今秋，乃一索得男，则其喜可知。是日，予与黄蔼农翁同席，高风一再向翁申谢。予讶询之，始知翁于去岁以新罗山人《观音抱子图》拓本贻高风，高风本不佞佛者，姑供之于万红豆馆中，不意昭然应验也。翁因告彼生子聿丰，为戊辰十一月，其时翁之太夫人年将七十，翁亦四十有八。初其夫人高氏，祷于上海净业社大士前。又一日，在居士林诵经，偶合眼，忽感观音现身，抱子于怀，自是日诵《白衣咒》，及既分娩得子，翁乃发愿绘写观音，未果。辛未夏游吴门，信宿刘畏斋固舫中，约次日偕礼印光法师于报国寺。途次，于古玩铺获见新罗人写观音抱子像，值是日为观音诞，

欢喜之余，亟奉归破盎龛供养，盥手重抚，并书《心经》，由
金匮张瑞芝代为剞劂，以贻戚友，凡乏嗣者，无不应验而弄璋
有喜，固不仅高风为然也。此殆心灵感通使然欤！我友合肥刘
瞻明，为壮肃公孙，研究心灵感通之道有年，得暇还当质诸刘
君也。

读画一得

予藏一旧画，绢本，无款识钤印，然笔墨精绝，见之者无不断为明代物，且谓似蓝田叔。画为四尺中堂，作富阙台榭，台中奇石矗立，嵌空玲珑，着以青绿，自饶古意。石隙玉兰秀发，烂漫满枝。仕女八人，或立或坐，参差其间，有鼓瑟者，有弹琵琶者，有奏云笙者，有㩽玉笛者，有吹洞箫者，有弄箜篌者，红氍为簟，风姿娟然。台四围有栏，作螭龙之纹，备极工细。台下累石数起，疏花掩映，二孔雀刷羽树下，翠色欲滴，其秀雅纤丽处，又仿佛仇实父，惜不能起古人于地下而一问之，果属阿谁手笔也？

科举时代，以廷试第一人为状元。有尚文艺者，为文状元，有崇武功者，为武状元。然在昔重文轻武，文状元之地位，较高于武状元甚远。盖承平之世，偃武修文，势所必然也。不料此外又有画状元之名目。《名山藏》云：吴伟，字次翁，江夏人，画山水人物，苍劲入神品。宪宗召授锦衣卫镇抚，待诏仁智殿，伟好剧饮命妓，人欲得伟画者，则载酒携妓往。一日，被诏正醉，申官扶掖入殿中，上命作松泉图，伟跪翻墨汁，信手涂抹，上叹曰："真神笔也。"孝宗命画称旨，授锦衣百户，赐印章曰

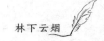

画状元。

　　画不宜过于形似，求形似则未免刻画为之，韵致尽失，一无是处。且自西人发明摄影术，已尽形似之能事，何必多此丹青技巧。然若过于不似，则亦有背画之本旨。要之，须笔神墨化，在似与不似之间，斯为得耳。予最叹服倪云林之论画。如云：仆之所谓画者，不过逸笔草草，不求形似，聊以自娱耳。近迁来城邑，索画者必欲依其指授，又欲应时而得，鄙辱怒骂，无所不有，冤矣哉，拒可责寺人以不耦也。又云：余之竹，聊写胸中逸气耳，岂复较其似与非，叶之繁疏，枝之斜与直哉。或涂抹久之，他人视以为麻为芦，仆亦不能强辩为竹。云林之卓识如此，无怪其克享盛名也。

伪 画

　　画多伪作，自古已然，即清宫所藏，供帝王宸赏者，亦复赝鼎充斥，混淆难辨。近来人益狡狯，作伪日多。如吴昌硕生前，伪作所在皆是。有购得其立幅，就询是否真迹者，昌硕略一谛视，知非出于己手，乃莞尔曰："此画笔墨稚弱，大概为予早年之作，然已不甚记忆矣。"事后，有问其何不直率否认，昌硕曰："作伪者迫于生计，殊为可怜，好得明眼者自有人在，固不必斥之以破其啖饭术也。"人咸服其雅量。

　　钱化佛之画佛，亦有声海上。某次，有某笺扇肆，发现伪作之无量寿佛一帧。化佛故意购买之，并索得发票。证件既全，控之于官。结果以画之作伪，为寻常之事，不得直。于是伪画之风乃益盛，如此判决，殊非公允之道也。

　　我师胡石予先生画梅四十年，予得其数帧，珍之如拱璧。闻其掌教吴中草桥学舍时，有溧阳王生，在冷摊买得有石予款之墨梅一幅，欣然以示石予先生，石予先生曰："此赝鼎也。"且纷乱无序，俗气熏人。言至此，王生爽然若失。石予先生曰："尔无悔，我可为尔补救之。"即伸毫于左边空处补写一枝，缀以数花，题句其上曰："生前已有假名者，死后可知价值高。

笑语王生莫烦恼，为君左角一添毫。我画梅花四十春，冷摊发现已频频。不知雅俗难淆乱，婢学夫人惜此人。"又跋数语曰：王生在冷摊购得署予名之墨梅一帧示予，予曰：此赝鼎也。王生甚懊丧，因念其掷金可惜，为补一枝，并题两绝句，俾稍增酷嗜予画之兴味云。

吴中某名画家，兹已物故矣。其生前喜为伪王石谷山水，有叩之，曰："予之画润虽昂，然与其为己画，毋宁为王石谷画，代价更高。"闻者笑颔之。某名画家晚年作品綦少，职是故也。

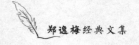

我国裸体画之导师

西人尚裸体画，盖摹写人之肌肉，以显其意态者，在希腊时代，即已盛行。降至近今，美术学校且雇模特儿，借以研究曲线。于是解衣登台，捧心抚乳，极俯仰之妙，尽卧立之姿，盖公认为神圣之艺术，不得以秽亵诋之也。我国礼教虽严，然古之丹青中，亦有作裸体美人者，其人为唐之周昉，前此未之有也。周昉字仲朗，京兆人，好属文，穷丹青之妙，画仕女为古今冠绝。《广川画跋》云：尝得周昉画《按筝图》，其用工力，不遗余巧矣。眉色艳态，明眸善睐，后世自不得其形容骨相，况传神写照，可暂作阿堵中耶。余曰：此固唐世所好，尝见诸说，太真妃丰肌秀骨，今见于画，亦肌胜骨者。昔韩公言曲眉丰颊，便知唐人所尚，以丰肌为美，昉于此时知所好而图之矣。又《清河书画舫记》云：传闻昉画妇女，多为丰肌秀骨，不作纤弱娉婷之形。今图中所貌，目波澄鲜，眉无连卷，朱唇皓齿，修耳悬鼻，辅靥颐额，位置均适，且肌理腻洁，筑脂刻玉，阴沟渥丹，火齐欲吐，抑何秾意远也。观此，可知周昉作画，固以肌肉之美动人者。后世仇士洲绘《汉宫春色图》，不过师其故智耳。

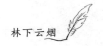

编影戏剧本之老前辈

编影戏剧本殊不易，意义自当力求高尚，然观众程度高低不一，又不能不双方兼顾，加之电检会取缔甚严，动辄阻碍，且限于人选、道具、地点，束缚重重，纵有天才，难以展开。因是各影片公司虽登报征求剧本，而剧本之荒如故也。拙钝似予，居然亦厕身编剧之列，前为上海公司、艺华公司、联华公司，编有《糖美人》《万丈魔》《三生石》《妹妹我爱你》《金刚钻》《新婚的前夜》《国色天香》《桃花梦》等，既皆一一公映于银幕，予亲往观之，觉一无是处，为之愧汗涔涔，甚矣。编电影剧本之不能与撰小说及草小品文字相提并论也。按编影戏剧本，有一老前辈，此道祖师，舍其人莫属。其人李姓名灌，邰阳人，字向若，幼警敏，明崇祯举人。甲申难作，剃发为僧，浪游太华、黄河间，与李二曲、李天生齐名，号关中三李。入清累征不就，诗文清奇，自成一家，尝榜其室门云："清风未能吹动我，明月依然来照人。"借以寓意。著影戏剧本若干，情节之佳，得未曾有，惜今不传。冯若飞之《绿鹦鹉轩随笔》曾述及之云：秦中旧有影戏一种，或称灯影，其制设帷长丈余，广约五六尺，中置巨灯，优人携鼓乐居中，不令人见，暗持傀儡而舞，透影

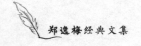

纱上，杂以笙歌，颇可娱悦。傀儡以牛革为之，长不逮尺，而镂错极巧，并施色彩，身臂手足，各分数段，成环节状之活动。舞者两手可持若干傀儡，生旦净丑，悉自动作，纡徐进退，俯仰如神。至于仪仗景物，亦甚自然，恒于中宵演之。而剧情多奇巧，往往出人意外。留连于佳人才子之离合，而终归于正。夜阑更尽，动心荡思，令人有江上峰青之遐想。影戏剧本，半出名手，大都为蹭蹬功名之人，殚精力而成者。摘藻选材，一依于稗史或丛书笔记，如御沟红叶、人面桃花诸往迹，均列入剧中。此制清初始有之，郐阳大儒李灌所著剧本为最有名。此种影戏，略具规模，然在西洋电影之前，而能匠心独运，殊不可及，固不能以幼稚嗤之也。

徐悲鸿妙绘李根源

　　我和李根源在他下野时，曾通声气，可是始终没有一面之缘。原来他晚年为吴下寓公，和章太炎、金鹤望结金兰之契，诗酒林泉，极盘桓啸傲之乐。他葺治小王山，是煞费经营的。既成，邀诸友好往游，他做东道主，尽永日之欢。承他不弃，一度柬约我和范烟桥、赵眠云等作灵山大会，烟桥、眠云欣然命驾，我当时不知被什么事所羁绊，没有参加，总以为来日方长，以后再来登临瞻仰，岂料人事变迁，迄今未了宿愿，这是多大的遗憾！否则我这一篇谈人事、谈景迹，一定能谈得较生动、较亲切，悔之莫及，只得如此了。

　　李根源，字印泉，又字养溪、雪生，别号高黎贡山人，一八七九年六月六日，诞生于云南省的腾越九保乡。父亲李大茂，以军功任腾赵镇中营千总。李根源一跃而为民国史上的显赫人物，有此成龙之子，那是他父亲李大茂所意想不到的（按大茂卒于民国乙卯九月，根源方亡命日本，家人没有告诉他；次春闻讯，方声讨袁项城帝制，组织肇庆军务院，瘁于国事，不能奔丧，誓愿终身逢此日茹素不进荤，借以赎不孝之罪）。

　　我拟多纪述些李根源的生活细事，可是他的荦荦大端，似

乎也得带着一笔，作概括性的记录，那就细大不捐，双方兼顾
了。他早年应试为秀才，此后他不事科举，考进新创办的高
等学堂，次年取得官费，留学日本东京振武学校。一九〇五
年，中国同盟会在东京成立，根源为早期的会员，富有革命头
脑，回国后触犯云贵总督丁振铎，派警逮捕，他闻风，又潜赴
日本，学习陆军，允文允武，彬彬桓桓，如此人才，是很难得
的。这时，护理云贵总督的沈秉堃赏识了他，把他调回云南，
任云南陆军讲武堂总办。在他爱国思想教育下，培植了许多在
辛亥革命中的军事骨干。他自己也冒着锋镝，和蔡锷、唐继尧
等从昆明城北进攻，取得了胜利，蔡锷任都督，他任军政部总
长兼参议院院长。此后，他参加癸丑讨袁之役。欧战爆发，他
和熊克武、章士钊等，组织欧美研究会，发表对时局的主张。
一九一八年参加护法斗争，以及其他一系列的革命活动，此后
便择地苏州，作为息隐之处，黎元洪总统派人到苏，邀他出山，
并亲书一联给他：

关中贤相资王猛；
天下苍生忆谢安。

对他非常推崇，因此他与黎元洪有知遇之感的。晚年寓
北京，朱德时往问安，因朱也出身讲武堂，沐受他的教泽的。
一九六五年七月六日，李根源逝世，年八十六岁，著有《雪生
年录》《雪生年录续编》《曲石文录》《曲石诗录》《曲石诗文续
录》《曲石文存》《曲石续文存》《曲石庐藏碑目》《荷戈集》《东
斋诗钞续钞》《九保金石文存》《镇扬游记》《娱亲雅言》《吴

郡西山访古记》《吴县冢墓志》《洞庭山金石录》《阙茔石刻录》《景邃堂题跋》《西事汇略》《虎阜金石经眼录》《曹溪南华寺史略》（与邓尔雅合作）、《河南图书馆藏石目》《滇西兵要界务图注》《滇军在粤死事录》《陈圆圆事辑》《陈圆圆续辑》，真可谓著作等身。又刊《云南杂志》，题有："民报挺身谁拱卫，云南杂志是尖兵"之句，时为一九〇六年。他又绘图寄意，有《吴郡访碑图》《苏门负土图》《阙园图》（按根源母亲阙氏，阙园为供养其母所在）。园中有况蕙风一联，极为传诵人口：

　　山光照槛，塔影黏云，永日足清娱，绕膝觞称金谷酒；

　　红萼词新，墨花志古，遥情托高咏，题襟人试老莱衣。

根源为苏寓公，那是他看到军阀混战，政局日非，便急流勇退，奉母赴苏。他对于苏州山明水秀，林木清嘉，素具好感，认作第二故乡，即在葑门内十全街购买了一所园林式的旧住宅，伺奉定省，克尽孝道。某岁，他为萱堂祝寿，那时他虽高蹈远引，不问政事，但究属阀阅簪缨，门生故旧，都一时显达，晋觞上寿的来自四方，轩屋厅堂，极富丽繁衍之盛。当杯酌笙箫、群情欢动之际，他忽然想到左右邻舍，也应当请他们来热闹一番，可是邻居的老媪们，生活贫困，衣服褴褛，见不得人，又送不起贺仪，坚决不肯参与以贻羞。根源探知其情，婉言谢绝送礼，并由其母亲检出自己的服御，给邻媪穿着，前来饮酌。这些平民化举动，受到众口的称颂。直至一九二八年，

他的母亲仙逝，就在距城西南四十里的穹窿余脉小王山，卜葬其母且种松万株，名之为松海，加以其他点缀，小王山竟成为风景区。一九六五年七月，他临终遗嘱：把骨灰埋葬在小王山他母亲的墓侧。经过"浩劫"，幸而没被摧毁。

当他居苏时，章太炎、金鹤望等名宿，也在苏州，常谈艺论文，甚为相契，便结为金兰兄弟。而苏州为吴王阖闾故都，数千年来，古迹累列，有许多是素来著名的，还有许多尚待搜幽索隐的，甚到断碑仆地，淹没丛棘芜草间，非有好事者，不克发见考证。他却好古成癖，特地备着一只小船，他的居处临着河埠，就在门口上船，是很便当的。苏州是有名的水乡，有东方威尼斯之称。循着纵横的河道，到处可通，由小船深入探寻，往往在港畔，登岸陟阜，披蒙翳，驱狐虺，得一碑碣，摩挲辨认，走笔录存。夜则宿于小船中，一灯荧然，和他的伴从相对。这样经过二十多天，以饱受霜威雨虐，加之饮食失常，归家一病几殆。既愈，他把搜集的资料撰成《吴郡西山访古记》，且又参加吴荫培探花主持的吴中保墓会，到处访觅古代名人的墓穴，一一为之封植。当时有位王秋湄讥讽他："与冢中枯骨为伍。"他回答说："这是临摹古碑、摩挲故物同一意义。"用以还讽秋湄的好古物而集藏六朝造像的习性。

根源在小王山辟有别墅，城郊往还，路过木渎，经常在石家饭店进膳。该饭店有十大名菜，尤其鲅肺汤，为于右任所称赏，曾有一诗：

> 老桂花开天下香，看花走遍大湖旁。
> 归舟木渎犹堪记，多谢石家鲅肺汤。

　　且写了"名满江南"四字的横额。潘泽苍很熟悉该店的往史，写了一篇记录。又我友许舒风，乃该饭店主人石仁安的女婿，见告李根源和该店的关系，最早该店的招牌为石叙顺。有一次，仁安请根源为该店更名，根源大笔一挥，径书"石家饭店"四字，于是邵力子、叶楚伧、吴敬恒、白崇禧、李济深、汤恩伯、钱大钧、陈果夫等，都来品尝。果夫尝到仁安亲自为他烹制的番茄虾仁锅巴汤。这菜先把蕃茄虾仁在滚油中熬透，然后浇在锅巴上，嗤的一声作响，饶有妙趣。这看现在很普通，当时由石家饭店创始，果夫大为惊异，问："这叫什么？"锅巴是素来不上席面的，仁安说："没有名堂。"果夫说："菜肴怎能没有名堂？我认为不妨叫做天下第一菜吧。"于右任吃鲅肺汤，那是根源邀请他来的。据说石家饭店的所在，乃是清名臣冯桂芬的旧宅。

　　根源的交好，据他的嗣君李希泌所撰的《回忆先父李根源在吴县的岁月》，叙述甚详，知道他和张一麐友谊更深，小王山的"阙茔村舍"四字，即出于张氏手笔。张氏的祖墓，距小王山数里，建有庐屋，但张氏很喜欢住在阙茔村舍，和根源晤谈。根源特为张氏辟一卧室，大有徐孺下陈蕃之榻之概。两位老人都习惯早起，黎明起身盥洗，张氏打太极拳，根源则做健身操，两老锻炼后，坐在相对的沙发上，张氏捧水烟袋，根源吸旱烟长管，边吞吐，边谈话，一直到吃早饭，以为莫大乐事。一九三二年，根源和张氏有志于办新农村，倡议在善人桥立实验农村以示范。又办成人夜校，仿日本式修公共浴池。"九一八"事件发生，二老一致主张抗日，且义愤填膺，组织老子军，参加前线作战，卒被当局劝阻，未得成行，乃转为后

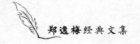

方支援工作，埋死救伤，不遗余力。根源有五言绝句：

> 霜冷灵岩路，披麻送国殇。
>
> 万人争负土，烈骨满山香。

当时郭沫若深赞二老的行径，称根源与一麐为"天下之大老"，撰文报道其事。此后，敌寇日迫，城居危急，根源携带随从，于深夜杂在难民中，步出金门，经横塘、朱墩、西跨塘、木渎等地，途中数遇敌机轰炸，幸未遭殃，至次晚始抵小王山。又有诗云：

> 救难扶伤今已矣，老夫挥泪别苏州。

这诗是很沉痛的。及敌军侵占吴江，去小王山仅三十里，一水可达，加之敌机空袭木渎，火光烛天，根源大为焦灼。这时工兵总指挥马晋三驶车来小王山接根源和张老，因晋三的父亲马程远，是根源讲武堂的老学生，有师生之谊的。奈张老为了难民尚待疏散，未能离走，根源被晋三强拉登车，前往南京，辗转到重庆，住在化龙桥畔。徐悲鸿去探望他，有感于根源以往的义举，为绘《国殇图》长卷，绘着根源执绋走在行列的前面，满怀悲忿，栩栩如生，为悲鸿生平得意之作。可惜现陈列于北京徐悲鸿纪念馆中，仅一悲鸿为根源所作的画像，那《国殇图》已不知去向了。

最近，上海辞书出版社所刊行的《中国名胜辞典》及《中国历史文化名城辞典》都列入了苏州，但在苏州名胜中却遗漏了小王山，不毋遗憾。幸而李希泌的那篇《回忆先父李根

源在吴县的岁月》，记载很详。吴县文史资料委员会，又刊有
《吴县小王山摩崖石刻选编》佐以图片，兹摘存一些，以留鸿
雪。根源在苏州前后十四年，一九二七年春，其母逝世，殡
于石湖治平寺，乃在寺内守灵。翌年，葬母于善人桥小王山
东麓，从此他经常住在小王山。他乡居的时间，还多于城居
的时间。在小王山植树造林，引道开山，濬泉凿石，欲辟小
王山为名胜之地。山后万松蓊蔚，翠黛染衣，即就峰头建一
石亭，章太炎篆书题"万松亭"三字。一九三五年陈石遗诗
人来游小王山，登上"万松亭"，看到万松成为松海。对之胸
襟豁然，大为兴奋，题名"松海"，并写了"松海"两个大字，
刻在松林深处的崖壁上。根源喜悦之余，复鸠工在松林内建
了两座三开间的平屋，南边的一座，叫"湖山堂"，面对岳峙、
烂柯两山，峰岚缺处，可见太湖，凭槛远眺，顿有山色湖光
扑面来之感。北边的一座叫"小隆中"，章太炎篆书题额，并
有识语，如云："予昔为印泉作楹联、附语，称'治世之能臣，
乱世之奸雄'，盖戏以魏武相拟，以印泉尚在位也。遇处十年，
筑室松海，自署小隆中，又追慕武侯，则仕隐不同，故淡泊
宁静，亦山林之趣，予因据其所称榜之。"小隆中的题名，是
有来历的，太炎夫人汤国梨有次来访松海，口占了一绝：

> 探胜不辞远，栖山莫怨深。
>
> 苍茫松海里，应有蛰龙吟。

根源和了一首：

苟全于乱世，不觉入山深。

高卧小隆中，聊为梁父吟。

因据诗意，名此屋为"小隆中"了。堂中悬有冯玉祥在泰山所绘的巨幅《蜀道难图》，是赠给根源的，悬在这儿，却有些不伦不类。小隆中后面有一丛石峰，张溥泉（继）来游，题名为"卧狮窝"，又题了一诗：

大王卜宅小王山，野服芒鞋意自闲。

遥指吴官无限恨，太湖明月一沙湾。

人称根源为印公，这儿又称大王，递升了一级，他引为笑谈。小隆中之北，有座石台，广二三丈，刻有九七老人马相伯写的"枕涛"二字，其上为"寒碧石"，其下为"听泉石"，再北有石亭。篆额"听松亭"也是章太炎题的。"卧狮窝"的西侧为"吹绿峰"，因石峰遍滋苔藓，浑然一碧，故名。这三个擘窠大字是陈石遗写的。可是这儿嶙峋矗立，缺的是潺潺的流水。有了石，没有水，未免减少了活气，所以根源动了脑筋，把对面岳峙山涧的流泉，引导过来，开辟了一个池塘，注玉跳珠，风起细浪，李烈钧为题"灵池"二字，上建"池上亭"，登临其间，令人有濠濮之想。池塘的南面，有广地数弓，植梨多株，花时笼烟浥露，翦雪裁冰，称"梨云涧"，加上前山的"孝经台"，故为"松海十景"。那"孝经台"，是一块三四丈见方隐伏在山坳里的平整岩石，刻有章太炎篆书所录的《孝经·卿大夫章》，每个字一尺二寸见方，几欲与泰山经石峪先后相辉映。

从一九二七年至一九三六年，知名人士来游小王山留下题字的，除上面所述诸子外，尚有陈巢南、金鹤望、张大千、范烟桥、周瘦鹃、吴兆麟、汪旭初等，也有未履其地、寄来手迹的，如吴昌硕、谭延闿、章行严、邵元冲、张默君、张维翰、蔡锷、黎元洪、程潜、郑孝胥、陈锦涛和根源的老师赵端礼、孙光庭等。根源雇了两名刻工，历两寒暑，才把题字都镌凿在小王山和岳岜山上岩石上。最特殊的，其中有一块是曾任苏州博习医院院长、美国人苏迈尔博士的西文题名，为摩崖的创举。根源将小王山的石刻与题咏，汇编为《松海》一书，包括《松海集》《松海石刻》《阙茔石刻》与徐云秋《穹隆杂写》四部分。此外，又请四川僧大休上人绘《阙茔村舍图》。云秋能画，又画了《松海图》，云秋和我相识，著有《卓观斋脞录》，"文革"前曾把晤于上海，不久他就下世了。总之，小王山是湮没无闻的，经根源加以点缀，山因人而名，也就成为胜迹了。

一九五〇年，根源从北京回到苏州，忙着去锦帆路拜谒了章太炎的灵眉，又访问了经学大师曹元弼。旋即驱车到小王山，幸茔墓和村舍依然如旧，但郁郁松林，经战乱被伐，根源大为嗟惜。一九五一年，根源迁居北京，时常萦系着小王山，奈年衰体弱，未能成行，便主张在抗战时期从十全街寓所疏散到小王山那些古籍、书画，文物，以及故意沉在小王山关庙前小池中的唐代墓志九十三件，其中尤以唐诗人王之渔的墓志，为最珍稀，悉数归诸公家保存。根源于一九六五年七月六日，病逝北京，后人按他的遗愿，安葬小王山，他有一弟根云，也埋骨于此。

现在掩映在绿荫丛中的小王山小学，原名阙茔小学，是一九三一年根源创办的。教室门前有一口井，名曰"罔极泉"，是办学前一年开浚的，也就成为遗迹。那时，在这小学读书的有一位金云良，今尚键在，擅文翰，缅怀师门，撰写了《李根源与小王山》一文，足补李希泌所写的挂漏，并把题名题诗列为一表，也是一位有心人哩。那本《吴郡西山访古记》，我最近向图书馆借来，始得寓目。书为线装本，为日记体，凡五卷，《虎丘金石经眼录》《镇扬游记》附在其中。题签出腾冲李曰垓手笔。末有根源识语："此书为余今岁游览所经，随笔记录，疏舛知所不免，未敢遽出问世。乃上海泰东图书主人赵君南公强索刊印，辞不获已，尚冀海内鸿硕，匡教是幸。"冠金鹤望一序，略云："公之载酒买艇挟两健仆而西也，太夫人亦不之知。荒山破寺，披榛丛，剔藓迹，甄录宋以来石刻无遗。历访先贤兆域百余所，凭吊其松楸，其或幽隐芒昧，则谘于亭长野老，证以史志，相以阴阳，间得佚石于畦陇间，于是韩襄毅、徐武功、董香光、钱湘舲、王惕甫、曹秀贞夫妇诸墓，近百年来文人学士，课虚叩寂于荒径穷谷，茧足不知其所往，一旦骨脉呈露，昭晰无疑。其尤久且远，如吴朱桓、梁陆云公、钱氏元璙佳城幽壤，绵历纪祚，亦复披豁以诏当世，公之功于是为勤。"其他题辞者，尚有张一麐、赵石禅、孙光庭、亢维恭、陈荣昌、王佩净、何秉智、方树梅、吴荫培、彭云伯、费树蔚、周迦陵、李希白、陈直、李维源、尤宾秋、卧云法师等，珠玉纷披，均极可诵。他访古凡二次，第一次是一九二六年四月十二日到四月三十日，第二次是同年五月二十四日到三十日，共计二十六天。当时交通颇多阻塞，每天寻访的往往有五六处之多，很为劳累。晚上在船舱灯烛下，涉笔记载，动辄至三鼓始息。他为了访寻那著《治家格言》的朱柏庐（用纯）之墓不得，乃辗转访得吴县生员程敬之的儿子叔渔，盖柏庐墓被人所掘，而敬之出以阻止的。便请叔渔为导，买舟泊周家圩，步

行里许，由权墩登山，得见墓穴，土已削平，无复隆然之概，他即斥赀为之整葺。又访经学家惠栋（定宇）之墓不得，归求惠氏后裔亦不得，而张一麐偶遇惠而溶，知为惠栋的六世孙，以告根源，始由而溶导往光福镇倪家巷村南百步，地广二亩，尚有祭台，乃设香花瞻拜，以志敬仰。

　　根源自己也擅书法，具北魏体，朋好求书，他立即应付，很随和。有时村民及田舍郎请他挥毫，他从不拒绝，甚至主动写了联对，亲自送到野老们的陋室中，谈生活，话桑麻，野老也忘掉了他曩时是显赫一时的国务总理，留他吃饭，佐饭的都是什么荠菜、马兰头、金花菜，他笑着说："这些时鲜蔬菜，比鱼羹肉脍，胜过多多，我是很配胃口的。"我喜罗致书画扇，颇以没有李根源的手迹为憾。一天在丁闇公的后人丁柏岩处，看到一柄根源的隶书扇，最为珠联璧合的，一面为马树兰的花卉，澹雅清疏，得无伦比。马树兰为根源的夫人，这柄夫妇合作扇，尤为可珍可贵，我和柏岩相商，卒由柏岩割爱让给了我，作为纸铜瓶室长物了。

　　根源的后人，有挹芬、希泌等。希泌是他第五子，孝思不匮，以父亲著述，久已绝版，最近把根源在不同时期的文电、题跋及研究云南金石文章，共一百七十篇，总计三十万言，请缪云台作序，楚图南题签，名《新编曲石文录》，由云南人民出版社刊印问世。这是民国史料，也是地方史料，更是南社史料，因他老人家也是籍隶南社的。

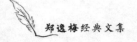

唱歌科的起始

唱歌也称乐歌,在我国大约有二千多年历史了。那时孔子以礼、乐、射、御、书、数,称做六艺,作为教育项目来教导弟子。乐,占着六艺中的第二位,可见古人对它的重视。孔子当时编成了一部乐经,那里面一定有很多的研究,可惜这本书经过秦火,付诸一炬,后人就没法看到。直至十九世纪末期,我国兴办了学校,从事新的教育,才又把唱歌列为教科之一,凡中小学都设有那么一科,距今也有八九十年了。

唱歌创自西洋,播及日本,至于介绍到我国来,就要推沈心工为开风气之先了。他原名叔逵,头脑很新颖,当时一般所谓书香子弟,大都沉溺科举,想在八股括帖中显身扬名,出人头地。可是他矫然独异,鄙弃这一套陈规腐习,毅然东渡日本,吸收新知识。他认为唱歌足以涵养人的品德思想,发扬人的审美感情。于是就进入唱歌速成班,在很短时期内,毕业归国。这时,上海有个务本女学,是很有名的老学校,据说那国学大师章太炎的夫人汤国梨,是务本的高材生,可见年份的悠久了。沈心工担任了该校的教席,竭力提倡唱歌,可是难题来了。原来我国只有工尺谱,什么上、尺、工、凡、六、五、乙,没有拉丁文音节独、来、米、发、沙、拉、西，学生因为不顺口，不习惯，也就记不牢，没有办法，只得一、两、三、四、五、六、七唱着，很不协调。同时，他兼教龙门师范学校，学生也觉得七个音节太陌生，难于接受。沈动了脑筋，把这七个音节，译为"独览梅花扫腊雪"，成为具有意义的七言诗句，问题也就解决了。他有感教本的需要，编成一部唱歌教科书，由上海商务印书馆出版，名称为《唱歌集》。一经刊布，风行一时。那文明书局附设的文明小学，主持校政的俞仲寰，也聘请沈心工来担任唱歌教师。俞仲寰是无锡人，于是无锡各学校受到影响，纷纷设立这门唱歌课，其他各地也都仿效推行，成为普遍现象。

此后，还有一位有名的唱歌老师李叔良，他教这门课，却喜自己编歌词。这时的风尚，脱不掉旧诗词的窠臼，词句都以古雅为归，笔者这时也受到这位李老师的熏陶，他所编的歌儿还记得一二，可见印象之深。如《秋之夜》的歌词："秋夜静闻香，检诗囊，闲吟佳句，叶韵协宫商，卿卿唧唧，蟋蟀绕阶鸣，风渐紧，露瀼瀼。"又《雨中花》的歌词："名花疏韵雨痕鲜，珍重洗花颜。湿翠欲流红欲滴，一枝倍煊妍。海棠梦醒梨魂觉，摇曳画栏前。我对花歌为花寿，题上浣花笺。"这种歌词，随着时代潮流，不断变迁，当时以为适合的，在目前来讲，非但词句不通俗，也没有什么意义了。姑录一二，聊见数十年前的趋向和风格的一斑。

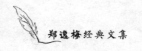
杨令茀诗书画三绝

　　杨令茀为无锡诗人杨味云的弱妹，多才多艺，倾动一时。我和她仅有一面之缘，那时她妙制《红楼梦》大观园模型，曾在沪南蓬莱市场展出，我和赵眠云同往参观，恰巧令茀在场，承她款接。这时参观者济济一堂，未便多谈，此后她远渡重洋，也就无从再晤了。

　　令茀名清如，生于一八八七年。清季西人在沪创办女学，她即为上海启明女塾的高材生。启明设在徐家汇，为法国天主教教士所主持。梁溪邹翰飞执教多年，国文教科书，就是邹氏所手编，这是该校的前期。我也一度应聘授课，但属后期，去令茀肄业，已相隔数十年了。启明除国文外，其他均为法文课本，令茀的法文，当然是很有成就的了。可是她犹不满足，又钻研了英、俄二国文字，具有新知识，不同寻常女子。至于诗、古文辞，则受其父宗济及长兄味云的家学熏陶濡染，深入堂奥，刊有《莪怨室吟草》，逊清诸耆宿，如陈弢庵、樊云门、张季直，颇加称誉。遂荐引之任袁项城（世凯）子弟教读。项城子女很多，男的以克为名，如克定、克文、克权等，女的以祯为名，如叔祯、环祯、琮祯等，各有十余人，那就不知所教的是哪几位了。

令弗又从江南老画师吴观岱学丹青。观岱工绘山水人物，涉笔劲峭清逸，一时推为巨擘。令弗学山水人物，能自变化，扩其画材，举凡卉木翎毛，仗其天资卓越，有出蓝之概。杨味云曾为春明寓公，令弗随之居京，更求深造于金拱北（城）之门。又恣观故宫名迹，并临摹历代帝王像，因此复擅写照。所摹《故宫宋院画》《紫茄图》及《温都监女窥苏东坡》《卞玉京入道》等多帧。所画均有题诗，加之书法也很具功力，凡工笔画，以簪花妙格出之，写意画便作苏、米行楷，甚为洽称。我藏有她的花鸟立幅，清丽妩媚，迄今犹存，可谓历劫不磨了。

令弗外甥章作霖，字孙宜，号润园，江苏江阴人。能诗词，擅丹青，著有《润园诗词钞》，为陶社社员。又撰《墨缘忆语》，手稿本未刊，我在旧书铺购得，只一册，卷首有目次，但颇多有目无文；关于杨令弗却有一则。作霖之母，为令弗之姊，亦工诗，有《忆蓉室诗钞》，令弗绘有《忆蓉室唱和图》乃一绢本，画以梧竹庭院为背景，状作父母啸咏之乐，旁有二稚子，即作霖弟兄。令弗为题五古一章，作霖装成长卷，盛以锦匣，名辈有陈石遗、唐蔚芝、邓孝先、杨味云及乡贤杨缤焕、祝丹卿、许颂慈、谢治庵、陈洴公等题识，作霖什袭藏之，不幸毁于日寇之变，幸经制版在前，附印《忆蓉室诗草》中，略留鸿爪。当作霖结婚，令弗以所绘双莲立幅为赠，莲灼灼殷红，杂以菱芡数枝，益见错落有致。题云："夜来中央公园，得花果四种，晚凉为之写生。江南歌响迟，一阿闹红归。欲雪柔丝断，恰伊心事违。清露冷香房，亭亭谢雕饰。唱罢惜红衣，那知菂（注：莲子）中意"，寄赠时，又补题云："作霖贤甥嘉礼，取双莲祥瑞之意，托双鲤持以为贺，壬戌十月，令弗识于京师。"及作

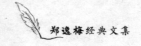

霖嫁女，即以是画为贻，悬诸洞房花烛间，见者都啧啧称赏。

令茀曾携所作画幅赴美展出。抗战军兴，再度去新大陆，不复返国，乃将在域外所绘图幅，精印为贺年片，分寄戚友，作霖得荷花鸳鸯，及其他花卉二幅，明艳绝伦，足以娱目。她在美卖画，积资巨万，奈年事衰老，视力失明，不久逝世，年逾九十。

略谈几位我认识的老人

怎样才得称老，传说不一。《说文》："七十曰老"，《皇疏》："老，谓五十以上"，《文献通考》："晋以六十六岁以上为老"。可见老的尺度很宽，没有一定的标准。记得某诗人有那么一句："发无可白方为老"，笼统地说，非常得体。直至现代，由于医药的发展，人人懂得卫生常识，以往所谓的老，都不能算老，连得七十古来稀的稀字，也站不住脚了。拿我来说，我今年八十有九，稀的一关，早就被我攻破，搴旗探马，向百岁的期颐关进军。

我固是老人之一，子舆氏说："老吾老以及人之老"，就在这儿谈谈几位年龄更高于我的朋友，有已过去的，也有现尚健在的。苏局仙一百零三岁，当然是现尚健在的老大哥，他住在沪东川沙，人们去访问他，便有一位白发苍苍的老人出来迎接，认为这位就是要访的苏局老了。岂知不然，这是局老的儿子，再由局老的儿子引进书室，才得和局老相见。真出于意外，一百零三岁的老人，还是步履稳健，没有龙钟的老态。有一次，我去访候他，他老人家和我合摄了一帧照片。我的一本人物掌故结集《艺坛百影》请他题签，他一挥而就，《百影》配着百岁老人的书法，再合适没有的了。我又和他同属上海文史馆馆员，文史馆举行他的书展，我去参观了一下，书法各体具备，集颜筋柳骨、素狂旭癫的大成，其中一副对联："力除闲气，固守清贫"，不但笔力苍劲，且他老人家的襟抱，也显示在这八个字中，令人钦佩。

过去的老朋友，要推吴门包天笑，活到九十八岁，讣告却称一百零三岁，原来他的媳妇是广东人，粤俗积闰推算，也就多出几岁了。他在清季即以小说《馨儿就学记》著名，我幼时即喜读他的作品，后来竟和他同隶星社，成为忘年交，他晚年寓居香港，每星期必有一信给我，都是用毛笔写，字迹美秀，一笔不苟，共有数百通，可惜在"浩劫"中被毁了。月前，有位毕朔望同志，自京来沪，登门见访，才知朔望是小说家毕倚虹的嗣君，倚虹辞世，孤苦无依，由天笑抚养成人，今已成为社会名流，对于天笑，念念不忘，最近购得天笑遗著《钏影楼回忆录》，视为瑰宝。天笑尚有《且楼随笔》，刊载港报，我有他的剪报册，也在"浩劫"中失掉，没有单行印本。

海上漱石生孙玉声，他在清季，撰《海上繁华梦》，署名警梦痴仙，他资格很老，曾和著《二十年目睹之怪现状》的吴趼人，著《官场现形记》的李伯元，著《海上花列传》的韩子云交朋友，他的姓名印章，就是李伯元为他刻的，我钤有印拓，很可惜失于"浩劫"中。我和他老人家相识，是我在主编《金钢钻报》时，他为该报写《沪偻怀旧录》，经常来报社，和我很谈得来。他是鸣社主持人，为一诗人词客的集合组织，蒙他不弃，邀我参加。拙作《逸梅小品》刊印，他为题二绝句，如云："如此江山百感并，惟余笔墨可陶情。所南昔日成心史，今有传人继令名。"又"佳著何须着墨多，零金碎玉广搜罗。轻清自得行文秘，足遣愁魔与病魔。"他一厓寓居沪西成都路，怕

时我住山海关路，和他近在咫尺，过从也就更密了。他不喜蓄须，有无须老人会。

小说界老前辈张春帆，常州耆宿，别署漱六山房主，著有《九尾龟》社会小说，风行一时，他也是我的忘年交。一度办《平报》，经常约我供稿。我刊《逸梅小品》，他见惠一序，略云："摛华抒藻，结构谨严，而恂恂儒雅，气温而润，神粹而清，无时下少年俯视风云，高瞻山海之习"，前辈奖掖后进，殊可铭感。之后，我供职上海影戏公司，他拟把《九尾龟》说部编成电影，映诸银幕，我曾和导演但杜宇磋商，结果未成事实。

掌故小说，以许指严为巨擘，他著有了《南巡秘记》《泣路记》等数十种。他嗜酒成癖，某岁春初，我和谱弟赵眠云，邀他探梅香雪海，画舫载酒，眉史侑觞，他大为高兴，作了好多首诗，写了好多副对联，当时又拍了若干照片，可惜现在都没有留存。

吴兴王均卿（文濡），南社前辈，别署新旧废物，晚年筑室吴中，取名辛白簃，寓意不新不旧，很有谐趣。他辑有《说库》《香艳丛书》《笔记小说大观》，保存了很多秘笈。他和我很投契，他到上海，必来探望我，我到苏州，也必拜访他。他曾辑《浮生六记》足本，林语堂编英文本《天下杂志》，把《浮生六记》译为英文，托我介绍，要和均老见见面，奈他老人家已逝世，机缘失去了。

我和农劲孙相识，他已九十一高龄了。平江不肖生的《近代侠义英雄传》，写的都是真人真事，农劲孙便是侠义英雄之一。他不但擅武术，且工文翰，我在钱化佛处，看到他写给化佛的诗札，秀逸得很，可惜我没有求到他的寸缣尺幅，他老人家已下世了。

我认识的老人很多，这儿记述了数位，其他俟以后得暇再写吧！

刘旦宅画的赏析

成名成家，谈何容易啊！可是我在画友中，却有出于例外的。栖迟海上，一下子声誉隆上，有口皆碑，被推为画苑巨子，较前的为唐云，较后的为刘旦宅。这是不是出于偶然的幸致，不是的。原来他们对于六法植根既深，培柢又固，一旦应候花发，自然姹紫嫣红，有目共赏了。尤其刘旦宅，在丹青上是位多面手，山水雄浑逸宕，兼而有之。花，设色冷隽，韵味盎然；人物则偏侧反正，各极其变，线条之美，力臻上乘，真可谓吴带当风，曹衣出水。凡此种种，都从传统的矩规，迈出创新的步子。

查初白不是有那么一句诗："小像焚香拜美人"，指的就是仕女画。我喜欢仕女画，更喜欢刘旦宅所作的仕女画，我曾把他所作的《红楼十二金钗》和改玉壶所作的《红楼梦图咏》相对照，总觉得改画失诸板滞，不若他的灵活生动；改所作的面目都是差不多的，几使人不辨谁是黛玉，谁是宝钗。他能在表情上注意着，不但绘出其人外在的容貌，复能绘出其人内在的性格，且同样的眉妩眼波，柳腰樱口，从大同中找出其小异，以示区别，加诸配合着各人的周围事物和生活习惯，如黛玉的

竹，宝钗的扇，妙玉的梅，李纨的稚子，惜春的文房四宝，元春的凤冠霞帔，那就确定其人，不能移动了。尤其绘史湘云，醉睡花茵中，诸婵娟拱列哄笑，衬托出湘云的放诞与娇憨，确是神来之笔。

　　这次他挟着若干年来的精品，来港举行画展，天南地北，相距迢遥，而在艺术上一脉相通，交流观摩，益增成效。一方面又给那素所倾慕他的艺事，而没有亲睹他的手迹的，在这难得的机会中，触目琳琅，盈壁缣素，大大地欣赏一番，这当然是香港同胞的眼福，幸勿失诸交臂。

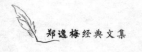

凋零的两位绝艺老人

　　艺人是难能可贵、值得尊重的，何况是绝艺老人，尤足动人敬仰。一旦化为异物，离世而去，使致今后继承成为问题，这不但是个人的不幸，简直是整个国家和社会的不幸。可是这不幸的事均发生在本年的春和夏间，又都是我的友好，我岂能默尔而息，不致悼惜啊！

　　一位艺人为黄怀觉，江苏无锡人，一九〇四年生，学艺苏州征赏斋，兢兢业业于碑帖金石领域七十余年，为刻碑圣手，陆俨少称他为"名与金石同寿"。他所刻的碑，多得难以计算，一九二三年，即应南通状元张謇（季直）的邀请，刻《家诫碑》及《倚锦楼石屏铭》，季直大为欣赏，继之又请他在观音岩上刻历代名画家所绘的三十二幅观音像。季直之兄张詧逝世，为刻《张詧墓表》。黄怀觉来沪后，又在吴湖帆家，为湖帆夫人潘静淑刻墓表及静淑遗作《千秋岁》词稿。湖帆好事，请当代的张继重录唐代的张继《枫桥夜泊》，也请怀觉镌刻。他刻的像，有孙中山、鲁迅、齐白石、吕凤子等，又为刘海粟刻一幅五尺的巨杆老梅，气势很足。杭州的岳王墓，在"浩劫"中被毁，重行修复时，那岳飞所书的《前出师表》，怀觉摹刻了

304

二十块碑,《后出师表》,摹刻了十七块碑,都能得其神髓,刀法佳妙,令人莫测,为近百年所未有。据闻他的死是很惨的,当三月五日,气候很冷,他为了取暖,拥了炭盆,闭了窗户,从事刻石,不料炭气中毒,失掉知觉,扑身炭火中被灼死。

另一位为杨为义,江苏南京人,五月十七日,患消渴疾不治死,年仅六十有五。他多才艺,为摔跤健将,这是武的方面。文事能书能画能篆刻,在微雕上起着先导作用。此后转向刻瓷,用钻石刀,在茶杯酒盏上刻山水花卉、人物禽鸟,无不细到毫米,而栩栩如生。他担任美术研究室的瓷刻工作,有二三十年,带了四名艺徒,由于刻瓷难度太大,有的徒弟眼力腕力不甚胜任,便舍此改业,他始终抱后继无人之叹。他这刻瓷,以昼间不易聚心,总在晚上奏刀。这时群动俱息,万籁无声,一灯耿然,凝神致力,经常刻到三更半夜。隆冬严寒,致两膝和筋骨患关节病。又拇指用力过度,弯了一时伸不直,必须用左手慢慢地把它拨开,揉了再揉,始复原状。又拇指和食指,常有因神经拘搐而发抖的现象,右肩骨略呈畸形,心脏也感觉不舒服,这种职业病,比什么都严重。如此成名,真是艰苦卓绝。

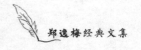

谈申石伽画竹

在传统花卉画中，把梅菊兰竹，称之为四君子，这四种植物具有高风格、高标致，命名为君子，是当之无愧的。但在画家笔下，为兰竹写生，难度更在梅菊之上。原来梅菊尚得渲红染紫，兰竹则疏澹无华，色泽较为单调，要突出它的精神形态来，那是谈何容易啊！可是东瀛人士，却有适当的评价："白蕉兰，石伽竹"，把两人相提并论，确有一定的见解。可惜白蕉下世有年，仅申石伽的画竹，享着半个世纪的盛名。

石伽家学渊源，他的祖父宜轩老人，即擅丹青。石伽的父亲，亦清季学者。石伽十二岁便擅篆隶刻印，并画梅花。十四五岁，作诗填词，俞陛云太史南来，见其倚声，颇加赞许，石伽乃绘《俞楼请业图》为贽见礼。陛云收他为弟子，遂和俞平伯为师兄弟。从此他为人画扇，画隙辄题词一阕。他经常涉足于翠竹之间，看了晴的，又看雨的，看了雪的，又看雾的，如此累年累月地探索，简直把竹画活了。他还以为不足，复观各种舞蹈，从俯仰上下、屈肢腾足，以及扬袂飘裾中取得姿妙。其他如跳水、骑射、演剧、歌唱种种活动，他都喜欢观赏，认为这些兄弟艺术，是和画竹一脉相通，对于画竹有相当营养，

可供吸收。当他执笔凝思之际，便混身浸入竹的境界中，这时他心目中只有竹，旁边有什么人，室中有什么东西，外间有什么风声、雨声、车马声、扰攘声，他都没有看到和听到，似乎偏于盲、偏于聋了，在偏盲偏聋中，他的灵感特别充溢，不但画出了竹的形态、竹的精神，并竹的人格化的品质，也活跃于纸墨间。

陈衣云画通乐理

民国三十六年《中国美术年鉴》所载的女画家陈霞仙，即现在享着盛誉的陈衣云。她数十年似一日，致力于丹青，那启蒙老师为叶曼叔，继从黄幻吾习花卉山水走兽，从吴青霞习翎毛鱼雁，又从周炼霞习婵娟美女，而蜕变有方，所以她的画，具有乃师的精髓，却不存着乃师的面目。又复濡染宋元明清的名迹，集众长于一身，的确花了很大的功力。

衣云更擅旁艺，早年曾从西人学歌唱与钢琴，深入堂奥。她把音乐的节奏旋律，运用到画艺上来，所以她作山水，令人对之，似闻木落萧萧、泉流淙淙之声，作翎毛则嘤鸣充耳，作走兽则咆勃震崖，作花卉则风飐芙蓉，露倾莲叶，仿佛纸素间籁籁作清响，有不期然而然者。她的画，又充溢着时代新气息，即以仕女而言，前人的画里真真，无非小蛮柳腰，樊素樱口，不是烛啼红泪，便是筝怨朱弦，这些消沉低抑的病态美，陈陈相因。在她笔下，乃一扫而空。虽凤带鸾衣，花钿玉珮，仍其故法，而一容一体，能从健康中表现出真的美来。她强调了这一点，使今不戾古，古不悖今，这样的要求，真是谈何容易啊！

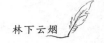

陈从周与园林建筑

谈到园林建筑，无不推举陈从周为此中巨擘、有口皆碑的了。他是上海同济大学建筑系教授，对于古典式园林，确有深邃的研究，独特的见解，历年来，作出了很大贡献。大家都知道，他把苏州网师园的殿春簃，介绍给美国纽约大都会艺术博物馆，他亲往指导，仿造了一所东方式具有丘壑嶙峋曲廊回环的"明轩"，顿使西方人士大开眼界，领略我们虚实相生、错综变化的艺术结构。这国际声誉，是从周争取得来的。

从周遍访了苏州，编撰了《苏州园林》，遍访了扬州，编撰了《扬州园林》。这二巨册中，既有许多照片，又有许多平面图。一方面供人欣赏，作卧游之用；一方面启迪建筑，为金针之度，一举两得。且有洋洋洒洒的总论，举凡园史沿革、地位布置，以及漏窗槅扇、砖雕石刻，各种特点，说来无不头头是道。又把他游踪所至，有关园林的记载，结集成为《园林谈丛》《书带草》二书，都足供建筑学家有所借鉴。

他与新诗人徐志摩是有戚谊的。志摩坠机而死，他花了许多工夫，编了《徐志摩年谱》，自己印行。当然印数不多，若干年来，早已绝版。为了流传起见，把版权让给古籍出版社再

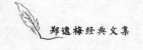

版问世。志摩夫人陆小曼于一九六五年病卒，临终前将她所编的《志摩全集》稿，又梁启超赠志摩的集宋词长联以及她与志摩未发表的手稿，小曼自己所绘的山水长卷，交给从周保存。但他认为，私人留着，不如归诸公家。既而"浩劫"来临，这些文物，在公家幸得保存无损。今春，他自萍乡勘察归来，在浙江硖石下车，这是志摩的家乡，和当地文物单位接洽，在西山白水泉，重建志摩墓。

他到处注意文物，最近他到了嘉兴，这是书法大家沈寐叟的家乡。寐叟的故居，年久失修，正拟拆除，他闻讯之下，大声疾呼，力主停工，幸得保留下来。一方面请为寐叟写年谱的王蘧常书"寐叟故居"四大字，刻石树立。又前年他到山东益都，那儿有清康熙间冯溥相国所居的园林，制作古雅有致，充满着诗情画意，也正拟拆除，从周向当局磋商，晓以保护文物的大义，才得抢救。今春他重行去鲁，园林正在修复，把填塞的池子也疏浚，不久可以开放。人们因此对从周的行径喻为石秀劫法场，刀下留人。

陈从周与园林建筑

谈到园林建筑，无不推举陈从周为此中巨擘、有口皆碑的了。他是上海同济大学建筑系教授，对于古典式园林，确有深邃的研究，独特的见解，历年来，作出了很大贡献。大家都知道，他把苏州网师园的殿春簃，介绍给美国纽约大都会艺术博物馆，他亲往指导，仿造了一所东方式具有丘壑嶙峋曲廊回环的"明轩"，顿使西方人士大开眼界，领略我们虚实相生、错综变化的艺术结构。这国际声誉，是从周争取得来的。

从周遍访了苏州，编撰了《苏州园林》，遍访了扬州，编撰了《扬州园林》。这二巨册中，既有许多照片，又有许多平面图。一方面供人欣赏，作卧游之用；一方面启迪建筑，为金针之度，一举两得。且有洋洋洒洒的总论，举凡园史沿革、地位布置，以及漏窗槅扇、砖雕石刻，各种特点，说来无不头头是道。又把他游踪所至，有关园林的记载，结集成为《园林谈丛》《书带草》二书，都足供建筑学家有所借鉴。

他与新诗人徐志摩是有戚谊的。志摩坠机而死，他花了许多工夫，编了《徐志摩年谱》，自己印行。当然印数不多，若干年来，早已绝版。为了流传起见，把版权让给古籍出版社再

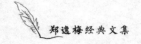

版问世。志摩夫人陆小曼于一九六五年病卒，临终前将她所编的《志摩全集》稿，又梁启超赠志摩的集宋词长联以及她与志摩未发表的手稿，小曼自己所绘的山水长卷，交给从周保存。但他认为，私人留着，不如归诸公家。既而"浩劫"来临，这些文物，在公家幸得保存无损。今春，他自萍乡勘察归来，在浙江峡石下车，这是志摩的家乡，和当地文物单位接洽，在西山白水泉，重建志摩墓。

他到处注意文物，最近他到了嘉兴，这是书法大家沈寐叟的家乡。寐叟的故居，年久失修，正拟拆除，他闻讯之下，大声疾呼，力主停工，幸得保留下来。一方面请为寐叟写年谱的王蘧常书"寐叟故居"四大字，刻石树立。又前年他到山东益都，那儿有清康熙间冯溥相国所居的园林，制作古雅有致，充满着诗情画意，也正拟拆除，从周向当局磋商，晓以保护文物的大义，才得抢救。今春他重行去鲁，园林正在修复，把填塞的池子也疏浚，不久可以开放。人们因此对从周的行径喻为石秀劫法场，刀下留人。

晤老画家陶寿伯

那是一个晴朗的晨间，我正在小室中整理几册旧书，突然来了一位苍颜硕躯的老人，他精神矍铄地问："您认识我吗？"我呆了半晌，才认出这是半个世纪没有晤见的画家陶寿伯。这一喜非同小可，双方紧握了手，久久不放开。

他携来一本挺厚的《陶寿伯书画集》，翻阅之下，顿时使我目所见、耳所闻与回忆所及，一时交织萦系在一起，不知其所以了。"乡音未改鬓毛衰"，这句话可以移用到他老人家身上。他的斋名，依旧是"万石楼"。夫人强督萍，与他伉俪白头，还曾举行过金婚嘉礼。他的书画润例，那题署还是于右任的手笔。他的《书画集》上，尚留曾农髯、溥心畲、吴稚晖、钱瘦铁、郑曼青、黄君璧、吴子深、张谷年、高逸鸿、唐云、陈定山及他老师张大千的题识，他都金瓯无缺地保存着。其中题识特多的为陈定山，原来定山年逾九十，尚侨居台北，以丹青遣兴，惟双足蹇厄，不良于行罢了。

寿伯多才多艺，刻印四十余年，所刻逾三万方；画梅三十余年，所画达四万幅。这个数字，多么惊人啊！画的有墨梅、红梅、绿梅、月梅、雪梅、红白梅、红绿梅、松竹梅等，对之

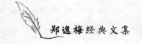
似身临罗浮、香雪海，人与梅混化为一了。曩年孙中山先生提倡以梅花为国花，因此台湾正在"推广梅花运动"。寿伯画梅兴趣益高，曾以红梅一幅赠给当轴李登辉，登辉亲自作书道谢："先生画梅数十年，蜚声艺台，方于目疾初愈，即作画以之见赠，盛情美意，无任感荷。"

犹忆当时吴稚晖称誉寿伯为"梅王"，那么海峡两岸，同称"梅王"者凡二人。上海有高野侯，台湾有陶寿伯。但野侯的"梅王"，以所藏王元章画梅而名，不若寿伯的"梅王"，点染疏影，飘拂暗香，完全出于自创。二者相较，未免具有轩轾，野侯不及寿伯了。因此彼方名宿陈瞻园为作《梅花引》以张之。

他也常画松，有高标劲拔之致，山水得疏野秀逸之趣。

有人这样品评说："一丘一壑，妙机其微，凝静处，如孤僧入定，一空尘障；潇洒处，如散仙游行，了无滞碍"，可谓先得我心。

我开着玩笑地对他说："您以前写给我的《好大王碑》，有'大王陵'等语，我把这幅悬诸卧榻之旁，朋辈不是呼我为'补白大王'吗？也就聊以'大王'自充。至于陵寝与卧榻，只一尊一贱、一生一死之别，那是无所谓的。可惜这幅字在浩劫中失掉了。"

他允诺回台重写一幅，并媵以画梅，付托邮使，传递一枝春哩。

陆康艺事数从头

　　书画篆刻，在艺术上属于尖端的，这是谈何容易啊！三者相较，书家少于画家，篆刻的成就，更少于书家，那么篆刻的提倡，我们更应当加把力了。

　　前辈艺人逐渐过去，继往开来的希望，自当寄予中青年身上。我接触到的陆康，他是名学者陆澹安的文孙，当年我曾撰有《还印记》一文，在文坛上留着一小小掌故。原来澹安早年试刻"亚凤巢主"印，给诗人朱大可，这是偶然的，此后澹安从没有再刻过印章。时隔数十年，大可检其旧箧，忽而检到这方小印，他想到陆康精研铁笔，便把这仅存的印，送给陆康留念了。

　　陆康治印，是师事平湖陈巨来的，凡十有七稔，孳孳矻矻，锲而不舍，造诣之速，无与伦比。巨来不轻许人，对陆康却有这样的评价："蹊径别开，恢恢乎游刃有余，时或如幽鸟相逐，奇花初胎，时或劲拔出之，则游侠几控紫骝于旷漠，有忽过新丰，还归细柳之概。假以若列年，牛耳之执，舍生其谁！"陆康也为我刻过名章，纵逸不乖准绳，质朴自具姿媚，巨来云云，确非虚誉。今且声驰海外，港澳人士请其施朱布白，奉为至宝。且他把经验所得，撰有《持衡印话》，几欲与巨来的《安持精舍印话》相竞爽，我尝比诸如来迦叶，同在灵山会上说法哩！

南社俞剑华轶事

　　南社为革命性的文学集团，在清廷严密监视之下，于一九〇九年十一月十三日在苏州虎丘张公祠举行成立大会，参加者十七人，俞剑华便是其中之一。柳亚子的《南社纪略》便有那么一段记载："在会期前四天，阳历十一月九日（旧历九月廿七日），我就赶到了苏州。老朋友太仓俞剑华、冯心侠也来了，住在阊门外惠中旅馆，热闹了好几天。"并列姓名、籍贯、履历于下："俞剑华，名锷，一名侧，字则人，一字建华，别字一粟，江苏太仓人，中国同盟会会员"。

　　他发表诗文，总是署名剑华，由"建""剑"谐声而来。这时，南社博屯艮号君剑，高天梅号钝剑，潘兰史号剑士，因有南社四剑之称。剑华生于一八八六年丙戌十一月初七日。同时有同姓名的俞剑华，那是山东济南人，为丹青家，从陈师曾游，得其神髓，辑有《中国绘画史》，固亦驰誉于大江南北，生于一八九五年，年龄较小九岁。有一次，两位剑华，在沪上相晤，合摄一影，太仓剑华微髭，立于右，济南剑华立于左，相映成趣。

　　剑华居娄东南牌楼街，厅堂宏敞，屋舍数间也很雅致。他倦游归来，息影家园，吟啸自遣，诗什中时露牢骚抑郁。如云：

"万方多难独登楼，枨触人天百感秋。烛尽残宵难入梦，酒多困境未消愁。"又有"焚琴竟老英雄气，弹铗终惭口腹谋"等，都作颓丧衰飒语。原来他具革命思想，大有心雄万夫、澄清中原之概。一度任福建省立图书馆馆长，此后迭遭挫折，百无一成，愤懑之余，不觉形诸笔墨。不久原配夫人王氏病殁，他笃于伉俪，奉情伤神，更影响他的健康，既而病废，四肢麻痹，不能行动，且常患头风。里有何姓者某，好谈医理，因问治疗头风之方，何戏答："伤脑一洗可愈。"剑华乃有"何当快读陈琳檄，抵得华佗一割无"之句。他既病废，而又家无恒产，生活成为问题。幸有一个儿子，英俊秀发，崭然露头角，由故人叶楚伧推荐，供职某机关，以薪俸所入，支持门庭。无奈剑华病情恶化，医治无效，于一九三六年逝世，终年五十岁。殡殓卜葬，赙金有限，未克应付，适其戚某来吊。某擅堪舆，谓："这宅大不吉利，不如把它卖掉，得款以了丧务。"儿子听从了他，屋便易主了。遗著有《剑华集》《蠹景集》《荒冢奇书》《考古学通论》《翩鸿记》等。《翩鸿记》为传奇体，共分十出，如钗叙、酒楼、社哄、谒秋、告陵、闺思、征梦、劝妆、写笺、投荒，曾载《七襄》杂志，没有刊单行本。

他生平喜《梦窗词》，随身携带，绘有《小窗吟梦图》，广征题咏。有一征辞小启，为《南社丛刻》所未载，当时胡朴安前辈和我喜搜罗南社文献，把这小启寄给我，兹将原文录于下，借知剑华对于词学的见解："予始负笈游日本，于同学茅子处，借得全唐集中词一卷，读而好之，偶有所触，辄效其制，虽未能仿佛一二，而意之所届，惘乎若不胜其幽忧者。既归，遍读两宋人词，于梦窗尤瓣香私淑，手之不忍朝夕弃，每出治行李，必首捧诸箧，垂二十年如一日。尝称其有秦柳之温腻，而

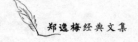

不流于靡，有苏辛之沈雄，而不放于粗，神韵如美成，而句无俳谐，隽爽如白石，而字少生硬，风人之旨丽以则，纯乎其无间也。世之谈词者，类多夸尚于苏、秦、姜、史诸名家，罕有及于吴氏者，宁惑于玉田生《七宝楼台》之一语耶！或未探其堂奥乎！予既奔走南北，宿昔所志，荡然若梦，退而集唐以来乐府余绪，窃欲寻声按谱，以索二十八调之原，起古乐于未坠，以希或有所获，沈潜耽玩，至于梦想颠倒，极劳悴于斯。试检所为，复无几微之似，但觉风雨奔集，涕泗横流而已。呜呼！人何往而非梦，世何适而罔悲哉。历观古作，大抵乐不胜哀，性真所造，亘千百载，畴不蒙于其所梦，而灵均以独醒死，伯伦以长醉终，一骚一颂，均之为梦。畴又知其究竟之孰醉而孰醒。爰于今岁癸亥，乞海上朱天梵先生作《小窗吟梦图》，非敝帚之足珍，窃比于范金铸岛之义，图像维摩诘室，袈裟趺跏，芭蕉一窠，高梧三两，盖先以小词为引也。癸亥为历数之终，予梦之呻，将于是年息，幸也天不竟其寿，悠悠心魂，随甲子之新纪元以他瞩，情之所系，寄之于心，心之所系，寄之于声，声之所系，寄之于梦，即视作梦语可也，辱交诸君子，倘不嗤鄙之而下教焉，一辞之锡，荣于十赉，企予望之。"

微雕元老薛佛影

这真是一件出人意料的事，那位具有龙马精神、老而弥健的特级工艺美术大师薛佛影，遽尔下世了，年八十有四。

佛影在上半年五月，犹应日本的邀请，举行细雕展，作为中日双方艺术的交流和研究。他很兴奋，挟着杰作东渡瀛岛，参加盛会，并当场表演：在一粒米大小的黄金小丸上刻上《多心经》全文，顿使彼邦人士大大惊叹，引为奇迹。NHK 电视台摄入荧屏，广为映播。岂知他载誉归来，经过炎暑，忽患胆总管癌，不治而死，闻者无不痛惜。

他是无锡玉祁乡人，生于一九〇五年，父亲叔衡，是岐黄家，所以教他家医。可是他嗜好篆刻，由刻石而刻竹，又复从事细雕，其时尚在一九二〇年，为我国细雕工艺的开国元老。我和他很熟稔，他为我在一极小的象牙片上刻上陆放翁一首律诗，比蚁足还要纤细，我目力不济，用上显微镜窥视，也辨不出是陆游的哪首诗。我曾到过他的家里，看到他很多精粹作品，如水晶插屏上细刻《滕王阁图》，高二英寸、阔一英寸半的白玉板上刻全部《圣教序》。又在一支明代的象牙洞箫上刻着《洞箫赋》。他最得意之作，是临摹故宫所藏十二月月令中的"端阳竞渡"，他花了十五年断断续续的时间，才得完成，为他生平唯一的代表作，配着红木箱，外加玻璃罩，是非常爱护的。他和丰子恺很契合，子恺曾有一篇称述他的短文如云："上海薛佛影，擅长雕刻，驰名中外，初治金石刻，继而刻牙，以至水晶翠玉，无所不精。最神妙者，乃在一粒米大小之象牙上，刻王右军帖，在半方寸之内，刻《滕王阁序》全文，以显微镜窥之，笔笔生动。其书法摹祝枝山、文征明，惟妙惟肖。花甲后，他致力画苑，宗八大、石涛，得其真趣，乃文艺界之奇才也。"从目前来讲，细雕不乏其人，可在当时确是凤毛麟角，且他在细雕上，讲究风格、气韵和流派，不仅仅一味求其纤细，足为后起者楷模。

薛佛影作品

　　若干年前，赵紫阳总理送给美国总统里根的礼物，其中就有佛影的细雕，博得里根笑逐颜开，欣赏不置。一九八六年，英国女王伊丽莎白二世访华，来到上海，在豫园周游了一遍，江泽民市长赠送女王的牙雕微型插屏，也是佛影刻的豫园鱼乐榭全景，是事前准备而精心刻之的。这使女王对实景发生情趣，极为喜悦，一再表示谢意。

　　佛影有子万竹，也擅细雕，可谓箕裘克绍，后继有人。且能细刻外文，那么在国际上更起着相当作用了。

先后两位程十发

程十发是当代画家，现任上海中国画院院长。他擅画各具民族风格的人物、花卉。我翻检到《儒林外史》的英译本，插图出于程十发之手，工致绝伦，尤其范进、马二先生的神态，栩栩欲活。他是松江人，他家和南社诗人姚雏鹓相邻，当然年龄相差甚远，他呱呱坠地时，鹓雏来见之，及鹓雏病死医院，十发往瞻遗容，称之为生死之交。

普通的姓名，容易相同，较僻冷的也就"只此一家，别无分出"了。程十发这个名字带有僻冷性，想来是不致重复的，岂知清季即有程十发其人。原来古代量器"十发为一程"，是很现成的，犹诸朱祖谋词家号古微，取"朱古微国也"，同一机杼。这位老牌程十发，名子大，鄂中鹿川人，既能书，也能画，尤工词，刊有《定巢词集》《鹿川田父集》，况蕙风很为称赏，谓："酷似清真，是不为南北宋所拘囿。"间作联语，亦极错综映带，如挽易实甫云；"本神童孝子隐居谪宦儒林文苑者流，事变生前皆可笑，极贵介乞儿揖客残髡伎妾伶工之盛，名高南海亦何为。"潜于佛学，尝谓："非实不空，非空不实，能实故空，能空故实，愈实愈空，愈空愈实。"真如前人所云："超

319

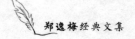

以象外，得其环中"了。

人们认为，他是一位旧型文人，岂知他又熟谙新工艺。前清时，监督湖北高等工艺学堂，兼主工艺局事，创造新织机，并可浆洗绸布。既而督修武昌上游江堤，以堤屡筑屡溃，乃创横牛扯马之法，西方工程师见之，亦为叹服。

他和我友高式熊的尊人振霄太史公相交往。他先高太史死，有一讣告，由式熊见贻，迄今犹充藏我纸帐铜瓶室。竹马，或弄青梅，以及跑跳、跌扑、迷藏种种玩耍，神态跃然纸素间，且每个婴孩面部表情都饶有天真活泼的意味，这也是不易著笔的。

闲鸥刊有《人物仕女画集》《长虹扇集》。解放后加入美术家协会，供职上海博物馆，鉴定古画。一九七九年病故。他的遗画数百件都交北京宝古斋。

南社词翁吴眉孙，丹徒人，早年与天虚我生同列国魂九才子。天虚我生逝世早，其哲嗣小蝶（号定山）颇谙画理，著有《蝶野论画三种》《醉灵轩读画记》等，所作《西泠怀旧图》尤为人所称誉。眉老为小蝶之父执，拟求小蝶一扇，但彼不欲以父执名义索之，知我和小蝶有旧，托我转求，果蒙惠允，并附一扇给我拂暑。扇面画作红蕖衬以没骨翠叶，且题以屯田词句。我得于意外甚为欣喜，乃以一面请陈名珂书之。名珂字文天，号季鸣，写铁线篆称圣手。此扇经过"浩劫"，失而复得，完好无损，洵属幸事。

黄濬字秋岳，为陈石遗大弟子，工诗词，刊有专集，又著《花随人圣庵摭忆》，我喜读之。惜此人以失节死，然不以人废艺。彼工书法，我藏其集宋人词联，失诸"文革"，引为遗憾。偶于友人处见秋岳书扇，一面为颜伯龙花卉，亦殊清疏有致，

我遂以郑午昌及冯文凤二联易之。伯龙字云霖，北方大名家。扇骨雕镂亦精审。

马公愚为我作扇，临《宝贤堂帖》，系精心之作。公愚别署冷翁，浙江永嘉人，亦能画，有"书画传家二百年"的称号，寓沪襄阳路与褚礼堂比邻居。公愚原名公禺，后以禺字不通俗改禺为愚，加一心字底，我戏对他说："公真有心人也。"他掀髯大笑。另一面为钱瘦铁画没骨芍药，仿石涛上人笔法，署名叔祁。瘦铁曩曾以所作墨梅立轴见贻，且有日本南画大师桥本关雪题识，惜此轴失于"浩劫"中。现有瘦铁画仅此一扇，能不什袭以藏。

邱水碧曾在扇面上书全部《金钢经》，每格宽处七行，狭处三行，一笔不苟。但垂青者少，落魄以终。惜哉！

王西神正书洒金扇，上款夔石，不知何许人。西神名蕴章，号莼农，又号红鹅生、二泉亭长等，以词章为南社名宿，书工隶篆正行，却怕作草书，草书倍润，借以拒人。此扇另一面，为陈康侯之花卉草木，拟清瘿老人笔意。陈亦名人，邢中人土得其寸绢尺幅奉为至宝，吾亦珍爱之。

名家年画数从头

　　每逢岁时交替，家家备置年画，取其一元复始、万象更新的好口彩来点缀，这是由来已有数十年了。据我所见，这时年画，称为月份牌，年仅一帧，按着干支，列十二个月，上面就是一幅图画，色彩绚丽，以风景人物为主，此后粉黛婵娟，呼之欲出，才为美人世界了。

　　那从吴友如游的周慕桥为此中翘楚。他所绘的关壮缪，得陈章侯笔法，因此他的《三雄战吕布图》，那刘备、关公、张飞，神采奕奕，具龙骧虎跃之概，我很喜爱它，悬诸座右。又徐咏青幼失怙恃，由徐家汇天主教堂所设的孤儿院抚养成人，学的图画，但画惯了耶稣圣母等一种类型，在人物上难于别开生面。他有自知之明，避去人物不画，他画的月份牌，全是丘林塘泽，为大自然写照。继起则为郑曼陀和谢之光，都是仕女高手。这两人和我都很熟稔，所知较详。曼陀初时默默无闻，忽在报端看到某公司征求广告画，他未免有些技痒，颇思一试，奈怎样涉笔，尚在踌躇考虑中。这天，他往电影院观电影，时间较早，在闲待时，忽姗姗来一少女，丰姿绰约，堪是画里真真，他一再瞩目，即把彼姝权为范本，归家冥思索写，寄去应征，居然

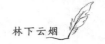

获得首奖，印成月份牌，流行于市。从此一鸣惊人，请他作画
的，应接不暇。他的代表作为《杨妃出浴图》，把白居易所谓
"温泉水滑洗凝脂"画活了。谢之光寓居山海关路，舍间离此
不远，所以时相往还。有一次，我去访他，他正聚精会神挥毫
作画，旁置一喷色的小件，向画像渲染。他笑着对我说："倘
你是郑曼陀，我就不给你瞧看了。曼陀作画，也是不给我瞧看
的，秘诀大家保守，不得公开，好得你不是此道中人，也就无
所谓了。"他有一笑话，原来他的偶侣很任意，一次要求之光
为购服饰，之光难以办到，婉言谢之，她勃然发怒，抢着之光
画成八九的精致月份牌，说："你不答应，我立刻撕给你看！"
这一下，吓倒了之光，只好阑命是从了。此外，还有钱病鹤、
汪绮云、张聿光、但杜宇、沈泊尘、杭稚英、胡亚光、丁慕琴
等，都标新立异，斗角勾心。慕琴且以其夫人倩影入画，请天
虚我生为题，大受市民的欢迎。那位金梅生，曾拜徐咏青为师，
别署石摩居士，一九八九年十月才离世，人称年画大师。可谓
前辈中的少年，少年中的前辈了。

年画是月份牌的后身，月份牌全年一帧，年画问世，改为
每两月一帧，或每月一帧，内容当然更形丰赡了。记得某次寅
年，曾把张善子所画的虎，诡称"十二金钗图"制成年画。刘
旦宅画红楼人物，把林黛玉、薛宝钗、史湘云、王熙凤等推出
来，成为真正的十二金钗。一般红迷，纷纷悬挂，以作珍赏。
又有着眼于传统文物，故宫博物院的收藏，精审影印，那就古
色古香，彪炳炫目。我的孙女有慧，积有数幅，作为临摹的大
好资料。

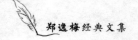

漫谈仕女画

我喜丹青中的仕女画，更偏爱费晓楼、改玉壶派的罗绮风飘、芗泽光艳的画中婵娟。查初白所谓"小像焚香拜美人"，我是心向往之，表着同情的。

现代画仕女，给我印象很深的，乃张大千所绘的背面美人，水墨不着色，在几根线条中，突出体态和神采，不必具眉之秀，目之媚，脸儿的姣美，而秀媚姣美自在观者的想象中涌现着，为之玩索不尽。吴中朱梅村，也是以仕女画有声于世的，他曾表现新农村的经济繁荣，绘了一幅《农村嫁娶》，那十七妙年华的新娘，羞涩作态，楚楚可人，认为得意之笔。不料在"文革"中，被斥为"毒草"，硬指为不适龄而较早出嫁，有违婚姻法的规定，从此他不敢再画仕女了。沈泊尘为《神州日报》画刊绘百美图，此后百美图风起云涌，有丁慕琴、但杜宇、胡亚光，各具机杼，纷纷出版。又谢闲鸥仕女，以轻多姿胜，人称"谢美人"，继承者陆敏，所绘《龙女戏珠》《采鸾跨虎》，犷悍与柔婉相结合，尤为难能。又周炼霞颇具仪容，自身就是画里真真，所作当然吴带翩翩，姗姗尽致了。她的女弟子陈衣云，画仕女亦享盛名，既得炼霞的精神面目，犹复上窥晓楼、玉壶，又得

晓楼、玉壶的精神面目，所作《西子浣纱》《杨妃进荔》《昭君出塞》《虢国朝尊》，无不点染成辉，涉笔生色，清妍在骨子里，昭灼在纸素间，几乎此中有人，呼之欲出了。

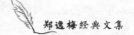

周梦坡的书法

谈到吴兴周梦坡（一八六四——一九三三），谁不知道他多才多艺，既善端木术，亿则屡中，又擅古诗文辞，谙金石、知医、精鉴赏，能操缦奏琴瑟，设计园林，妙具丘壑。他书法的秀逸，尤为侪辈们所称道。他早年从柳公权下手，中年习汉隶，又临摹北魏诸碑。五十岁后，融冶各家，于褚河南更具心得，而出于变化。六十后，作小楷益精，由唐人而上溯晋贤。复因考释三代金文，进而为大小篆，旁及殷虚文字。从书悟刻印及画山水，真可谓能者无所不能了。

他收藏宏富，鼎鼎玉石，以及书画，充橱盈笥。仅就书法而言，即有苏东坡虎跑泉诗手迹，赵松雪临颜鲁公帖卷，徐中山诗轴，王渔洋诗册，以及陆放翁、张即之、薛骚跋，都是十分名贵的。

他先后主持沤社、春音社，和潘兰史、王西神、杨钟羲、诸贞壮、楼辛壶、高太痴、队倦鹤、吴瘿安、朱古微、夏敬观、袁伯夔、叶楚伧、徐仲可、庞蘖子等诗词唱酬。这些耆宿，不但工辞翰，书法也是很高超的。积年累岁，他把诗词稿一一裱成册页，计有数千页之多，视为秘宝。经过世变沧桑，他家所

藏的数千页秘宝，统归沪市福州路传薪书店所有，几乎堆满了半个店堂，廉价出售，每页一角钱，并裱费都不到。我看到了，倾囊买了若干，翌日，多带些钱去，岂知扑了一个空，原来所有的，统由一识者捆载而去，一纸无存了。

楼浩之画给我的印象

南社诗人兼六法的凡若干辈，而继承父业的，据我所知，仅有胡石予和楼辛壶两位硕彦。石予画梅，以萧疏淡雅胜，其后人叔异，远游海外，日画一梅，广其流衍。辛壶以山水驰誉南北，其哲嗣浩之，既能诗，又能画，书法遒秀有致，才艺之富，尤为杰出。顷蒙绘惠山水一帧，涧水流泻，间以寒林古木为衬托，益饶寥廓野旷的气象。题款："洞泉声沸石，霜树势参云"也很确当。原来画是无声诗，诗是有声画，两者都有密切的联系。

浩之的画，路子是很宽广的，我尤其欣赏他的一幅人物画。蕉干高挺，竹石旁列，构成一个闲适清逸的境界，一苍颜老者，负手对之作吟啸状。这个人物饶有丁云鹏、陈洪绶、崔子忠神姿飒爽，笔力伟然的气派，若以近人拟之，合任伯年、倪墨耕、张大千于一炉，是很耐人寻味的。且他的画，崭露头角很早，我曾见到刘海粟甲寅年给他的信，即很称许他的作品。书法大家沙孟海，也以书画精品为贻，契重之情，溢于行间字里，可见他自己潜心磨砺和前辈的竭诚奖掖，成为相互的环节。他既得乃翁辛壶的真传，具大小米之遗绪，又复授其心得于弟子王莹，她涉笔清峭拔俗，为后起之秀，三代相传，足为艺坛佳话。

浩之扩大其画艺范畴，丁卯岁末应其故乡缙云县政协的邀请，举行画展，报章记载，称之："为繁荣故乡文化出力。"他现任杭州逸仙书画社副社长，又应聘为杭州画院画师，瘁其心力，贡献给社会主义精神文明建设，是值得令人钦佩的。

门外汉读画

　　我对于画是门外汉，可是很喜欢和朋友谈谈画理。一般的人，往往把中国画和西洋画对立起来，认为中国画是静的，西洋画是动的；中国画是清淡的，西洋画是浓烈的；中国画是写意的，西洋画是写实的；中国画是抽象的，西洋画是具体的。凡此种种，简直成为楚河汉界，不能融洽。实则这个设想，是有问题的。

　　最近看到画家顾灿虎的作品，他受过张充仁先生的熏陶。张充老毕业于比利时皇家美术院，又遍游英、法、德、奥和荷兰，雕塑与画都获得优等奖，且把学问、技巧、经验，贯注于画幅中。而灿虎得其薪传，又复加以锤炼。作国画曾请益于谢稚柳先生，所绘白羽翠鹤，矫然欲飞，笔力遒劲，神韵酣足，中西熔化于一炉。所以他的画，不局限于所谓动与静，清澹与浓烈，写意与写实，主观与客观，抽象与具体，别有一种风格。因此，爱西画的观其国画，深觉惟妙惟肖；爱国画的观其西画，亦感有情有趣，的确难能可贵。

　　尤其难能可贵的是，顾灿虎探索艺术的精神。他青少年时期爱好文学创作，转而酷爱尺幅丹青；先是钻研西洋画，后又

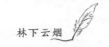

偏嗜中国画。"绿阴不减来时路，添得黄鹂四五声。"各个艺术领域的探索积累，使他积累了创新的经验。他的生活道路是一条艰巨的创作道路。图书馆藏浩瀚的绘画艺术资料几乎全部浏览过，仅笔记和心得就有厚厚好几十本，写生临摹好几千幅。一九八〇年，灿虎将作品腼腆地呈献给名家恳请指点，原先素昧平生的颜文梁、俞云阶、陈从周、富华等画坛前辈惊喜之余，鼎力相助，为他举办第一次画展，写序作跋，题词绍介，奔走落实各项事务，为的是让这棵新苗能破土而生。在近年来，他举办的各种画展上，曾有一些观赏者以高价求购作品，他勉为其难地解释："我从未卖过画。我的画是融洽着一定的感情来探索描绘，一次画成，标志着我这个时期的修养程度。"顾灿虎受聘到高等学府——旅游专科学校讲授"欧洲艺术史"，济济一堂的师生为他的精彩论述所吸引，倾慕他宏证博论而显示出的素养和熠熠才华。"画家应该全身心地致力于对自然的研究。"这条座右铭，使他不为已取得的成绩而傲然止步，仍是在艺术道路上孜孜以求。每星期三、六，总可以看到面目清癯的顾灿虎在淮海公园，或襄阳公园里勤奋地写生。深希他用画艺的美，来濡染亿万人的心灵，开出更多的鲜艳的艺术之花。

炎夫画锋老更健

张炎夫作为石涛追摹者，可说是颇有眼力的。自梁溪廉南湖在上海创设文明书局，以珂罗版影印石涛画册，一时画坛顿转风气，成为石涛世界，如唐云得其朴，张大千得其灵，钱瘦铁得其逸，萧谦中得其厚，黄君璧得其苍，而张炎夫则得其秀。

张炎夫，六桥三竺间人，生于一九一一年，原名幼蕉，别署南郭居士。师事王潜楼，凡花鸟鱼虫，人物山水，无所不画，既而由博而约，专力于模山范水，尤以浅绛是尚。我认识他很早，那时他住在恒丰路桥畔归仁里，和来楚生为邻。我访楚生，得便兼晤炎夫，他为我画了些扇册，我什袭珍藏，不料"十年浩劫"，付诸荡然。从此我们不通音问，及拨雾见天，我也不知他踪迹所在。直至最近，他的高足陈加鸣来，出示炎夫的近作，大气磅礴，较以往益复苍劲流宕。并悉他经过"浩劫"，既折其一胫，又复一目失明。我却深感"浩劫"之来，只能厄其身，不能厄其艺，有如前人膑作兵书，盲为传记，俱得流传千古。深希炎夫善自摄养，益寿延年，为艺坛树立其形式，这个期望，是大众的，我仅仅是代表之一而已。

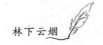

赛金花的一帧画像

　　《孽海花》为四大谴责小说之一。以赛金花（即傅彩云）为此中线索，涉及朝野掌故，尤其庚子之役，赛氏最为活跃。老诗人樊增祥为赋《前后彩云曲》，影响更大。后人给予赛氏的评价，则毁誉参半。《孽海花》的首几回，出于金鹤望之手，后归曾孟朴续写成书。赛氏于民初下世，张次溪经纪其丧，因请鹤望为撰墓碑，鹤望对于赛氏有诽议，遂请常熟杨云史勉为之。魏绍昌的《孽海花研究资料》，首列赛氏的照片，留着一个小小的印象。最近我翻检旧簏，却发现赛氏的画像照片，那是外间从未见过的。是像出于任立凡手绘。立凡和任渭长、任阜长、任伯年有四任之称，造诣是很高的。画中的赛氏作古婵娟装，有不胜绮罗之态，立于丛梅累石间，仿佛大观园中的薛宝琴，凝情睇视，光艳照人。一使女抱瑶瑟随其后，亦殊妩媚。画之上端，洪状元亲题："探梅图，丁亥竹醉日，文卿醉后题。"左端，赵叔孺题于沪寓之娱予室，云："忍寒初试缕金衣，玉貌花光共一围。应教比红诗更好，采梅图倚醉中题。小星偏傍使星明，翟茀貂蝉海外行。吐尽千秋儿女气，佳人谁唤作倾城。照读楼新得此图，似文卿殿撰为傅彩云女士作也。"按照读楼为叔孺高足叶逸的斋名，叶字藜青，吴县人，擅丹青。由此可知这画的来历。《赛金花本事》一书的签题，是赛氏自题的，字饶秀逸气。而《本事》乃刘半农所作，半农与赛氏晤叙多次，赛氏口述往事，半农一一笔录。半农病死，赛氏撰一挽联，有："君是帝旁星宿，侬惭江上琵琶"等语，抑何贴切。人以秀外慧中目赛氏，实则不然。有知其隐者，见告：题签由陆采薇书，而赛氏蒙上薄纸印描的。至于挽半农联，出于半农弟子商鸿逵所捉刀。赛氏本人，是没有什么文化的。

赵冷月的书艺

我生平的朋友，在艺术界的占绝大多数，赵冷月便是其中之一。

他生于一九一五年，原名亮，一丸寒魄，照耀九州，明月俗称月亮，因此取名冷月。月是有盈亏的，所以又署缺圆斋主。他幼年随祖父孝廉公介甫老人学书法，介甫以八法有声苏浙一带，赵冷月得此熏陶，崭露头角。后又从名书家徐墨农游，加之经过数十年的潜心研究和努力揣摩，迄今成为上海书法家协会副主席，荣誉特级书法技师，那是芝草有根，醴泉有源的了。

冷月作书，初期自欧、褚楷书及二王行草入手，嗣又宗法颜真卿，晚年则沉酗于汉隶及北碑，虽年逾古稀，每天临池，犹达八九小时，孜孜矻矻，寒暑不辍，倘一天未亲笔砚，就深惜这一天是虚度浪过了。他喜收藏古碑拓片，含英咀华，故其书法充溢着碑版的气息。且善于接受古代的书法及碑版的精髓，一经消化，成为自己的养料。他书作力主苍劲古拙，渊雅浑厚，务使结体章法的生动活泼，天真烂漫，然后创作出具有强烈性的独特风格。

他在书法上，是宽于对人、严以责己的。时常否定自己的

作品，经过一次否定，在书法历程上就迈进了一步。且由否定推动了变化，由变化越发加强了否定，直到现在，还是在否定中，变化和否定，循环中起着相互作用。

他把数十年来的书法经验，作电视讲座《书法艺术的继承与创新》，条分缕析，金针度人，博得社会一致的好评。

一九八四年，为了庆贺上海大阪建立友好城市十周年，他和上海诸书法家代表访问日本，并作了书法交流，彼邦人士称叹冷月书法艺术的演化为不可及。

他早已准备七十五岁办一次个人书展，以多样性、高水准问世，如今竟践言实行了。这次展出，篆隶正草行，无所不备，尤突出的大行草榜书"多闻阙疑"及"投书寄石友，白首同所归"及八尺对联，大气磅礴，自省前人所谓"雕鹗向风，自然骞翥"之概，成就如此，确非幸致。书与人俱老，而人寿百岁，书寿千年。

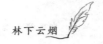

梅庵谈戏

在报刊上发表评戏文章，创始于郑正秋的《丽丽所剧谈》，登载在民初的《民立报》副刊上，评论戏剧，颇具见解，引人瞩目。实则正秋为新舞台宣传，表面上似乎很客观，各剧场都涉笔及之，而重点却在新舞台，使人不觉，因此功效甚大，新舞台成为剧场的一时翘楚。

我友钱化佛，他是京剧的丑角，藏有戏单很多，且保存得很好。他逝世后，由他的后人钱海光继承不失。这些也属戏剧文献，不能以废纸目之。我有集藏癖，但戏单却付诸缺如。去岁，伍季真（翻译名家伍光建之女）以其亡兄况甫所藏有关戏剧的刊物，归给了我。其中便有部分的戏单，有京津的，有上海的，而以上海为多。当时座位分优等花楼、优等官厅、特别正厅、特别包厢、三层月楼，此巧立名目，借以敛钱。带了佣仆去，另购仆标，且附收手巾小账。

上海舞台的戏单，有"九十老人老乡亲演《逍遥津》"，特大的字，占居戏单的大半幅。原来所谓老乡亲，乃名须生孙菊仙，耄耋高龄，犹能袍笏登场，的确甚为难得。其时，叶楚伧为他撰写了《龟年清话》数万言。我尚听到他唱《空城计》，

337

沉郁苍凉，引为耳福。其他如黄玉麟《龙女牧羊》，这剧本出于陆澹安所编。澹安多才多艺，又擅书法，黄玉麟从之为师，那驰誉南北的青衣花衫绿牡丹，即玉麟的艺名。澹安为了鼓励他，写了许多评论他剧艺的文章，并征集了很多花团锦簇的诗词，刊印了一册《绿牡丹集》，和冯春航的《春航集》，贾璧云的《璧云集》，梅兰芳、陆子美的《梅陆集》相媲美。又刘玉琴的《花楼会》，杨四立的《盗魂铃》，都属名角。又有一张上海舞台的戏单，那老乡亲和黄玉麟演《浣纱记》《鱼藏剑》双出戏，更见他的矍铄精神。

有一次，伶界联合会假座上海舞台，请海上闻人为公益筹款演客串戏全本《落马湖》，杜月笙饰黄天霸，张啸林饰李佩，麒麟音、林树森、刘奎官、杨瑞亭、贾璧云、金少山、陈鹤峰、王虎辰、赵如泉、陈喜麟、杨四立等均任配角。隔日又演《完璧归赵》，杜月笙饰蔺相如。演《盗御马》，张啸林饰窦尔墩。此外，又有粉菊花、郑法祥、赵君甫等演《大泗州城》。刘汉臣、王虎辰、高雪樵、杨瑞亭等演《新长板坡》，极一时之盛。上海伶界联合会又假座三星舞台大会客串筹款，十三班合演全部《浔阳楼》，人才济济。宋江一角，由高庆奎、夏荫培、杨瑞亭、白玉昆、雷喜福五人分饰。饰阎婆惜的更多，有章遏云、云艳霞、芙蓉草、王芸芳、赵君玉、黄玉麟、苏兰舫、韩素秋凡八人。伶界联合会又假座大舞台，十四班合演《太真外传》，梅兰芳、王凤卿、姜妙香、侯喜瑞、萧长华、毕春芳合演。

上海舞台又一戏单，赵如泉、赵君玉、许奎官、郭春华演《鲍自安》，言菊朋、黄玉麟、金少山演《法门寺》，贾璧云演《春香闹学》，赵韵声、刘艳琴演《珠帘寨》，李桂春（即小达子）、张桂芬、孙庆春演《凤凰山》，盖叫天、刘汉臣演《恶虎村》，

麒麟童、小杨月楼、刘筱衡、赵君玉、黄玉麟、王芸芳、林树森演《游龙戏凤》，李万春、蓝月春演《战马超》，潘雪艳、蓉丽娟演《嫦娥奔月》。

更新舞台，设在上海开封路，戏单有黄玉麟、杨瑞亭、高秋鼙、马志奎、郑法祥、杜文林、霍春林、小三麻子等合演《飞龙传》，标有："本台新编大宋开基历史，九音联弹，特别武打，异样服装，幻术机关，新奇背景，文武兼全，破天荒之新戏，初次起演，一时登场，一日演完。"海派戏摆噱头，大率如此。大新舞台演头二本《天雨花》，主角为麟麟童、黄玉麟、白玉昆、金少山、高秋鼙。这张戏单两面印，反面为《天雨花》的故事。又共舞台，以黄玉麟和白玉昆为台柱，演《霸王别姬》，玉麟饰虞姬、玉昆饰霸王，颇能卖座。其他戏目，尚有夏荫培、碧琴芳的《打渔杀家》，马志奎的《连环套》，龙幼云的《收关胜》等。天蟾舞台，演全部《借东风》，王富英的赵云、李盛藻的孔明、朱盛龄的周瑜，也得好评。又华乐大舞台，贯大元、绿牡丹演《五花洞》及《翠屏山》，盖叫天演《白水滩》，冯子和（即冯春航）、刘玉琴演《妻党同恶报》。又美化戏院，黄玉麟演《貂蝉》。这家戏院，废除开锣戏，主角先登场，具创新精神。又长安大戏院，黄玉麟演《风尘三侠》。这个剧本，也是出于陆澹安手编。又天南大戏院，黄玉麟演《三戏白牡丹》。又长乐大舞台，黄玉麟、刘文奎、刘四立演《华丽缘》。其他限于篇幅，不再赘述。曾几何时，这些京剧名角，什九去世，大有此曲只应天上有之概。还有一点，戏单偏多黄玉麟，可见这位藏戏单的伍况甫，对黄玉麟是独具只眼，非常赏识的。

车水马龙的南京西路，有静安新村，闹中取静。我友陆陇梅便住在其间。他早年常涉足梨园，有《顾曲杂忆》数百首，

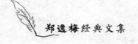

每首咏一戏剧掌故。又家藏两厚本的《戏剧图案册》，首冠梅兰芳、梅葆玖的剧照，上有梅兰芳的亲笔题字。最珍贵的是戏剧图案留影数十帧，标着《缀玉轩制中国戏剧图画留影》。缀玉轩，便是梅兰芳的斋名。原来这是梅兰芳和齐如山考订合辑的。如山为剧学大家，每帧加以识语，尤为难得。图案有旧时戏院之座位式，清光绪间，院中设圆桌以置茗具，旁列坐几。民初改用方桌，直至民七八年，才去掉桌子，成为横式列座。行头方面，有文官朝会之蟒袍，平时治公会客之帔，燕居时之褶子，还有许多官衣锦袄，武官点兵阅操之靠，名目花式是很多的。又梅兰芳博采图画，旁稽典籍，制成的服饰，以配合剧中人物的身份，且与舞姿相融合，巾盔凡数十种，须髯也种种不同。各剧的扮相，各人的脸谱，以数百计。归纳颜色，有血性之人用红色，粗鲁者用黑色，凶猛者用蓝色，有心计者用黄色，其绿赭金颜色，神怪用之。舞姿有孤云、对光、翔风、翻红、蝶逐、振羽、横波、抱月、龙游、顾影、断霞、扬袂、舞月，多至二百种。道具方面，旗帜、令箭、腰牌、梆子、马鞭、印绶、氅翟、军棍、招文袋等。武器也以百计。又乐器有金属、石属、丝属、竹属、土属、革属等三百余件。又有工尺谱、琵琶谱、唐宋词谱、宋元词谱、琴谱、宫谱、律谱、锣鼓谱、僧经旧谱，什么都备。可惜这本《图案留影》，外间没有流传，倘能付诸影印，不但可供戏剧界和戏剧爱好者所探索，且与民族乐器也有很大关系，因为其中即有若干乐器，今仅见少数民族偶尔演奏，实则古代汉族，早已用之于宗庙朝堂了。

《良友》和影星

　　《良友画报》是一本大型的旧杂志，创刊于一九二六年之春，我就是该杂志的读者，也间或为该杂志写稿。时隔数十年，迄今脑幕中犹留着印象。该杂志是综合性的，政治、军事、国际珍秘、文化艺术、名胜古迹、家庭和社会生活等等，包罗万象，什么都有。那戏剧电影，当然是文化艺术栏的项目之一。该杂志共出一百七十余期，可谓洋洋大观。我虽然购置了一部分，可是在"浩劫"中付诸荡然。事后在乱纸堆中，捡到一些残页，有关电影的却有整纸。一是《秋扇明灯》中的貂斑华，扮相极好，可和胡蝶媲美。但据我所知，她有其容而缺乏表情，在银幕上成绩不够好，所以不久，她的倩影，也就消失了。一是《风云儿女》中的王人美，当时崭露头角，有人曾以"美人王人美"作为上联，征求下联为"才人袁子才"，一时传为佳话。那阮玲玉的一页，不但有她的演剧照，还有服毒后，用布床抬往中西疗养院抢救，又遗体旁有唐季珊、孙瑜等悲哀情状。又遗信两页，字带行草，一致唐季珊，一致报社，是钢笔写在练习簿上的。复有唐季珊、张达民单身照。其他一页，为胡蝶和梅兰芳赴苏联，在莫斯科所摄的团体照。及梅兰芳演讲《中国

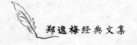

戏剧艺术》，胡蝶穿着白大衣，为听众之一，风度绰约，引人瞩目。又一帧是名震寰宇的卓别林来到上海，梅兰芳为尽地主之谊，在国际艺术社殷勤招待，茶会后，陪往新光戏院观马连良演《双姣奇缘》。马氏下场，不及卸其戏服，连忙和卓氏握手言欢，一西装革履，一纱帽高靴，且戴着假须，在感情上的融洽，也就不觉得形式上的乖异了。

　　据闻《良友画报》有全部影印问世之说，那么以上的数帧照片，又得给读者寓目，这是十分珍贵的形象化的影史资料。况还有许多许多的银幕图片，我已记不起来，只有俟诸异日了。

出版说明

　　郑逸梅先生出生于 19 世纪末，其创作高峰期主要集中在 20 世纪上半叶，特殊的历史时期，造成了他行文古奥，且有部分词句用法有别于当今规范的创作特点。为最大程度地保持原作的风貌，同时尊重作者本身的写作风格和行文习惯，本套书对于所选作品的句式及字词用法均保持原貌，不按现行规范进行修改。所做处理仅限于以下方面：将原文繁体字改为简体字；校正明显误排的文字，包括删衍字、补漏字、改错字等；文题、人名、地名、时间节点等前后不一致的情况做统一调整。特此说明。